Voces en la sombra

Beatriz Rivas

Voces en la sombra

Voces en la sombra

Primera edición: octubre, 2023

D. R. © 2023, Beatriz Rivas

D. R. © 2023, derechos de edición mundiales en lengua castellana:
Penguin Random House Grupo Editorial, S. A. de C. V.
Blvd. Miguel de Cervantes Saavedra núm. 301, 1er piso,
colonia Granada, alcaldía Miguel Hidalgo, C. P. 11520,
Ciudad de México

penguinlibros.com

ISBN: 978-607-383-569-5

Impreso en México – *Printed in Mexico*

...una de esas almas nobles y generosas que sufren al lado de un gran hombre, y se casan con las miserias y se esfuerzan por comprender sus caprichos.

HONORÉ DE BALZAC

El amor... busca el amor...
Otorga felicidad y tómala,
amando tanto como puedas.

VICTOR HUGO

Hablo de las musas profesionales, de esas féminas que sólo se emparejan con hombres de éxito. Son mujeres que lo dan todo por su caballo de carreras. Lo cuidan, lo alimentan, lo cepillan; le sirven de secretarias, amantes, madres, enfermeras, publicistas, agentes, guardaespaldas. Incluso son capaces de morir por él, si llega el caso.

ROSA MONTERO

La alquimia de su amor

*Todas las grandes pasiones
son desesperadas.*
SÁNDOR MÁRAI*

Los separan no sólo las fechas de nacimiento (veintisiete años de diferencia), sino su estado civil: él está casado, muy casado desde 1944, con una mujer que fue miembro de la Resistencia francesa, y a pesar de todo el amor escrito y confesado, jamás se atreverá a pedir el divorcio. Danielle es la madre de sus hijos; es la esposa "oficial". Un lazo irrompible los unió con el temprano fallecimiento de su primer bebé: Pascal (el escritor Victor Hugo y Adèle, su cónyuge, también perdieron a Leopoldo, su primer hijo, a los tres meses de nacido). Le conviene políticamente, pues es una mujer inteligente, sensible, volcada en causas humanitarias. Interesada en política, informada. Sale en las fotos, a su lado, elegante y digna.

Anne (su amante) en cambio es y permanecerá soltera. Siempre. Hasta el final, que fue el final de un hombre quien, al acceder a la presidencia de su país, ya estaba tocado por el cáncer. *El doctor habla de metástasis y me da entre tres meses y dos años de vida,* le confiesa a Anne el 9 de noviembre de 1981. Una información esencial de la que ni su esposa está enterada. Secreto de amor convirtiéndose en secreto de Estado. ¿O viceversa?

A mí, de ellos me separa el océano Atlántico (9 196 kilómetros si me piden exactitud), la fecha en la que llegué al mundo y una geografía muy distinta. Sin embargo, hay algo que nos une. Lo primero: Anne estudió un año en la Academia Charpentier, el mismo lugar elegido por Camille

9

Claudel. Yo también lo hice en 1982, aunque sólo durante dos meses; después se me acabó el dinero. Mi ilusión era estudiar dibujo y fotografía. Lo segundo, precisamente durante mi estancia de un año en París, como joven estudiante de francés, François Mitterrand ya era mandatario: el hombre que abolió la guillotina, suprimió la homosexualidad como delito, respetó la independencia de los medios de comunicación, fue pieza clave para la construcción de la Unión Europea y la consolidación de una economía liberalizada, estable y competitiva.

Una tarde lo vi saliendo de la *brasserie* Lipp, en el boulevard Saint Germain, portando un sombrero color gris alforja. Un coche blindado y de un negro recién pulido, lo esperaba, pero él, con una discreta señal de la mano, indicó que prefería caminar. ¿Hacia dónde? Una niña de entre ocho y diez años lo acompañaba. ¿Mazarine, tal vez? No lo sé. La pequeña jalaba del manubrio, feliz, una bicicleta roja. Se me perdieron de vista cuando doblaron hacia la derecha, en la *rue* de Rennes. En ese momento nada se sabía de su relación escondida. Menos todavía de que el exalcalde de Château-Chinon era el padre de una chiquilla que no podía llevar su apellido, pero a quien arrullaba con cuentos casi todas las noches. Que se sabía muy querida y, al mismo tiempo, portadora de un secreto. Alguna vez la directora de su escuela, *madame* Dubost, preocupada, mandó llamar a su mamá. "Su hija está inventando historias; es una mitómana. Incluso afirma que es la hija del presidente de la República. ¡Imagínese!", le dijo la maestra. "Mazarine nunca miente", respondió Anne, impasible, mientras se levantaba del asiento sin dar otra explicación ni mirar hacia atrás al cerrar la puerta.

Haber visto a Mitterrand una sola vez en mi vida, aunque fuese desde la misma acera, no me da el derecho de apropiarme de su historia, **de la mágica alquimia de su amor**. ¿Ser novelista y creer en el poder de la ficción sí? Hay que decirlo ahora mismo (para que no se sientan engañados) y advertirlo en voz alta: no pueden ni deben creer nada de lo que aquí se afirme. O, bueno, tal vez sólo un poco.

Lo complicado es encontrar la voz narrativa. Sé que Anne es absolutamente discreta y celosa de su historia de amor. Le ha cerrado la puerta en la nariz a reconocidos periodistas. A David Le Bailly, incluso, lo amenazó: "Llegaré hasta donde sea necesario si no deja sus investigaciones. Será perseguido por la justicia", pronunció con su voz tímida, casi dulce, pero inflexible.

Por lo tanto, me es imperativo elegir a otra protagonista. Muerta, de preferencia. Por ejemplo, a la mujer con quien Anne se identifica debido a las muchas coincidencias: compartieron sueños, tristezas, esperanza y desencantos. Tuvieron que acostumbrarse a vivir en las sombras. Discretas, amorosas, siempre solidarias, decidieron acallar sus voces. Mimetizarse para sobrevivir.

Anne Pingeot y Juliette Drouet se conocieron en un museo. La amante de François ama los museos. Y el retrato de Juliette cuelga de un museo situado en la antigua casa de su gran amor, en la Place des Vosges, a donde, en este mismo instante, nos dirigimos.

Nuestra historia es tan difícil, que tiene el derecho de ser única (1968)

Tiene un amigo. Tiene un mejor amigo a quien puede contarle todo. O casi todo. Aquello que, incluso, no se atreve a decirle a Martine, su hermana mayor. Su nombre: Alexis Clavel. De silueta francesa y alma rusa. De insondables ojos verdes, casi azules, que siempre cuestionan. Sobrino del filósofo Maurice Clavel, de quien habla con frecuencia, orgulloso. Camarada de estudios de Anne desde los dieciocho años, cuando compartieron aula en École Nationale Supérieure des Arts et des Métiers d'Art y, ahora, en L'École du Louvre.

Es 1968 y *monsieur* François Mitterrand ocupa, entre otros, el puesto de alcalde de la ciudad de Château-Chinon. Mientras muchos estudiantes se rebelan y ponen barricadas como protesta contra el régimen de De Gaulle, la joven Pingeot se concentra en su vida privada, en sus estudios: quiere pasar el concurso para convertirse en conservadora de museos. Con su tradicional falda escocesa de lana, mascada Hermès, ballerinas al piso, Anne no se parece al revolucionario movimiento hippie y pop que inunda las calles. A quienes gritan rechazando la sociedad de consumo o lanzan piedras contra el autoritarismo. Ella habita una isla que nada tiene que ver con las huelgas generales que repudian al presidente, apoyadas por nueve millones de trabajadores.

La joven historiadora del arte, de familia católica de provincia, conservadora, se la pasa sumida en sus libros y, también, tratando de entender la trampa que su amor vedado le ha tendido. La educación recibida en casa, las costumbres con las que vivió hasta antes de llegar a la vibrante capital del país, choca con lo que sus entrañas le dictan: dejarse tentar, soltar sus miedos y seguir viviendo la pasión que la consume. Convencerse de que Dios no pudo haber puesto en su camino un amor tan pleno, sólo para castigarla o tentarla. ¿Acaso se dejará guiar por la culpa? Lo cierto es que ya es esclava de sus palabras: de las cartas y notas que le hace llegar casi a diario. De sus poderosas frases, de sus contundentes declaraciones de idolatría. "Si un día usted toma el camino que va hacia mí, sólo la muerte me liberará de usted. Si toma otro camino, mi orgullo y mi felicidad, en medio de mi dolor, serán por haber preservado la integridad de aquélla a quien amo. Usted es la mujer de una vida y de un amor, y no de un momento ni de una pasión". Pero regresemos a Alexis: es él quien escolta a Anne, como tantas veces lo ha hecho, pues sabe que, aun amando la soledad, hay días en los que a ella no le gusta sentirse sola. Hoy es una de esas mañanas.

Hace frío: menos tres grados. El clima no ha sabido ser generoso con los parisinos; los ha obligado a abrigarse más de la cuenta durante más tiempo de lo normal. Ya casi tocan los últimos días de abril y, sin embargo, Anne todavía usa su eterno abrigo invernal, largo, beige casi blanco.

No es la primera vez que visita el museo... ni será la última. La joven ama recorrer las habitaciones que otrora fueron ocupadas por personas que no están más en este mundo. Juega a imaginar cómo eran cuando sus dueños estaban vivos y respiraban y cantaban y amaban y compartían alimentos y se besaban o, al menos, discutían sobre las ideas de Michelet y Comte. Sentir el fuego encendido, el crepitar de los leños, presos de las llamas, oler el aroma del rodaballo a la muselina o de la ternera a la mostaza *ancienne* que alguien prepara en la cocina. Escuchar las risas de los hijos de Hugo correteando o jugando *quille* y *bilboquet*. Ser testigo del enojo de Adèle mientras los amenaza: ¡Bajen la voz, su padre está escribiendo!

Alexis le ofrece su brazo para seguir recorriendo la casa que ocupó el autor de *Los miserables,* de 1832 a 1848. Se apoya en él, más por sentir el sostén de su cercanía que por necesidad de fortaleza física. Van de la antecámara al salón rojo. La duela cruje bajo sus pasos, doliéndose: el tiempo no pasa en balde. Las ventanas los invitan a observar los castaños de las Indias que presiden el cuadrado perfecto de la plaza contigua. Una plaza que Anne adora. Se detienen un momento frente a la ventana. En silencio. Enseguida, continúan el recorrido.

El joven se acerca a la mesa de los cuatro tinteros, la observa desde todos los ángulos. Se inclina para verla con otra perspectiva: se distinguen los nombres realzados de Lamartine, George Sand, Alexandre Dumas y el propio Hugo, cada uno al lado de su tintero y su pluma. La escritora, además, donó una pipa y un encendedor.

A Alexis le encantaría tocarla; su afición son los muebles de época. De hecho, los fines de semana recorre los mercados de pulgas y las tiendas de anticuarios buscando alguna pieza olvidada. Paga pocos francos y, en la sala de su casa, se convierte en ebanista y restaurador: resana, lija, taladra, pega, calibra, pule, barniza. Sobre todo, acaricia. Una vez que la silla, por ejemplo, está terminada, elige un lugar privilegiado en su apartamento y ahí la coloca durante un mes; ni menos ni más. En treinta días cobra nueva vida, explica a quien está dispuesto a escucharlo hablar de ese pasatiempo que tanto le apasiona. Absorbe la energía de mi vivienda, las experiencias de los otros muebles. Es el tiempo ideal para que se dé cuenta de que ya no está rota ni arrumbada y, entonces, se llena de personalidad. Después, me despido de ella y la vendo. A muy buen precio, por cierto. Algún día seré el dueño de una tienda de antigüedades, sueña.

De pronto, Anne la ve. Sobre un tapiz de pared, verde aterciopelado, con figuras de una flora aristocrática, está *Ella*. Un marco irregular de madera dorada resalta su rostro. El rostro de una anciana delicada, bella, tristísima. Vestida de negro-duelo, con el cabello gris casi blanco, nariz cincelada con sutileza y labios delgados. Manos entrelazadas, exhaustas,

14

enmarcadas por los puños de su blusa, hechos de tantos encajes, que parecen haber explotado. Mirada cansada. Rendida, en realidad. Es un retrato de 1883, pintado por Jules Bastien-Lepage, poco antes del deceso de Juliette. Sí, se llama Juliette Drouet y hasta antes de este instante, Anne no sabía de su existencia.

Juliette conoció a Victor Hugo en el teatro. Era actriz. Su último papel, antes de dejarlo todo para dedicarse por completo a su amante, fue el de Lady Jane Gray en la obra *María Tudor*, escrita por el propio Hugo. El 16 de febrero de 1833 pasaron su primera noche juntos y celebraron ese aniversario con una cena, cada año, hasta el día de la muerte de ella, el 11 de mayo de 1883. ¡11 de mayo! Dos días antes del cumpleaños de Anne. De hecho, en *Los miserables*, la noche de bodas entre Cosette y Marius sucede en esa misma fecha; un travieso guiño literario de un escritor enamorado. Y, por cierto, ubica la ceremonia en la iglesia Saint-Paul Saint-Louis, *rue* de Saint Antoine, la misma donde Hugo casó a su hija Léopoldine. Seis años y medio después, el 17 de noviembre de 1839, Hugo le ofreció a su amada una boda simbólica, una "boda de amor": era la única posibilidad de un compromiso.

Julienne-Joséphine Gauvin era su verdadero nombre. ¿Por qué habrá elegido Juliette como seudónimo artístico? Su padre fue sastre y su madre, Marie, a veces costurera; otras, sirvienta. Se quedó huérfana muy pequeña y creció de manera algo salvaje jugando junto al mar y observando ola tras ola, hasta que su tío, René-Henri Drouet, de quien después adopta el apellido, la llevó de Fougères a París y la ingresó al convento de las Damas de la Santa Magdalena para que la protegieran y educaran.

A pesar de su origen humilde, ella demostró ser una niña inquieta, curiosa y muy inteligente. Aprendió a leer y a escribir a los cinco años y, para cuando llegó a la adolescencia, ya sabía mucho de literatura. Se presumía experta. Consumía un libro tras otro. Se apasionaba por las novelas bien escritas; sí, es cierto que se dejaba llevar por la trama, pero también sabía detenerse en algún pasaje para darse cuenta de las técnicas narrativas. Observaba el lenguaje, la manera de ubicar cada palabra. Cómo el autor iba armando la historia. Cómo le inyectaba existencia al protagonista.

Así que no sólo se convirtió en amante, secretaria y compañera de los viajes de Hugo, también fue consejera, confidente y editora casera. Ordenaba su vida al archivar y clasificar sus papeles. ¡Hasta reparaba y cosía botones, medias y camisas! Por si fuera poco, a veces le sugería cambios en cierto párrafo o acomodaba una frase de otra forma. Darle más peso a aquel personaje y ambientar mejor una escena. Le sugirió, por ejemplo, escribir sus poemas con más sencillez, de forma menos metafórica, para que un mayor número de lectores no sólo los entendieran, sino que lograran sentir emociones profundas y sinceras. A diferencia de la esposa del poeta, a quien la literatura la dejaba indiferente, Juliette sabía juzgar los libretos de teatro y era una adoradora de la poesía.

—¿Ahora vas a dejar los vitrales y los vas a sustituir por tu nueva obsesión? —le pregunta Alexis a Anne. Están sentados frente a su mesa favorita de Ma Bourgogne, con vista a la Place des Vosges.

El mesero toma la orden. Al menos, lo intenta. Hay que repetirle el nombre de cada platillo dos o tres veces. Está bastante sordo, por lo visto.

—Una ensalada Sarladaise para compartir. Después, *mademoiselle* desea la escalopa de salmón y para mí, el *steak tartare* con doble ración de *frites*. ¡Ah! Y media garrafa de vino tinto de la casa.

—Siempre pides lo mismo: carne tártara. ¿No te aburres? —le reclama Anne, en broma—. Y no, no dejaré mis vitrales, pero sí quiero saber más sobre esa mujer. ¿Sabes lo que llegó a decirle en una de sus primeras cartas? ¡Le escribió más de veinte mil durante su vida! Le puso algo así como: "Si usted no hubiera aceptado mi amistad, de rodillas le pediría ser su perro, su esclava". Qué manera de ser indigna. ¿Cómo pudo quedarse en las sombras durante tantos años? ¡Cincuenta! —pronuncia en voz alta y, enseguida, se arrepiente. Abrió el tema, por lo tanto, Alexis se siente con el permiso para darle esa opinión que lleva tanto tiempo callándose.

—Y tú, ¿cuánto llevas escondiéndote? A mí me lo contaste, pero si crees que los demás, incluso tus vecinos, no notan que el señor diputado ronda y lo hace cada vez con menos discreción… —le dice, tomando su mano con ternura. Su mirada franca y afable la convencen. Necesita abrirse, explayarse con alguien. ¿Quién mejor que el leal Alexis, celoso guardián de secretos?

—¿Quieres más detalles? Conocí "al diputado" hace varios años. Yo era adolescente… pero quita esa mirada de horror: no pasaba nada. Tiene una casa en Hossegor, Villa Oika, se llama, cerca de la Villa Lohia, de mis padres, así que convivíamos en familia desde mis trece años… o tal vez catorce. De hecho, de vez en cuando sigue jugando golf con papá. Creo que eso ya te lo había contado, ¿no?

—¡Si tus padres se enteraran! Ellos… tan conservadores, tan burgueses, tan de valores tradicionales. ¿No son casi casi los mejores amigos de los Michelin? Esos estirados…

—Los Michelin son primos —acepta, recordando el humo constante que emana de sus fábricas de llantas y las enormes sumas de francos que han acumulado.

—Y además de la emoción de transgredir, ¿qué te ata a él? Por cierto, ¿cuántos años te lleva el "vejete"? —pregunta, burlándose, mientras le pone más vinagreta a la ensalada.

—Veintisiete. Sí, veintisiete años. No hagas esos gestos. ¡Uy, *mon cher ami*, hay tantas cosas que compartimos! Nos gusta el té más que el café, por ejemplo. Amamos leer, siempre nos recomendamos libros; cada que podemos, vamos juntos a la ópera, a conciertos de música clásica. La *Sinfonía del Nuevo*

Mundo, de Antonín Dvorák, es nuestra favorita. François tiene una inteligencia privilegiada. Y ama mi gusto por el arte pues dice que le recuerdo a su madre, que pintaba acuarelas, y que leía todo el santo día.

—Mmm… Un señor diputado con complejo de Edipo. ¡Salud!

—No te burles —responde la joven, antes de tomar un largo trago de tinto—. Es diputado y ya fue senador.

—¿No te aburre? La política nunca te ha atraído.

—Pero *él* me atrae. Mucho. A veces es demasiado solemne, cierto. Pero tiene una conversación muy interesante y sabe sobre tantos temas… Música, pintura, filosofía. Conoce mucho de historia, de flores, ¡hasta de árboles! Posee una mente virtuosa, te lo aseguro. Ojalá pudieras conversar con él un día de estos… aunque seguramente discutirían sobre gustos artísticos: él se inclina por los venecianos: Tiziano, Veronese, Tintoretto.

—Yo prefiero el expresionismo alemán, sobre todo, la escuela de Viena.

—Lo sé. El otro día te quedaste demasiado tiempo frente a ese brutal cuadro de Schiele.

—¡Jamás le niego un rato a dos mujeres desnudas!

—Salud por eso —le dice sonriendo, al tiempo que levanta su copa. Alexis siempre la pone de buen humor—. Creo que necesitamos más vino.

—¿O sea que Mitterrand es tu hombre "perfecto"?

—Sí. ¡Es tan perfecto que también escribe! Una carta es mejor que la otra. Si no sintiera traicionarlo, te leería cada renglón. En lugar de político, tendría que ser escritor…

—¡Como Victor Hugo!

—Exactamente: como Hugo. Y su Juliette.

—Amantes escondidas ha habido muchas en la historia. No te sientas tan especial, ¿eh?

—Camille Claudel, por ejemplo. Rodin tenía más de cuarenta años y ella, dieciocho o diecinueve. Pero el escultor fue un verdadero cabrón; no se cansó de humillarla. François, en cambio, es de una ternura y una delicadeza exquisitas.

—Creo que la admiración te tiene cegada. No olvides abrir los ojos de vez en cuando o el día que te estrelles, te dolerá demasiado. Y trata de escuchar a Elvis y a Johnny más que a Chopin y a Mozart. No dejes que te robe toda tu juventud, tu energía. Él tiene mucho que ganar, tú, en cambio… Por cierto, ¿ya oíste la nueva canción de los Beatles? Mira qué conveniente: se llama *All You Need Is Love.*

—¿A poco se te olvidó? Me regalaste el disco en las navidades. La del lado B, *Baby, You Are a Rich Man,* no me gustó tanto. ¿Sabes? —le confiesa—, lo único que me duele es que esté casado.

—*Merde! Désolé.* ¿Tiene hijos?

—Dos hombres —responde, al probar el salmón que acaba de servir el mesero. La salsa es una delicia—. Eran tres, pero el mayor murió a los dos meses de nacido. ¡Otra coincidencia! De hecho, Victor Hugo y Juliette también perdieron a…

—Pues entonces que te quede claro, *ma chère* —interrumpe Alexis—: diga lo que diga y prometa lo que prometa, no se va a divorciar nunca. Así de crueles somos los hombres. No va a tirar a su familia ni sus ambiciones políticas a la basura. Disfrútalo, pero vete despidiendo de él o te va a suceder lo que a tu nueva heroína.

—Creo que no la pasó tan mal: Hugo compartía su vida mucho más con ella que con su esposa. Lo acompañó a cada viaje, disimulados tras el nombre de *monsieur* y *madame* Georget, y le ayudó a transcribir sus libros. No lo dejó solo ni durante sus largos años de exilio. Fue más cercana y querida que Adèle quien, por cierto, era feúcha —afirma riendo—. ¿Está buena tu carne?

—Buenísima. *Monsieur,* otra garrafa de vino y un poco más de pan, por favor. *Pain.* Sí, ¡más pan! —le grita a ese mesero que apenas escucha.

19

Ambos guardan silencio mientras devoran el segundo plato. Anne acaba de cumplir veinticinco años. La mayoría de sus amigas y antiguas compañeras de departamento se han casado. Incluso Alexis lleva ya un año con la misma novia. ¡Todo un milagro para un hombre siempre dispuesto a seducir a cada bella mujer que se le acerca! Y la estudiante de doctorado no sabe cuánto tiempo más estará dispuesta a quedarse en las sombras, usando la máscara de clandestinidad a la que no quisiera acostumbrarse, esperando a quien, en su calidad de alcalde de Château-Chinon, congresista por el departamento de Nièvre y excandidato único de las izquierdas a la presidencia, recorre el país constantemente. Sin agotarse, pero siempre al límite de sus fuerzas. Planeando cada hora de su agenda.

Alexis la observa. ¿Conmovido, empático? Mete la mano a la bolsa de su saco de cuadros pequeñitos, en tonos beige, y con su pañuelo de algodón seca dos discretas lágrimas que coronan las esquinas de los abisales ojos azules de Anne. Sin preguntarle, pide dos cafés *serrés* y la cuenta.

Cuando Anne regresa a su departamento, recargado sobre su puerta, encuentra un enorme ramo de flores y una tarjeta dirigida a una simple A en tinta negra. Reconoce la letra. No ha terminado de franquear la entrada y ya ha abierto el sobre, ansiosa: "**Nuestra historia es tan difícil, que tiene el derecho de ser única.** Qué felicidad estar cerca de ti, mi muy querida, por el pensamiento que me ocupa todo entero y que me cuenta incansablemente la más bella historia del mundo. La historia de Anne y de François, habitados por el amor".

Un hombre y una mujer recorren… (1963)

Un hombre y una mujer recorren la orilla del mar justo donde las olas palpan la arena. En realidad, más que mujer es una joven que acaba de cumplir veinte años. Como es difícil caminar en línea recta sobre las conchas y piedras a las que el constante golpeteo del agua ha convertido en arenillas, a veces los cuerpos se acercan y sus manos llegan a tocarse en un roce muy sutil. Ella retira la suya. La de él se queda sola, balanceándose y extrañando la promesa de una caricia. El hombre se detiene un momento y la mira desde atrás: una figura delgada, graciosa, y el cabello castaño que el viento apenas mueve. La alcanza de dos zancadas antes de que se sienta examinada.

Siguen su paseo. Los silencios y las voces se alternan con el graznido de algunas gaviotas. Él porta unas sandalias parecidas a las alpargatas españolas. Ella va descalza. Adivinan la presencia de un avión lejano no por el sonido de los motores, sino por la línea blanca que ha trazado en el cielo. Un cielo, hoy, sin nubes. Whisky, el perro de la familia Mitterrand, los acompaña.

—Huele a erizo —dice Anne, sin quitar la vista de las huellas que los cuatro pies van dejando.

—¿Cómo sabe a qué huelen los erizos? Nunca he visto erizos en esta región.

—No están aquí mismo, sino en las rocas. Y sé a qué huelen porque la semana pasada una compañera japonesa nos invitó a comerlos. Me aseguró que en su país son un manjar muy preciado.

—¿Y? ¿A qué saben?

—No tengo idea. Me excusé; no quise probarlos. Pero los olí. Y huelen exactamente a lo que huele ahora. Así olía la cocina de Akiko.

—No es un aroma desagradable. Yo diría, incluso, que raya en lo suculento. ¿Me podría decir, *mademoiselle*, por qué no los probó?

—¿La verdad? *Le plat avait l'air dégueulasse!* ¡Y los comen crudos! —expresa, con extraños gestos de asco que le arrugan la nariz y le enchuecan la boca.

—Ah… —responde François, divertido. Enseguida, se restablece el silencio.

Para nosotros, que nunca hemos venido, la playa de Hossegor podría parecer interminable: siete kilómetros sin interrupciones. Varias casas de tres plantas, techos de dos aguas y balcones pintados en azul o rojo quemado observan el océano Atlántico. Las separa del mar una calle estrecha y, en otras zonas, pastizales acostumbrados a recibir la brisa constante.

—Usted prefiere la playa al lago, ¿cierto? —pregunta él.

—Y usted el lago y el golf, ¿cierto? —lo imita. Sin dejarlo hablar, responde—: Me encanta caminar descalza sobre la arena, alrededor del lago hay demasiados guijarros. Pero mi lugar favorito es donde agua dulce y mar se unen.

—¿El estuario? Me parece más atractiva la zona boscosa. ¡Amo las coníferas! Y sí, disfruto jugar golf. Su padre es un gran compañero en el campo.

—Ah…

Vuelve a llegar el silencio y, sin embargo, ambos tienen tantas cosas que decirse. Mitterrand quisiera hablar sinceramente: insinuar, proponer, seducir, tentarla con alguna promesa. Hay algo en esa jovencita que le atrae; no sólo la hermosura, sino su manera de moverse y un temperamento vigoroso que esconde bajo una exquisita delicadeza. Pero no debe asustarla. Ella lo que tiene, son muchas preguntas calladas. La sabiduría del hombre y la manera de expresarse le fascinan. Es un gran conversador. Sus padres lo invitan a comer con frecuencia durante las temporadas que pasan en este pueblo de la costa landesa, y no puede dejar de observarlo desde el otro lado de la mesa, sobre todo cuando llega sin su esposa. Cada vez que Anne quiere saber más de algún tema y está a punto de plantear un cuestionamiento, permanece en silencio; es de mala educación interrumpir a los adultos, y aunque ya no es una chiquilla, sus papás ni siquiera imaginan que desee participar de la plática sobre ese polémico pasaje de la historia europea o la actualidad política en Francia.

—¿Llegamos hasta el faro y regresamos? ¿O está cansado? —propone en tono retador.

—Seguro para usted soy un viejo decrépito, pero apenas tengo cuarenta y siete años y estoy lleno de energía. Vayamos hasta el faro y todavía más lejos, si *mademoiselle* gusta.

¡Cuarenta y siete!, piensa Anne; casi la edad de papá. Demasiados años, considera. Sin avisar, se echa a correr. Ahora las huellas que persigue François son más profundas e irregulares. Un minuto después no sólo la alcanza, sino hasta la rebasa, así que el hombre llega primero al horrible muelle de horrible cemento que conduce al horrible faro. En ese lugar el viento siempre es más fuerte y ligeramente fresco, a pesar del verano. Mitterrand se quita el saco de lino y lo coloca sobre los hombros de la joven, acomodándolo para que cubra bien su espalda. Si pudiera besarla… Si se atreviera a escribirle lo que pasa por su mente y por sus deseos cada vez que la ve.

Presiente que sólo a esta joven podría contarle sus proyectos, metas, secretos. Que sería la única dispuesta a escuchar errores y miedos. Pronto le expresará: "Si usted supiera cómo he aprendido a guardar para mí mis sueños, mis ambiciones, mis pensamientos… Es la primera vez que salgo de mí mismo. Con usted cambio, comunico, comulgo; me siento liberado. Usted es mi punto de referencia".

¡Cuánto quisiera acunarla, protegerla, convertirla en la destinataria de su ternura! Esos ojos azules y profundos, de párpados redondeados, lo conmueven.

Siguen en silencio, oyendo el romper del oleaje en las piedras. Diminutas gotas de sal flotan; algunas se posan en la amplia frente de él, en el cabello de ella.

De pronto, se miran. Bajo las cejas, sus ojos la desean. Ella se da cuenta. Un soplo húmedo la hace retroceder. Él también da dos pasos hacia atrás. Ella tiembla. Un callado clamor se ha instalado entre ambos. Un ansia que crepita. Un confuso miedo.

—Regresemos *chez vos parents*; se está haciendo tarde.

Ahora un hombre y una joven caminan en sentido contrario, seguidos por un juguetón bóxer color miel. Anne, nerviosa, no deja de hablar: le cuenta sobre sus estudios, sus planes en París, sus ganas de dedicarse al arte. Lo mucho que le gusta ir a museos; observar de cerca los cuadros, las esculturas. Le platica de Aristide Maillol y las piernas cortas de quien era su esposa y modelo; por eso fue un gran innovador de las proporciones. Sí, ama a los impresionistas, a Cézanne sobre todo, ¿qué tal su obsesión con la montaña de la Sainte-Victoire?, pero le sienta mal que la gente ignore los demás periodos. Al arte también lo vence la moda. Le pregunta sobre el metro, el clima, el tráfico, el precio de las cosas en la capital francesa. ¿En dónde se reúnen los estudiantes? ¿Cuál es su zona favorita? ¿Qué restaurantes me recomienda? No puede quedarse callada. No debe quedarse callada pues sabe que si él decide hablar antes de entrar a Villa Lohia, las palabras que pronuncie lograrán aturdir su futuro. Sigue monologando sin comas ni puntos y seguido ni puntos y aparte… hasta que ve la figura de su madre a la distancia. Anne aumenta el ritmo de la marcha. Pronto estará a salvo.

Un hombre y una mujer recorren los jardines de Luxemburgo. La falda de ella, al arrastrarse, levanta un fino polvo. La blusa estilo pagoda, en satén blanco, resalta su elegancia. Él viste de negro, chaleco y levita, a excepción de la camisa blanca que, de tan almidonada, casi no se mueve. El corbatín no ha sido bien anudado así que, en cierto momento, ella se detiene y, con deferencia, le hace un nudo perfecto. La cercanía de Juliette inquieta a Victor. Durante un instante se quedan viendo a los ojos y cuando él va a decir algo, ella apresura la marcha pues quiere llegar a su lugar favorito: la fuente Médicis. Ahí, entre el verde de árboles y arbustos, se sientan en una banca de piedra, la más alejada, a observar las carpas del estanque rectangular.

—Hubiéramos traído pan para alimentarlas. Hay una enorme, dorada con reflejos verdes, ¿o verde con manchas doradas?, que siempre está hambrienta. La pobre es insaciable.

—Ah… —responde Hugo, con los ojos fijos en los labios de la actriz.

—Me encanta venir a verla. Hasta la bauticé: se llama Émeraude, por el color, obviamente. ¡Mire! Ésa de ahí —señala con entusiasmo—, junto al grupo de peces naranjas.

—Bonito nombre. En España le dirían Esmeralda. Y tiene razón, es del color de esa piedra preciosa.

La mano izquierda de él casi toca la derecha de la mujer. Si tan sólo el dedo meñique se deslizara un poco… Un callado clamor se instala entre ambos. Un ansia que crepita. Un confuso miedo.

—Y ahora, *monsieur* Hugo, ¿qué está escribiendo? ¿Una nueva obra de teatro? ¡Yo sería perfecta para su Lucrecia Borgia! Mi papel como princesa Negroni es insignificante… —se arrepiente de inmediato y trata de rectificar—: Aunque, claro, no hay papel pequeño en las obras de teatro del gran Victor Hugo.

—*Mademoiselle* Georges ya representará a Lucrecia, usted lo sabe y, en escena, bien lo ha dicho, ningún rol es menor. Tal vez en unos meses podría personificar a María Tudor. Y contestando su pregunta, estoy escribiendo algo que titularé *Angelo, tirano de Padua*.

—¿María Tudor? —repite, emocionada.

—Reina de Inglaterra y única hija de Enrique VIII con su primera esposa…

—…Catalina de Aragón. He leído su historia. Disfruto las novelas biográficas. Leer es una de mis pasiones.

—Es lamentable que no todas las actrices lean. Algunas ni siquiera se aprenden el libreto ni se adentran en la vida o circunstancias del personaje; sólo buscan la fama y ser admiradas. Confían en que su belleza basta.

—Los aplausos nos alimentan y no está mal volverse conocida si podemos ganar más dinero. ¿No cree usted? —¡si Hugo supiera la enorme cantidad que debe! Pero evidentemente no es algo que le vaya a contar ahora—. Entonces, ¿me dejará convertirme en esa reina? —insiste, emitiendo una sonrisa encantadora.

—Recuerde, estimada señora, que los dueños de los teatros tienen la decisión final. Prometo hacer lo posible —advierte, demostrando algo de tensión. Todos saben que *mademoiselle* Juliette es una actriz muy hermosa, pero sin mucho talento; incluso, ha llegado a olvidar sus líneas—. Mejor cuénteme de su pasado, de sus sueños.

—¿De verdad le interesa mi vida?

Ante el gesto de afirmación del poeta, suspira y comienza:

—La verdad, es algo triste: mamá dejó de existir cuando nací. Mi padre murió un año después, pero por fortuna mi querido tío René, que es veterano del Imperio, se hizo cargo de mí y me envió a un convento aquí en París; el de las Madelonnettes.

—Siempre me ha intrigado la vida en esos lugares de encierro —dice, acomodándose el cabello, que acostumbra usar más largo de lo normal pero, eso sí, lo luce bien cuidado; el renombrado Richi es su peluquero.

—No hay mucho qué decir, *vraiment*… Lo puedo resumir en una desabrida sopa de verduras y pan seco en la comida. Dormitorios llenos de chinches. Silencio total. Para la cena: papas o ejotes con aceite. Una vez a la semana llegaba el manjar: un pedazo de queso. Había muchas prohibiciones y castigos. En verano nos despertaban a las cuatro de la mañana; en invierno, a las cinco. ¿Se imagina el trabajo que me costaba levantarme? —dice, burlona—. Pero no todo era malo, había un jardín muy grande, casi un parque. También estaba el refectorio, donde nos dejaban leer; ahí adquirí ese gusto. *La imitación de Jesucristo* o *La vida de los santos* eran los libros que ponían a nuestra disposición. ¿Los ha leído?

—Dios me libre de lecturas así. ¿Y a qué se dedicaban, además de leer?

—¡A rezar, obviamente! También nos enseñaban escritura, cálculo, costura, cómo lavar y cuidar la ropa… cosas de ésas. Los castigos eran terribles, el peor, imagínese usted, era lamer el piso en forma de cruz hasta que la lengua nos sangrara.

—Era usted una chiquilla. ¡Qué salvajes! —las venas de su cuello se hinchan, como siempre que se indigna o se enoja.

—La mayor parte del tiempo debíamos guardar silencio. El día que salí, a los quince años, grité de alegría. Quería escuchar mi voz. Me sentía tan libre, que lo primero que hice fue buscar un taller para aprender pintura; tenía ganas de convertirme en una gran artista. Para mantenerme, me vi obligada a trabajar como modelo y, bueno, de ahí a la actuación… en fin. Es una historia aburrida —lo de su pequeña hija, fruto de su relación con Pradier, lo mantendrá escondido por el momento; imposible comenzar una relación confesando que es madre soltera. Además, como la mandó lejos, a una pensión, no les dará problemas.

—Todo lo contrario, señora mía. Continúe.

—*Bon*, el escultor Pradier me contrató y después me animó a ser actriz. Me ayudó a conseguir mi primer papel en el Teatro del Parque, en Bruselas. Fue exactamente en diciembre de 1828; jamás lo voy a olvidar. En ese momento decidí cambiarme el nombre: de Julienne a Julie cuando fui modelo, de Julie a Juliette cuando me convertí en actriz… De verdad estoy incómoda, mejor hablemos de otra cosa. Dígame qué se siente tener fama a los ¿veintiocho años? Desde el estreno de *Hernani*, se volvió muy conocido.

—En unos días cumpliré treinta y uno —corrige—. Y no soy tan famoso; además, muchos críticos me odian —responde, ajustándose su sombrero Panamá para cubrir mejor su amplia frente.

—Pero es popular y querido por la gente. Y lo de los críticos, le garantizo que es envidia. Usted y Dumas son los reyes del teatro parisino y eso cualquiera lo reconoce —sostiene la actriz, quien ignora la rivalidad entre ambos autores—. Todos hablan de Victor Hugo como el líder de la escuela romántica.

No podemos adivinar si es la belleza de la fuente Médicis o el clima perfecto de esta tarde lo que impulsa a Juliette a pedirle un poema:

—… parecido a *Claro de luna*, por favor. ¡Lo adoro! Es tan triste y poderoso. Ojalá me dedicara, a mí sola, versos iguales a los de *Los Orientales*. Se lo ruego…

Hugo quiere responder, sin embargo, tres hombres vestidos con galanura y ropas caras deambulan muy cerca, así que la pareja se recorre; cada uno, al extremo opuesto de la banca. Al reconocer al escritor, los paseantes levantan el sombrero. En cuanto se alejan, sin decir nada y sin hesitación alguna, ella regresa a su lugar y pone la mano sobre la de él. Una mano varonil y larga que sabe escribir, pero también usar otras herramientas; entre sus antepasados hubo carpinteros y ebanistas.

El dramaturgo, de rasgos finos aunque nariz pronunciada, labios delgados, mirada juguetona y firme, observa el cercano perfil de su acompañante. La actriz bretona es verdaderamente bella. La piel, blanca y sin tropiezos, está hecha para ser acariciada. De sus ojos emana una oscuridad profunda, que invita. Sin quererlo, compara la cabellera negra y brillante con la de Adèle, bastante maltratada desde que dio a luz a su quinta hija, hace apenas tres años. Ya quisiera su esposa tener la cintura de Juliette, piensa. Se siente culpable. "¡Pobre Adèle mía, tan cansada todo el tiempo, tan mediocre ama de casa! ¿Cuánto tiempo lleva rechazándome en nuestra elegante cama de baldaquinos?".

La mano de la actriz sigue sobre la suya, sin moverse, tibia, cálida. Ambas tiemblan un poco y comienzan una conversación silenciosa. Cuando dos pieles se hablan de manera tan directa, las palabras huyen.

Él desplaza un dedo. Otro más. La mano femenina reacciona. Se entrelazan. Hugo y Juliette vuelven la vista al mismo tiempo: ella hacia la derecha, él hacia la izquierda. Victor es más alto así que la mujer levanta la cabeza. Acercan no sólo el cuerpo, también las miradas… las ganas.

Es su primer paseo y sienten conocerse desde siempre. ¿Reconocerse, acaso? Antes de encontrar otra manera para demostrárselo, le susurra ella al oído, de pronto: "el beso es, para mí, la mejor forma de amor". Pero él no la escucha; está arrancándole un pequeño pedazo al tiempo. Despacio, sigue aproximando su cara; ha dejado de medir el riesgo. Para acortar la breve distancia que todavía los separa, con la mano toma el rostro femenino y lo atrae. Quiere poseer sus labios; también su cuerpo y alma. Pero hoy bastará con un beso. El más largo, el más dulce. El que lo iniciará todo.

Ambos han olvidado que están en un lugar público. Si quieren dejar que sus lenguas se reconozcan, es vital entregarse antes de que alguno se arrepienta. Las bocas ceden, confían, traspasan.

Hugo, el primero en abrir los ojos, se separa. Lento. Observa los párpados todavía cerrados, de pestañas rizadas. Mientras acaricia las mejillas de *mademoiselle* Drouet, que ahora lo mira de otra manera, se da cuenta de que no podrán escapar; es demasiado tarde. No existe lugar alguno donde logren ponerse a salvo.

Collage: el amor no se alimenta más que de amor (1964)

*Habría que vivir en una casi
perpetua estupefacción apasionada.*
ANDRÉ GIDE

"Para Anne, a la que amo. Este diario contará los días que le siguen a este: 23 de junio de 1964 [...] Cierro el año más bello, en el que comencé la espera y la esperanza. François."

Así inicia el diario que el político francés le escribió a Anne Pingeot, su más grande amor. Con tinta azul sobre páginas azul pálido, casi del mismo tono de las preferidas por Victor Hugo, el hombre construyó, durante seis años, una tangible prueba de un enamoramiento loco y profundo. Casi infantil: pedazos de mapas, boletos de avión o noticias de distintos periódicos pegadas con cinta adhesiva sobre las páginas. Letras y palabras recortadas que unía para crear frases. Postales. Caricaturas de él publicadas por los diarios. Hojas membretadas de los hoteles en los que se hospedaba o de personalidades importantes: embajadores, ministros, senadores, empresarios. Flechas que la hacen mirar hacia un lado o el otro de la hoja. Timbres. Fotografías. Poemas escritos por él mismo. Dibujos a lápiz.

Mitterrand no se despegaba de unas pequeñas tijeras para recortar aquello que llamara su atención, cada cosa que necesitaba para sus *collages*. Siempre traía consigo cinta adhesiva y una libreta. ¡Ah!, y también una fotografía de su amante que colocaba en la mesa de noche de cada lugar al que viajaba. En blanco y negro, ella presume sus brazos delgados y bien mantenidos que salen de una blusa de tirantes. La sonrisa, sincera, muestra dientes blancos y alineados. Es evidente su juventud pero, más incuestionable todavía, su mirada de embeleso.

Los términos que se repiten con frecuencia, día con día, son: *Te amo* y *Anne*. La eterna amante nunca quemó las cartas ni el diario. Sabe que Madeleine destruyó las de André Gide; Catherine Pozzi, las de Paul Valéry. Pero sí trascendieron las palabras de amor de Wilde, Balzac, Flaubert. De Heidegger a Hannah Arendt. De Napoleón a Josefina. De James Joyce a Nora Barnacle y las de Rosa Luxemburgo a Leo Jogiches. Y, claro, entre muchos nombres, aquellas que se enviaron cotidianamente Juliette Drouet y Victor Hugo.

Resulta más fácil guardarlas que tirarlas, reconoció Anne. Nuestro gusto por las palabras es un placer cotidiano; algo más entre las docenas de cosas que nos unen. "Acuerdos intelectuales, curiosidad mutua, placer sutil, comuniones estéticas, atracción por las cosas esenciales y simples." Su pasado: la vida austera de la joven, sus peregrinaciones a Chartres o a Lourdes a pie y los meses que él pasaba en el colegio, sin ver a sus padres, fueron poderosos pasajes de cohesión. Ambos pertenecían a familias de provincia, católicas, burguesas y patriotas. Se admiraban. Sobre todo, se necesitaban.

"Estoy tan triste este viernes, tan triste, tan triste que regreso a mis compañeros, estos símbolos que me hablarán de ti pues tú estás callada […] Espero tu carta, el corazón destruido. Día vacío. Alma inquieta […] Te amo, Anne, y hoy, mientras un violín triste me conmueve, te amo desde el centro de la pena."

Anne intentaba resistirse a ese amor sin salida, pero era como el cuento que leía de pequeña: la cabra del señor Seguin lucha toda la noche para que, en la mañana, el lobo se la coma. Amante de la libertad que le ofrece el aire puro de las montañas, en lugar de ponerse a salvo en el establo de su amo, decide combatir a su depredador. Herida, agotada, la cabra deja de respirar. Anne también luchó muchas veces.

Pero terminó por entregarse. Y no perdió la vida; a ella, el amor le dio una energía increíble, se convirtió en su motor.

"¿Por qué hay que amar a Anne? Lo sé hoy más que nunca antes. Recibí su carta ansiosamente esperada. Anne es mi alegría, mi gracia, mi esperanza. A veces me asombro del lugar que ocupa en mi vida. Anne se parece a esta ola, violenta y pura. Ella da y toma. Pero sabe que da y no que toma. Cuando se rompe no es espuma, sino luz."

¿Por qué querer a François?, se llegó a preguntar varias veces su amante. Cuando asesinaron a Kennedy, él le dijo: "No es la muerte lo que me sorprende, lo que me enfurece, sino el odio. Y la idiotez. Siento una especie de angustia al ver triunfar al odio y a la idiotez, una vez más". O, junto a la fotografía del presidente Lyndon B. Johnson, se cuestiona: "¿En qué piensa el hombre más poderoso de la Tierra?".

Eso admira Anne de Mitterrand: su lucidez política y humana. La seguridad que siente por sí mismo. Su manera de concebir el mundo. Sus definiciones de justicia, igualdad, lucha. Su concepción de la amistad, a la que jamás sacrifica por ninguna meta política. La claridad con la que ve las cosas pero, asimismo, la capacidad de hacerse rodear por expertos, de escuchar sus consejos, de reconocer que no posee una sabiduría universal. También le encanta el gusto que siente por la naturaleza, la forma en la que admira su país y el amor a sus ciudadanos. Viajar lo deleita y lo que disfruta a rabiar es la caminata, un aspecto esencial de su equilibrio. Es un hombre atractivo, seductor y, sobre todo, de una excepcional inteligencia.

—Si conozco bien a los franceses —le contó alguna tarde invernal, refugiados en la barra de un bistró—, es por mis caminatas y mi curiosidad. Pueblo al que llego, entro al café de la plaza principal, lanzo un *Bonjour!* y platico con la gente: obreros, maestros de escuela, campesinos, migrantes, amas de casa. Es la mejor manera de saber sus angustias cotidianas. ¿Te he contado de…? No, creo que no: antes de la guerra era estudiante y vivía con estudiantes. Durante la guerra me hicieron prisionero, así que la convivencia en los campos de trabajo fue mi verdadera experiencia de mezcla social. No imaginas las personas tan diferentes que conocí en Ziegenhain y en Turingia. Parecía un zoológico en donde las distintas especies nada tenían que ver, más que la solidaridad y la desesperanza del encierro.

A Mitterrand le gusta la arquitectura, igual que al autor de *Los miserables* quien, en las caminatas diarias que le inyectaban fuerza y lo rejuvenecían, se detenía a observar los monumentos importantes. Se acercaba y alejaba; se ponía en cuclillas para contemplarlos desde otro plano. El presidente francés también le otorgó importancia a las grandes construcciones que caracterizaron sus dos periodos: la pirámide del Museo del Louvre, diseñada por Pei, el Arco de la Defensa, la Gran Biblioteca, el Museo d'Orsay. Su eterna amante mucho tuvo que ver con esto; era una apasionada de las bellas artes.

"A la derecha está Sophie Scholl, estudiante alemana decapitada en 1943 porque amaba la libertad y el honor. Abajo está Monica Vitti en una película reciente. Dos mujeres frente a su destino: una que quiere vivir y la otra que va a morir. Me parece que todo está dicho en esos ojos; unos que miran hacia abajo, otros muy abiertos", explica el texto que acompaña las dos fotografías recortadas por Mitterrand.

Cuando su abuela le preguntó al pequeño François qué quería ser de grande, él contestó, sin pensarlo: "Papa o presidente". En realidad, deseaba ser periodista o, ¡mejor todavía!, escritor. Sí, con toda su lucidez y sus ganas se va a convertir en escritor. Cuando presiente que no tiene el talento que se requiere, planea volverse crítico literario para un periódico; no es mala idea ganar dinero por leer y opinar. Pasa varias horas del día leyendo a Montherlant, a Anatole France. Uno de los libros que más lo marcó en su juventud fue *Los alimentos terrestres*, de André Gide.

La pasión política ganó. Y lo hizo a tal grado que François no se atrevió a cortar su camino hacia el poder, a pesar de las amenazas. Sí, en 1958 comenzaron a llegarle cartas con ataúdes de papel o con promesas de una muerte inminente: *"Tu vas crever"*. Recibía advertencias violentas, intimidatorias. Su gente le aconsejaba que ya no caminara por París solo, sin protección. Terminó por colocar una puerta blindada en su casa de la calle Guynemer, ante los ruegos de su esposa de que no se confiara. A Danielle le llegaron notas en las que la invitaban a comprarse ropa de duelo y que, de ser posible, la tuviera planchada y lista.

Un día de algún mes de 1959, Mitterrand cenó con su querido amigo Georges Dayan en el Lipp. Al regresar a casa en su automóvil 403 azul, se dio cuenta de que un coche verde lo seguía por la calle de Seine. En Tournon ya era evidente que iban tras él, así que al llegar a la plaza de l'Observatoire disminuyó la velocidad lo más posible, saltó del coche en marcha y se escondió detrás de unos arbustos. Desde ahí, escuchó siete disparos sobre su Peugeot. El político se llevó algunos leves golpes y rasguños, aunque salió casi ileso. La mañana siguiente, la noticia apareció en todos los noticieros. Para muchos era un héroe; pero sus detractores afirmaron que había sido un engaño para llamar la atención y ganar popularidad.

En el año 1964, Anne y François viajaron en un Volkswagen negro de Delft a Ámsterdam. "En Delft caminamos lentamente, soñamos junto a los canales, imaginamos una vida (tal vez la nuestra) que estaría hecha de una silenciosa y profunda realización interior. Los museos nos esperaban en Ámsterdam. De Rembrandt a Van Gogh. Tu confianza y tu ternura. El paseo en barco. Todo formó parte de la sinfonía de Anne y de François. Tu mano, tu boca, tu mirada en Hals. *O Anne, mon Anne"*.

François Mitterrand es un gran orador. Parece que estudió y practicó horas para lograrlo, pero lo trae en su forma de ser. Si lo atacan, jamás se altera; tranquilo, sigue argumentando como si nadie lo hubiera interrumpido. Actúa como experto. Se controla. Captura la atención. Mueve las manos de manera natural. Habla con voz dulce, mesurada: con el timbre y el volumen que precisa el tema a tratar. No usa apuntes para sus discursos. Cuando lo cuestionan, sigue hablando sin responderle, en un principio, a su adversario. Teatraliza. Parece predicador. Es experto en quedarse callado; sabe darle el peso y el tiempo necesario a los silencios. Pide un vaso de agua; lo bebe lento, como si continuar con su discurso no fuera necesario. Se muestra elocuente y apasionado. Desde una voz que acaricia, así sea a sus enemigos, responde sin prisas. Seduce. Y, seduciendo, consigue una buena parte de lo que se propone. También se ayuda de una paciencia y una perseverancia casi sin límites. Uno de sus amigos dice que está hecho de dureza y malicia, de seducción y frialdad. La escritora Marguerite Duras afirma que es irremplazable: "Lo adoro. Lo sabe todo".

"Anne: ya no puedo vivir un día sin ti sin sufrir. Sobre todo después de Touvent y Saint-Émilion. Nada que no nos reúna, tiene sentido."

Mitterrand, "Cecchino" para Anne Pingeot, es dueño de un encantador, aunque abrasivo, humor negro. Cínico. Práctico, siempre encuentra la solución ideal y, si ésta falla, sabe dónde buscar otra salida. No deja que ninguna puerta se le cierre. Aprovecha las oportunidades, los desafíos. Su manera de aprehender los acontecimientos es inteligente y profunda.

A veces, frente al espejo, se encuentra a sí mismo dividido. Lleno de paradojas. Creyente y agnóstico; deísta tal vez. Liberal y conservador. Autoritario y defensor de la libertad. De derecha y de izquierda. Seguir sus ideales y renunciar o aceptar para continuar escalando. Enamorado de una sola mujer y de todas. ¿O de ninguna?

"Caminamos lado a lado con una ternura vacilante. Anne comenzó a decirme lo que sin duda había decidido decirme: No quiero engañarte sobre mis sentimientos. Después, cambió de tono. Se abrieron sus brazos. Me entregó sus labios.

Nos recostamos sobre el pasto. Me dijo: Sabes bien que soy tuya. Otra vez podemos decir 'nosotros'. Su mirada, su boca, su cuerpo, sus palabras, sus silencios. De regreso, recolectó brezos y helechos. Severa, como siempre, pero segura y amante. Anne. *Nanour. Animour.* Mi Amor. Mi Dolor. Mi Esperanza. Mi Vida."

Mitterrand adora a las mujeres: una tras otra, de manera insaciable. ¿O es puro deseo impulsado por el primitivo instinto de preservar la especie, de regar semen, de transmitir sus genes? No presume ser un Casanova, pero tampoco oculta cada conquista. Danielle, su esposa, trató de acostumbrarse, aunque se resistía. Llegar al departamento familiar y encontrar un enorme ramo de rosas para su marido, sin dedicatoria, la llenaba de furia. A veces se preguntaba si a la tal Marie-Louise Terrase sí le hubiera sido fiel.

François conoció a su primer amor cuando ella tenía quince años y la vio salir del Liceo Fenélon. Decidió llamarla Béatrice, en referencia a Dante. Y como se había propuesto ser escritor, le mandaba hasta cinco cartas diarias. Pero estalló la Segunda Guerra Mundial y tuvo que convertirse en soldado. Mitterrand se resistía a ir al frente, mas no por miedo a perder la vida, sino porque no quería alejarse de su *fiancée chérie*. El 4 de septiembre de 1939 no le quedó otra opción: partió hacia el campo de batalla en un tren, cargando una mochila de treinta kilos y con la pena de dejar atrás a Marie-Louise. En esa guerra, cuando él y su brigada estaban en Verdún, un obús estalló tan cerca, que le fracturó el omóplato derecho, pero regresó con vida.

El amor eterno casi termina cuando su "Béatrice" le confesó haberle sido infiel durante su ausencia. Él la perdonó y, no satisfecho con su generosidad, le pidió matrimonio. El paso del tiempo, los desencuentros y las dudas de la joven, acabaron por convertir el futuro en promesas incumplidas. En un amor que se quedó en el tintero de las probabilidades malogradas.

"Anne, esta noche penetré en tu alma. En la iglesia te vi en presencia de ti misma y respeté la meditación. ¿Sentiste con la misma fuerza la intensidad de la unión que se estableció entre nosotros? Tomaste mi brazo como para sostenerme; lo necesitaba. Percibí un mundo inmenso que se desplegaba frente a mí. Tu alma, mi Anne. Mi corazón habría podido fracturarse."

Los años de diferencia, en lugar de separarlos, los unen. ¿Por qué? Ninguno de los dos lo sabe a ciencia cierta.

Anne Henriette Marie Pingeot llegó a este mundo en mayo de 1943, en Clermont-Ferrand, mientras François era un desconocido funcionario del gobierno de Vichy. Cuando la bebita cumplía tres meses, él juró servir fielmente al mariscal Pétain; al hombre y a sus ideales. Del abuelo de Anne, *monsieur* Henri Pingeot, se rumoraba su admiración hacia los nazis. Muchos de sus amigos empresarios, de hecho, mostraban asombro y respeto frente al ejército alemán, "el mejor del mundo".

"Espero. Y te amo. Trato de profundizar en el significado de cada cosa. Aprendo a respetar la libertad esencial de un ser. A crear para Anne un mundo admirable donde ella avanzará libre y fuerte. […] Pero, contradicción, tengo tal necesidad de una unión total con aquélla a quien amo, que me rompe y me hiere."

En octubre de 1944, Mitterrand conoció a la mujer que se convertiría en su esposa, aunque no la vio en persona, sino gracias a una fotografía colocada sobre un piano. "Es mi hermana", contestó Christine Gouze. François aseveró: "Pues me he de casar con ella". Diez días después, se encontraron. Para Danielle no fue amor a primera vista: le gustaban los hombres más jóvenes que ella. Además, le pareció arrogante. Pero como a veces la opinión de los seres humanos cede ante el destino, un día antes de que Danielle cumpliera veinte años, se casaron. Él eligió una ceremonia religiosa en la iglesia de Saint-Séverin. Ella, a pesar de ser atea, no quiso oponerse. ¡La cara que habrá puesto el sacerdote cuando la prometida le anunció que jamás en su vida se había confesado! "Seguramente he mentido y mi único pecado es la glotonería", le dijo, antes de obtener la absolución.

Con su vestido de seda salvaje y velo de tul, terminando el brindis acompañó a su nuevo marido a presidir una reunión del Movimiento Nacional de Prisioneros de Guerra y Deportados, en el Club Matignon. Ese día se percató de que la mayor parte del tiempo, François se dedicaría a la política y a poner en marcha sus convicciones.

Para mantener a la nueva familia, su amigo Eugène Schueller, que había financiado por ahí de 1936 a un grupo terrorista de extrema derecha, La Cagoule, le consiguió la dirección de la revista femenina *Votre Beauté*, publicada por una filial de L'Oréal. El hombre se sentía algo frustrado. "No le hagas el feo a lo que te da de comer", le decía su esposa, mientras tejía alguna prenda para el bebé que esperaban. Poco tiempo después, su tenacidad rindió frutos: Mitterrand se convirtió en el ministro más joven de Francia, al aceptar el Ministerio de los Antiguos Combatientes y Víctimas de Guerra. Antes, De Gaulle, todavía gobernando en el exilio, le había entregado la condecoración Orden de Francisca por su movimiento de Resistencia.

"Vives en mí, mi Anne. Eres mi fuerza. ¿Por qué recorté la imagen del busto de Isabelle de Aragón? Porque es, para mí, una de las expresiones más puras de la belleza. Y yo creo con todas mis fuerzas que mi amor por ti es bello."

Anne es guapa, de una belleza clásica. Delgada, dueña de una elegancia y sensualidad discretas, expresadas en sus movimientos y en esos enormes ojos azules que contrastan con el cabello castaño oscuro, casi siempre recortado a la altura de los hombros. Sobria, aunque de temperamento salvaje. Y más que nada, inteligente. Sabe amar dentro y fuera de la cama. Se mantiene en un segundo plano cuando es necesario, oculta, pero también está junto a él, con toda su fortaleza y tranquilidad, cuando Cecchino así lo precisa.

"Te mostré en el restaurante la foto de Jruschov soñador. Ponerla aquí ubicará un momento histórico. Cuando más tarde digan que al mismo tiempo gobernaron Kennedy y Jruschov, tendremos el derecho de decir que el mundo tuvo suerte. […] Anne, gracias por tu mano en mi nuca, por tu beso alegre en la calle Jean-Goujon. Siempre encuentro en Anne nuevas y eternas razones para amarla. Y para pertenecerle."

Danielle dio a luz a su primer hijo, pero en julio de 1945, Pascal, de apenas tres meses, murió de cólera infantil. Ese abismo de congoja los unió en perpetuidad. Un año después, Joseph Mitterrand, su padre, desapareció de este mundo por culpa de un cáncer de próstata que no le tuvo misericordia. Algunos meses más tarde, François fue elegido diputado por primera vez. Su esposa se mantuvo, fiel y solidaria, a su lado. A veces, durmiendo con él en el automóvil, en la orilla de algún camino vecinal, con un vientre de seis meses de embarazo y un frío atroz.

Era una mujer con carácter fuerte, dueña de opiniones propias, que odiaba la violencia. "Niña educada sin Dios por un padre librepensador", se describe a sí misma. De alineación izquierdista, a los diecisiete años se unió a la Resistencia. Ya estaba acostumbrada: sus padres escondían a miembros del grupo Combat, a pesar del peligro de que la Gestapo los descubriera. No puede olvidar la noche en que llegaron los soldados alemanes a la casa familiar. Afortunadamente, Danielle, su hermana y su madre habían logrado borrar cualquier vestigio de que alguien más hubiera estado ahí. Le gustaba platicar, riendo, que cuando finalmente se fueron, ¡constató la eficacia de la Gestapo como laxante!

Con el tiempo, como primera dama y después, se convertirá en seguidora de Fidel Castro, de los sandinistas, del pueblo tibetano, de la lucha de independencia de los saharauis y hasta en admiradora del subcomandante Marcos, a quien apoyará y visitará en México. Los kurdos la llamaban *maman* y los pueblos sudamericanos madrina. Combatió el racismo, la contaminación, la energía nuclear, el antisemitismo, la guerra… y todo esto sin dejar de practicar el pasatiempo que amaba: el arte de la encuadernación.

Danielle… una mujer que supo, quiso y decidió aceptar, a regañadientes, eso sí, las seducciones de su marido. Una tras otra, incluyendo a las esposas de sus amigos. Un día dejó de quejarse y de cuestionarlo cuando él, como única respuesta, seca y fría, manifestó: "No sabía que el matrimonio es la inquisición". También cuando ella sugirió convertirse en su secretaria y él, enseguida, clausuró esa opción. Siguió a su lado porque lo admiraba, porque estaba segura de que llegaría lejos y, lo más importante, era el papá de sus hijos.

El propio padre de Danielle fue un hombre infiel. Cuando su esposa se enteró, pensó en suicidarse. Algún día le confesó a su hija: "Lo perdoné, pero jamás olvidaré lo que me hizo".

"Cerca del fuego que encendiste, comenzó el rito: música, lectura y después tú. Anne, perfectamente entregada a la alianza mística y carnal; nuestro reino resplandeciente."

Mitterrand es reservado; sin embargo, cuando debe ser alegre, lo consigue. Ríe mucho. Le encanta divertirse. ¡Hasta se metió a clases de tango! De joven le gustaba jugar futbol, como portero. Es bastante impuntual. Tiene algunas debilidades burguesas; por ejemplo, adora las sábanas de lino crudo.

Durante su infancia se enfermó y se vio obligado a pasar muchos meses encerrado; eso lo acercó a los libros. Fue una época en que se hizo misántropo; disfrutaba la reclusión, la soledad. Como lee mucho y es tan culto, siempre tiene temas de conversación interesantes que se prestan a ardientes discusiones y debates. Es moderado en sus reflexiones. Desde los doce años, según su hermano Robert, adquirió el don de mando. Siempre fue voluntarioso y obstinado.

"Qué maravilloso haber vivido el día de ayer. ¿Usted logró adivinar cuánto la amo mientras mis dos manos acunaban su rostro? Podría escribirle a diario, pero ¿qué tamaño de cofre sería necesario para contener tantas cuartillas? Quiero confiarle todos los aspectos de mi vida."

El amor no se alimenta más que de amor, pensó la joven Anne, de veintiún años, cuando recibió las primeras diez páginas del diario, a mediados de 1964. Su amor se alimenta del amor de cada palabra que su Cecchino le escribe. De cada promesa que le susurra. Se alimenta de cada viaje, de cada mirada cómplice, de cada hotel en el que han compartido ratos, de cada caminata mano con mano, de cada colchón que ha recibido su peso, sus gemidos. De sus pieles frente a frente, sudorosas, rendidas. De esas almas prendadas. De cada posibilidad.

Diario perdido (Guernesey, fragmento de 1855)

Escribo puesto que necesito expresarme. Me urge entintar mi voz, poner en blanco y negro las angustias que en días como hoy, lluvioso y frío, me atormentan. ¡Qué horrible clima el de esta isla inglesa de bruma eterna! ¡Qué ritmo de vida tan monótono! Me escribo a mí, aunque te escribo a ti esperando que nunca me leas, aun si la sugerencia de redactar mi diario íntimo fue tuya. Necesito saber que en estas páginas puedo decirlo todo o casi todo…

Llevo muchos años tras tus huellas, de una casa a la otra, muy cerca, pero nunca contigo, *mon cher* Victor. Nunca te he dicho que en París, desobedeciendo tu prohibición de pasear sola, a veces te espiaba. Escondida, esperaba a que salieras y, entonces, observaba a tus hijos acompañarte hasta la reja oscura. La pequeña Léopoldine tomaba tu mano. ¡Cuánta seguridad le daba sentir tu fortaleza! ¡Pobrecita, si hubiera sabido lo que la vida le tenía reservado! Desde la puerta de madera pesada (así la imaginé siempre: pesada), Adèle vigilaba a los niños y agitaba la mano, despidiéndote. Yo permanecía detrás de un árbol, encubierta y discreta; después veía tu figura alejarse: un hombre atractivo, elegante, siempre bien acicalado y de seguro andar, enfundado en un abrigo con cuello de zorro, acostumbrado a recorrer su ciudad con tan sólo la fuerza de las piernas. Yo me quedaba todavía unos minutos fuera de tu hogar, imaginando la vida en un entorno siempre cálido, escuchando las risas y los juegos cotidianos, aspirando el aroma de la comida. ¿Una olla con trozos de zanahorias, papas y cebollas, un litro de vino tinto, ramas de estragón, esperando con ansiedad el pollo de Bresse que la cocinera despluma con energía, mientras tararea alguna canción?

El calor adentro; el frío afuera. Las risas adentro; el ruido de los cascos de los caballos jalando carretas, afuera. El olor a lejía y limpieza adentro; el olor a mierda, afuera. Tu esposa adentro…

A esa casa, la del pesado portón de madera, nunca accedí, pero ¿recuerdas cuando tu familia se fue a Saint-Prix a pasar una temporada y me dejaste descubrir tu apartamento del hotel de Rohan-Guéméné, en la Place Royale? Estar entre las paredes que habitabas con tu familia fue una extraña sensación; era cuando yo vivía en la *rue* de Paradis. Entré sintiéndome un poco invasora, pero también un poco la señora de la casa, y recorrí con mi mano los muebles y adornos chinos, los magníficos tapices, aquel baúl medieval que ahora tienes en tu biblioteca, los exquisitos cuadros, cada antigüedad de las que coleccionas, hasta llegar a tu busto, el que hizo David d'Angers, presidiendo la chimenea del salón principal. Ahí me detuve y, con todo amor y delicadeza, le besé la frente, pidiendo un deseo con todas mis fuerzas: compartir tu techo, vivir juntos por siempre, ser tu verdadera mujer. Te acercaste, me tendiste la mano y me pediste que mejor besara al modelo en los labios, puesto que ambos lo gozaríamos mucho más. ¡Qué intensos besos nos dábamos! Reímos y después hicimos el amor despacio. ¿Era 1844, 1845? Últimamente la memoria me traiciona; antes me llegaban los recuerdos en forma ordenada y ahora olvido retazos, fechas, palabras, sensaciones.

Fuimos pintando el mapa de París con dos cruces siempre muy cercanas: si te mudabas, me hacías mudarme. Cuando ustedes se fueron a la *rue* La Rochefoucauld, me instalaste en la *rue* Pigalle, y así, un cambio de domicilio tras otro, sin dar mayores explicaciones.

Definitivamente nadie conoce París mejor que tú puesto que la recorriste a pie cientos de veces, de manera cotidiana, por zonas, según tus actividades en ciertos momentos: desde la Place Royale hasta lo largo del Sena, cuando fuiste miembro de la Academia; de un lado al otro de las Tullerías, el día que te volviste un asiduo invitado del rey Louis Philippe. ¡Qué estima y qué confianza te tenía! ¿Qué tal cuando me llevabas a la llanura de Montrouge a disfrutar los atardeceres; a revisar las novedades de los *bouquinistes* del Quai de Conti o a ver los nidos que las golondrinas construían, año con año, debajo del arco del Carrousel? Me contagiaste ese entusiasmo por dejar que los adoquines sintieran nuestros pasos; los tuyos, más tranquilos; en cambio los míos, para no quedarse atrás, más rápidos. Te gustaba presumir que obedecías ese precepto de Horacio: *mille passus*, incluso, te jactabas que de muy joven, los *mille* se multiplicaron cuando, todavía enamorado de la bella Adèle y sin dinero para pagar la diligencia, un día te pusiste en marcha hasta Dreux, para visitarla. ¡Cuántas leguas recorriste, incansable!

En París no caminabas como cualquier ser humano, simplemente para llegar del punto de salida a una meta: disfrutabas cada paso, detenerte a observar las torres de Notre-Dame, los diversos monumentos arquitectónicos o a tomar notas en tus eternas libretas de cualquier cosa que llamara tu atención: una escena, un gesto, una frase que pudiera servir para tu literatura. Cuando escribiste *Notre-Dame de Paris*, pasaste varias horas en sus torres observando, sintiendo, inhalando el aire que a esas alturas se respira, poniendo tus manos sobre las piedras firmes para tratar de descifrar su mensaje.

Al principio, respetar las distancias no me pesaba; me conformaba con las horas que estábamos juntos, dentro y fuera de la cama. Eran los años de amor arrebatado y vehemente; mi juventud alimentaba aquella paciencia de la que ahora, a veces, carezco. Bueno… es cierto, en ese entonces te atormentaba con mis ataques de celos, pero reconoce que no eran a diario. Además, esas endemoniadas mujeres que te escribían, que te admiraban, ¿acaso creían poseer el derecho de decírtelo, de acercarse a ti?

Aquí, si los días son tibios y soleados, me entretengo leyéndote o copiando tus manuscritos, intentando evitar errores o manchas de tinta que cubran alguna palabra. Podría reconocer tus páginas de un simple vistazo, no sólo por tu letra, sino por esa costumbre de dejar amplios márgenes del lado derecho para anotar omisiones o aquello que quieres corregir más tarde. Cuando me fatigo de pasar mucho tiempo sentada, salgo a mi adorado jardín a dar un paseo, podo mis plantas, disfruto mis flores; pero si llueve, siento que me ahogo encerrada. Hoy me ahogaba: por eso tuve la necesidad de escribir un diario. ¿Las letras podrán apaciguar tu lejanía, salvarme de mí misma?

Hasta ahora me doy cuenta de que realmente te escribo a ti, mi bien amado Hugo. Llevo tanto tiempo sosteniendo una larga correspondencia contigo, que olvidé que mi intención era llevar un diario del exilio. Mañana comenzaré a redactar de otra manera; hoy, obedeciendo a la bella costumbre que inicié hace más de veinte años, seguiré hablándote.

No quiero reclamarte que me hayas traído a una isla que no nos pertenece; llevamos cinco semanas y ya quisiera irme. ¡Odio Guernesey con todas mis fuerzas, por más que insistas que al menos desde aquí se alcanza a ver nuestra patria! ¿Cómo se atrevieron a perseguir al hombre más querido y respetado de Francia? Mi furia contra Napoleón III se incrementa día a día. Pero, *mon petit adoré*, ¿cómo se te ocurrió vociferar, en plena sesión de la Asamblea, que después de Napoleón el Grande, no querías a Napoleón *el pequeño*, y hasta publicar un pequeño libro con este título? ¿Cómo te atreviste a azuzar al pueblo desde la columna de Julio; a incitarlo, a gritos, sobre el balcón de la Alcaldía; a agitar tu bufanda tricolor de asambleísta, exigiendo a los soldados que desobedecieran a Louis Napoleón? No nos dejaste otra opción y tuvimos que huir, a toda prisa, a Bruselas.

Si yo soy infeliz lejos del lugar que me vio nacer, tú lo eres mucho más, por eso guardo mis quejas bajo llave y trato de mostrarme tranquila y contenta cada vez que llegas a mi lado.

¿Sabes lo que más extraño, mi Toto amado, mi poeta peatón? Nuestras caminatas en los parques, por las pequeñas callejuelas torcidas o recorriendo los grandes bulevares. Incursionar en los cabarets de moda de la *butte* Montmartre, entrar al Café Anglais, o bien, hacer una escala en Tortoni, donde probábamos esos deliciosos helados, tu postre favorito. Tu supuesto enojo cuando, con mis labios llenos de nieve de cacao, te ensuciaba la mejilla o la punta de la nariz… me perseguías para vengarte, pero nunca lograste alcanzarme. ¡Cómo reíamos! En esos años todavía actuaba. ¿Recuerdas? Cuánto amaba tus aplausos las noches de estreno en el Teatro de la Porte Saint-Martin, tus consejos. En la obra de *Lucrecia Borgia*, en mi pequeño papel de la princesa Negroni, me sentía una verdadera diva ante tu mirada y entusiasmo. Fue cuando nos conocimos; yo tenía veintiséis años y tú, treinta. Divina juventud. ¡Ay, cuántos recuerdos se agolpan! Basta que convoque un acontecimiento para que docenas más me lleguen, cual si fueran galgos de carreras sin freno.

Vuelvo la vista hacia atrás y percibo lo que me he transformado. Físicamente, claro, puesto que ahora me siento vieja, pero antes de mis cuarenta todavía era atractiva y de mirada lúdica. Mi manera de ser también ha cambiado; me has cambiado, mi gran hombre. Antes era una mujer celosa e impulsiva hasta el absurdo; poco a poco aprendí a compartirte, ¡y no sólo con tu esposa! Antes gastaba como si tu dinero jamás pudiera terminarse: en joyas, telas muy finas, adornos para mi casa, tonterías sin importancia. Ahora lo superfluo no me atrae y cuido tu pequeña fortuna. Antes deseaba ser célebre, disfrutaba seduciendo, recibir halagos y ver mi logia colmada de flores; ahora pido compartir una copa de vino moscatel a tu lado, una buena conversación frente al fuego y seguir teniendo el privilegio de ser la primera en leer tus novelas, tus poemas. Antes mi mayor placer era estrenar un nuevo vestido; ahora lo que más disfruto es verte escribiendo, impulsivamente, ya sea de pie, como acostumbras, o sobre la mesa del comedor de mi casa. Antes me enojaba con facilidad, explotaba; mi mal humor era conocido entre mis compañeros del teatro. ¡Tantas veces te hice víctima de mis gritos e intolerancia! Ahora he sabido encontrar la dulzura de la paz, de saber cuándo quedarme callada.

He llegado a la edad de poseer una esencial certeza: nuestras almas se encontraron en 1833 pero, como tú mismo afirmas, mi amado, esta unión que comenzó en la tierra perdurará en el cielo; estoy convencida.

¡Ay! Escucho las campanadas: es momento de esconder las páginas que he garabateado con prisa pues, en cualquier instante, te encaminarás desde Hauteville House hacia mi casa, para venir a mi lado y redactar en la tranquilidad de un hogar que con tanta emoción te recibe a diario. Pero no puedo finalizar sin copiar tus propias palabras, aquellas que me hiciste llegar, que parecen tan sencillas y, sin embargo, son, al mismo tiempo, de una profundidad que me ha conmovido desde la primera vez que posaste tus ojos en los míos: **"Te amo porque te amo, te amo porque sería imposible no amarte. Necesito escribírtelo como necesito pensar y respirar. Eres mi vida, mi alegría, mi alma, mi religión"**.

Tú y yo habitamos el interior de un universo
hecho de nosotros, hecho para nosotros…

¿Subes? Bajo. Subo. ¿Bajas? Si subes y yo bajo, jamás
alcanzaremos a encontrarnos. Las memorias de dos mujeres
silenciosas se unen.

"Tenemos una vida independiente de los hombres que
amamos. ¿Tenemos?, no hables por mí; yo ni siquiera contaba
con el permiso para salir sola de mi casa", se escucha desde la
lejana voz de Juliette.

Anne medita con una copa de vino blanco en la mano y
un paisaje boscoso frente a ella. Calibra. Reflexiona. Como
es verano y hace un calor terrible, se atreve a poner dos hielos
en su Chablis. ¡Si François la viera! Pero está de viaje. Ríe
cuando lo recuerda bebiendo una Coca-Cola muy fría cada
vez que las altas temperaturas lo sacan de sus casillas. Ambos
dicen odiar ese refresco empalagoso y oscuro, aunque frente
a la canícula, él no logra resistirse.

Antes de salir de gira, le escribió: "Dejarte es dejar un
universo extraño, simple, feliz. La ausencia, para aquellos que
se aman —y yo te amo— es una bestia viviente, con sus rabias
y sus reposos, sus hambres y sus angustias".

A diferencia de la amante de Hugo, Anne cree tener una
vida propia. Convoca sus recuerdos. Se detiene, regresa, avanza. Se ve en sus distintos trabajos, en las diferentes aulas en
las que cursó estudios de arte, restauración y hasta leyes. Se
escucha contando anécdotas en la casa familiar, frente a sus
padres y hermanos. Tomando un café con Alexis, paseando
por el jardín de Bagatelle con su mejor amiga. Anónima,

49

recorriendo las callejuelas parisinas en su bicicleta o comprando aquella fruta exótica en el pequeño puesto del senegalés.

Sin embargo, el rostro de Mitterrand aparece y reaparece. No logra evitarlo. Irrumpe en su soledad para recogerla en el Pont des Arts y, juntos, eligen alguna *brasserie*; o pasa por ella a su casa para llevarla a su trabajo en el Louvre cada mañana y gozar, aunque sea, unos minutos de conversación en el coche. La invita al cine Rex a disfrutar la película *Iván el Terrible*, de Eisenstein; a una librería para comprar algo de Sartre o de Morand; a recorrer, cuando ya oscurece, Champ-de-Mars.

Lo ve junto a ella, antes de dormir, siempre leyendo unas páginas. "En cuanto termine *Macbeth* te lo presto", le dice, y dejando que su voz adopte un tono enardecido, agrega: "¡Dios, qué texto tan bello! No cabe duda de que Shakespeare es el más grande genio". También lo recuerda eligiendo un disco y colocando, con suavidad y precisión, la aguja sobre el acetato. A veces bailan... las menos.

Lo escucha platicarle de sus pequeños triunfos políticos, discutir sobre arte de la Edad Media, temas de derecho, y también se escucha a sí misma monologando acerca del papel sociológico del automóvil, mientras van en la carretera hacia algún pueblito galo; otro más. Así, en cuatro ruedas, han recorrido gran parte de Francia, así han conocido hasta las más discretas capillas, a las que asisten a misa en domingo.

Cuando François va al golf, juego que ella odia, Anne se queda revisando sus apuntes de Velázquez. Al abrir su cuaderno, descubre dos pequeños rectángulos color naranja; son los billetes del cine al que asistieron hace dos o tres meses. Si hace memoria, recordará la película de Claude Lelouch que proyectaban ese día, ¿tal vez *Un hombre y una mujer*?, y la discusión sobre la trama durante el trayecto, a pie, de regreso a casa. Así como también caminan en cuanto tranquilo bosque encuentran en sus recorridos por el país; después, ya refugiados en la habitación de un hotel, ella lee la entrevista que le hicieron a su amante para la revista *Time* al mismo tiempo que él, soñador y bromista, escribe en su diario: "Cuando sea presidente de la República, te nombraré general". Y unas líneas abajo, retomando la seriedad que lo caracteriza: "Trato de profundizar en el significado de cada cosa. Aprender a respetar la libertad esencial de un ser. Crear para Anne un mundo admirable por el que ella avance, libre y fuerte".

Van al teatro, se toman fotos cuando visitan otros países; hasta asisten a la boda de un amigo cercano. Comparten la caja de pañuelos desechables pues es fácil que, si a él le da una fuerte gripa, ella termine contagiada. Una cucharada cada quien de este jarabe para la tos. Baja un poco el volumen de la televisión; el dolor de cabeza me está volviendo loca.

Pero también, Anne se ve encerrada en sí misma; ovillada en su cama, gimoteando. La primera ocasión que se atrevió a llorar frente a François, él se quedó inquieto y perturbado: "Ahuyenta esta tristeza", suplicó. Se percibe afligida, frustrada, el día que se casó su hermana Martine. Sabe que si sigue al lado de Mitterrand, jamás podrá vestirse de novia. Ya está harta de los malos entendidos, de una esposa y dos hijos que, aunque nunca son mencionados, cada vez se convierten en un mayor impedimento. Se ve débil, derrotada, desafiada por sus culpas: tiene razón su amante cuando le dice que "el amor es una enorme enfermedad, una revolución que arrasa con todo".

Están sentados frente a la mesa del comedor; cada uno ocupa una cabecera. Mitterrand hace las últimas correcciones del artículo que le pidieron para la revista *L'Express*. Anne redacta un ensayo sobre la escultura de Degas; mañana debe entregarlo a un profesor con fama de muy exigente.

—¿Y cómo se llama el joven con quien saliste anoche a bailar? —pregunta el político de pronto, intentando esconder sus celos.

—Tristan, ya te lo dije varias veces.

—¿Y? ¿Te divertiste?

—Sí, mucho. A veces me hace falta entretenerme con mis amigas. Ir a los mismos lugares que acostumbran, escuchar la música que les gusta.

—Ah…

Él sigue deslizando su pluma fuente sobre la hoja, haciendo un esfuerzo por no perder la concentración. Ella teclea en la máquina de escribir. Transcurren varios minutos en los que sólo se escucha el paso de los automóviles por los charcos. Ha estado lloviendo, de manera leve, pero sin parar.

—¿Te confieso algo? —pregunta François.

—*Oui, mon amour.*

—Tengo tal necesidad de una unión total contigo, que una nada, un detalle insignificante me rompe, me hiere. Vivir sin ti no me sería soportable. Sólo deseo que **tú y yo habitemos el interior de un universo hecho de nosotros, hecho para nosotros…**

Anne sonríe. Se levanta, se acerca y después de acariciar su frente, lo tranquiliza con un largo beso en la boca, al mismo tiempo afable y exaltado. Ante esa demostración amorosa, él se siente aliviado. Continúan trabajando una hora más y, enseguida, sobre el sillón de la sala, sellan la promesa no pronunciada. Con apetito y ansias. Acariciándose de manera tierna y violenta. Llenos, otra vez, de certezas.

En la casa de Juliette, ubicada en otro barrio de la misma ciudad, la mujer pasa en limpio el más reciente manuscrito de su amante, mientras él intenta corregir el capítulo que inició ayer; la primera escena no lo satisfizo. De pronto, para romper el silencio, ella comenta:

—Olvidé contarte que ayer vino *monsieur* Dumas. Quería devolverte un libro. Ése de ahí, ¿lo ves? —señala con el dedo índice.

—¿Alexandre vino? ¿Aquí? ¿Por qué no fue a mi casa? ¿Lo dejaste pasar, acaso?

—Pues claro. Le ofrecí un café. Es tu amigo. Y yo soy una mujer con educación…

—No con educación, sino con enormes dosis de inocencia… o de malicia —levanta la voz, interrumpiéndola—. ¿Por qué habría de venir aquí si conoce muy bien en dónde vivo? ¡Y se dice mi amigo! ¿Y tú aseguras quererme sólo a mí? ¡Eres una enorme tonta! Vino a tratar de seducirte —grita, levantándose de su asiento.

Juliette prefiere no reaccionar. Hugo ya le ha montado algunas escenas de celos, y sabe que cualquier respuesta lo incendia aún más. Respira con lentitud, jala todo el oxígeno posible. Decide seguir callada, tratando de descifrar este garabato del poeta. ¿Es, acaso, la palabra *spirituelle*?

—¿No te has enterado de que tiene decenas de amantes y, evidentemente, quiere sumarte a su lista? ¡Me las va a pagar ese mulato, hijo de… de… haitiano! —sentencia, aventando el libro que, ahora recuerda, le prestó a Dumas hace unos quince días. Es *El Príncipe*, de Maquiavelo, comentado por Napoleón Bonaparte; un ejemplar que atesora. Se arrepiente de haberlo maltratado estrellándolo contra la duela, pero no lo recoge puesto que evita mostrar debilidad alguna ante su Juju, que luce calmada. Se descarga, entonces, pateando una silla de madera… tan pesada, que apenas la mueve.

—*Merde*, mil veces *merde*! Ya dime, confiésalo de una vez, ¿te dejaste llevar por la tentación? ¿Trató de acercarse, de besar tus labios, de tocar tus formas? ¿No te das cuenta de lo bella que eres, lo atractiva que resultas para cualquier hombre?

Juliette contiene una sonrisa y mantiene la boca cerrada.

—¡Di algo, demonio de mujer! —vuelve a gritar.

Con voz tranquila y pausada, sin volver la vista, contesta:

—Tú, un esclavo de su pasión por los cuerpos femeninos, un hombre que se va a la cama con actrices y también con sirvientas, ¿te atreves a cuestionarme? ¡Me insultas! —agrega, sin dejar que el tono de su voz se altere—. Desde que estoy a tu lado siempre te he sido fiel. Y lo sabes.

—No estoy seguro de nada. *Merde*! Yo, que tanto te he dado y tú sólo me has utilizado para conocer a otros hombres. ¡Traicionera! —eleva la voz, mientras lanza un candelabro de bronce con tal fuerza, que consigue dañar uno de los mosaicos, provocando que un pato azulado pierda su pico. Las venas del cuello y la cabeza del literato se inflaman.

La amante de Hugo aprieta tanto los puños, que se hace daño con las uñas. Inhala. Acomoda las páginas bajo un pesado objeto de metal, pues un ligero viento que anuncia lluvia comienza a entrar por la ventana. Se para, levanta el libro que sigue sobre el piso de madera. Intenta guardar el control, pero antes de correr a encerrarse en su recámara, vocifera, con voz chillona y agraviada:

—¡Eres un hombre horrible! Si no confías en mí, en mi honorabilidad, lárgate ahora mismo. Pero cuando regreses, vas a encontrar esta casa vacía. Y tu vida: vacía. Vacía para siempre. ¡Eres un pedazo de monstruo que se acuesta con cuanta mujer pasa por su camino! ¡No tienes ningún derecho de celarme!

El ruido de un portazo cimbra el piso. Juliette no se atreve a asomarse; sabe que se ha quedado sola. Llora. Se duerme llorando en el absoluto silencio de su departamento. Al despertar, con los ojos todavía hinchados, escribe una carta que, en cuanto deje de llover, le hará llegar a Hugo de manera urgente:

«Mi Toto injusto, mi Toto adorado: Perdóname, perdóname, perdóname. También confía en mí. "Mi amor es el telescopio por el que veo a Dios a través tuyo. Eres el alma de mi alma. Yo huiría al Paraíso en donde no estarás, y bendeciría el Infierno que nos reunirá para la Eternidad. Mi culto eres tú. Eres mi fe y mi esperanza, mi noche y mi día, el principio y el fin de todo. Eres de lo que me arrepiento y lo que deseo de mi pasado y de mi futuro. Fuera de ti no comprendo nada, no soy nada…".

«Regresa, *mon bien aimé*, "para saltarte al cuello otra vez y colgarme de tu corazón y no moverme más".»

¿Subes? Bajo. Subo. ¿Bajas? Si no nos encontramos a la mitad del camino, jamás alcanzaremos a conocernos. Es hora de conversar. Las memorias de dos mujeres enamoradas, se unen. A veces, llegan a confundirse. A veces.

¿Pasará mucho tiempo en la sombra? Anne sabe que Juliette caminó tras Hugo, simulada, durante cinco décadas. Está obsesionada con esa historia. ¿Cuántos días meses años durará ella con Cecchino? Su relación es un misterio a gritos, rogando por seguir encubierto. El propio hijo de Mitterrand le dice que la esconde sin esconderla.

Annefrançois: un secreto que no quiere salir a la luz, no debe. Nadie lo entendería. O probablemente sí… quienes han perdido la cordura con tal de sentir otras manos recorriendo su piel. Otro aliento.

¿Ya estará escrito, en alguna novela, el punto final?

Ya rebasé el punto de no retorno (1971)

> *La República vive al ritmo*
> *de los orgasmos clandestinos.*
> STÉPHANE TRANO

—¿Sabes lo que dicen los chinos? Que un momento de placer quita muchas horas de pesar, Nanour *chérie*.

—Pues entonces viviremos varios años placenteros y felices —responde Anne, desde las sábanas de lino en tono rosa néctar. Un ligero aroma a sexo, a buen sexo, a sexo contundente, inapelable y rotundo se desliza de él a ella. De ella a él. De las sábanas al colchón y del colchón a la vieja cama cuya superficie y barrotes metálicos son muestra de la impecable unión entre cobre y zinc. ¿Será que existen las aleaciones perfectas?

—¡Uf! —suspira el hombre—. Hemos hecho el amor hace rato, y ayer, y antes de ayer, y lo hemos hecho tan bien que el alma ha atravesado el cuerpo.

El político ocupa el extremo derecho; su espalda y cabeza sobre dos almohadas de plumas. En la mesa de noche reposa uno de los tomos que ha traído al viaje (normalmente lee de tres a cuatro libros al mismo tiempo): *La Polka des canons*, junto a una botella de Evian. A François le gusta tomar el agua directamente de la botella.

Del lado de la mujer, junto a una lámpara de latón, hay un volumen escrito por Victor Hugo y una biografía sobre el autor de *Hernani*. También sus aretes de perlas grises, de la Polinesia, que se quitó antes de deslizarse dentro de la cama.

—Amo esta región —confiesa ella—. Gordes, Luberon. Conocer las gargantas del Régolon junto a ti. Hasta la paella un poco fría que comimos ayer me gustó, a pesar del mal humor de nuestro querido anfitrión por haber llegado con retraso. Pasar la Semana Santa contigo me encanta…

—Yo amo cualquier región de Francia cuando estoy a tu lado. Pero lo que más disfruto es pasear en el bosque, juntos, solos, tomar tu mano, detenerme a besarte cada vez que siento ganas de probar el sabor de tus labios. Hoy sabían a… —se queda pensando, para por fin soltar un—: ¡tripas!

—*Tu est méchant* —responde Anne, riendo, para enseguida cambiar el tema—: ¡Qué clara se veía la montaña de Lure cubierta de nieve! Qué espectáculo… pero mañana vuelas a Biarritz. Otra separación más. Adèle esperándote para tus compromisos oficiales…

—¿Adèle? —pregunta el hombre, con extrañeza—. Te has obsesionado con tu Juliette y su Hugo, *ma chère* —dice, mientras le roba su delicada mano para besar, una por una, la yema de cada dedo.

Anne vuelve a reír; aunque no es mujer de risa fácil, cuando está con François se siente tan plena, que sonríe constantemente. Después retira su diestra; la necesita para rascarse un hombro. Luego el otro. ¿Tantos mosquitos había la tarde de ayer, *chez les* Soudet? Su casa en Gordes se ha convertido en el refugio de los amantes: ahí se sienten libres, como si fueran una pareja ordinaria.

—¡Soy una burra! Danielle, me refería a Danielle, tu mujer, *évidemment*. Por cierto, ¿sabes que quien primero traicionó la fidelidad y santidad del matrimonio fue la esposa de Victor Hugo? ¿Y sabes que el escritor (prepárate pues esto no lo vas a creer) se casó virgen y enamorado hasta la perdición?

—Y el que pasó a la historia como devorador de mujeres resultó él. Qué injusta es la memoria y la forma en la que trascienden los hechos.

—Es que así era: un coqueto irremediable que iba de una cama a la siguiente. Pero la primera en acostarse con otro fue Adèle. Y no eligió a cualquier "otro", sino al mejor amigo de su marido: *monsieur* Sainte-Beuve. ¡Y el amante proclamaba su amor imposible a quien quisiera escuchar sus confidencias! En una carta a su amiga George Sand se lo contó: "Estoy perdidamente enamorado de la esposa de mi querido Victor. ¡Qué infeliz soy!". ¿Sabes? La propia madre de Hugo también tuvo un amante: Victor Lahorie, padrino y preceptor del poeta.

—Doble traición, traición doble —afirma el hombre al cerrar los ojos, tal vez para recordar algo o, todo lo contrario, queriendo olvidar—. ¿Sainte-Beuve, el poeta?

—Mejor crítico literario que poeta, en realidad. Eran grandes amigos y primero alababa la pluma de Hugo, pero cuando se involucró con su mujer, comenzó a criticarlo.

—Pues sí; se convirtió en un asunto demasiado personal, *j'imagine*. ¿Y qué podía haber criticado?

—Acusaba a su literatura de tener una fuerza excesiva, de ser demasiado teatral. Casi un bárbaro… o algo por el estilo. Los Hugo le abrieron la puerta de su casa y se ve que él se sintió demasiado cómodo al lado de su anfitriona —explica Anne, mientras ajusta un mechón de su cabello detrás de la oreja.

—¡Encima de ella, dirás! —exclama, y suelta una carcajada. Vuelve a cerrar los ojos y un rictus serio hace que la mujer presienta que es mejor dar por terminado el tema. Se acomoda en la cama, recargando su espalda en la cabecera, y abre el libro *Notre-Dame de Paris*; anoche se quedó en la página 94. No le gusta doblar las hojas y olvidó el separador, así que recurre a la memoria.

El político también está usando sus recuerdos, a pesar de que juró no volver a dedicarle tiempo a ese tema. Siente, otra vez, un ligero vacío en la boca del estómago. Un ardor, aunque mucho menos intenso al que experimentó cuando se enteró del romance adúltero que su propia esposa estaba manteniendo. ¿Hace cuántos años comenzó la relación de Danielle con Jean, el profesor y entrenador de gimnasia?

La última noche de enero de 1958, al salir del Théätre des Champs Élysées, como no encontraron taxi disponible, los Mitterrand decidieron regresar a su casa a pie. Y ahí, caminando hacia los Inválidos, abrazados por un frío granítico, ella le informó de su relación extramarital desde una voz que no se permitió titubeos. El político tuvo que aceptar la noticia sin trastabillar; no tenía opción alguna.

Doce años menor que su mujer, Jean ha llegado a tomar un lugar importante en la familia. Los hijos de Mitterrand, Jean-Christophe y Gilbert, tal vez conviven más con él que con su propio padre, quien divide el tiempo entre la Asamblea Nacional, su convicción de volver realidad los sueños políticos y su joven amante que, por lo visto, tiene una constante necesidad de su presencia.

El varonil corso, incluso, lleva a la familia Mitterrand a esquiar a los Alpes franceses en su pequeño Dauphine Gordini, pues también es un hábil monitor de esquí. Visita con frecuencia a Jean-Christophe en el internado. Pasa temporadas del verano en la casa familiar de Hossegor, dándoles clases de tenis, de natación. En fin, siempre sabe hacerse útil. Para Danielle, ha llegado a ser imprescindible.

François sigue queriendo y respetando a su esposa y, aunque en un primer momento se sintió traicionado y las imágenes de su mujer acostándose con otro hombre lo llegaron a molestar, después le sacó provecho a lo que el destino había llevado a su propia casa. Inteligentes, mesurados, Danielle Émilienne Isabelle Gouze y François Maurice Adrien Marie Mitterrand se sentaron en la mesa de negociaciones para llegar a un acuerdo que les convenía; les sigue conviniendo a ambos.

Ella admira a su esposo: su enorme talento, la manera en la que se entrega a Francia y a su trabajo, su astucia y capacidad como orador. "Tiemblo, me emociona. François pronuncia discursos que le salen de las tripas, formidables. ¡Me arrancan lágrimas!". Pero prefiere la compañía de Jean.

Atlético, vientre plano y sonrisa cálida. Siempre bronceado, cariñoso, todo el tiempo presente.

El "advenedizo" ya forma parte de la vida cotidiana que se desenvuelve en el departamento parisino de los Mitterrand. Cuatro hombres y una mujer a veces cenan juntos, tal vez pasta al pomodoro con un toque de queso gorgonzola. Alrededor de la mesa conviven el esposo, el amante, la mujer y los dos hijos. Jean se levanta por la botella de *champagne* que compró en la mañana, después de ejercer las funciones de chofer y llevar a Gilbert a la escuela. Rellena con burbujas la copa de Danielle y, enseguida, la del dueño de la casa. Platican de las noticias de los diarios o de simples cotidianeidades, de ese programa de televisión que está de moda. Durante el día, también se transforma en guardaespaldas del político. O en lo que sea necesario.

El acuerdo entre la pareja ha sido perfecto, piensa el testarudo dueño de un escaño. Le ofrece la independencia para gozar a Anne, para amarla sin culpas, para tratar de entregarse a ella por completo. ¿Lo está logrando?

Puede, con toda libertad, redactar el diario que le escribe a su amante cada día sólo para sus ojos; cuando más inspirado se siente, adorna sus páginas con ilustraciones a lápiz que él mismo dibuja; tiene talento. Bueno, frente a los cuadros pintados por Victor Hugo, Mitterrand es un principiante, pero algo es algo…

Consigue, sin que nadie lo censure, enviarle a Anne una carta romántica tras otra, en las que se desnuda todavía más que en el lecho. En las que su sinceridad poética acaricia alma, corazón y apetitos.

Después de un rato, el hombre abre los ojos; Anne se ha quedado dormida. Así que, con toda la delicadeza posible, le quita el libro que todavía tiene entre las manos y besa la comisura de sus labios. Le susurra un: *bonne nuit, ma belle*. Después se levanta y va hacia el escritorio de la habitación para escribirle.

Desde que comenzó el diario para su amante, redactar, contarle su día a día, se ha convertido en vicio. Del único cajón, saca tres páginas grabadas con el nombre y el logotipo del hotel, abre su pluma fuente y comienza:

"Anne queridísima: Tú sabes cuánto creo en la libertad, que implica tantos sacrificios. Pero la libertad también se afirma en la abnegación (con la condición de que no sea conformismo).¡Oh, Anne, eres tanto esa mujer a la que siempre amé, incluso antes de conocerte! Eres la única que me ha demostrado que la pareja existe desde que el amor es búsqueda y deseo de lo absoluto; conquista del corazón y del espíritu. Amo tu lealtad, tus escrúpulos. Me dices las palabras precisas. Una nueva densidad le da a nuestra historia un peso fundamental. Eres bella bajo el sol, eres bella en la noche, cuando tu brazo abraza mis hombros. Tu cuerpo es miel, perfume, música, y tu boca es cielo. Constantemente pienso en tu rostro, recreo tu mirada, tus labios, tu frente, el contorno… Por tu cuerpo toqué tu alma, por tu alma toqué tu cuerpo. Ya no sé en dónde están tus fronteras… Quiero que sepas esto: habitas cada una de mis noches. Debes saber algo más, amada mía: **ya rebasé el punto de no retorno**."

Amanece. Lento, amanece. Los magros rayos de sol que se cuelan por el delgado espacio entre cortina y cortina, encuentran al próximo secretario general del Partido Socialista de Francia, roncando sobre las hojas de una carta de amor. Incompleta. Inacabada.

Tú, mujer, con tus brazos y tu cuerpo abiertos a la llegada del amor (finales de abril de 1974)

Hugo, sin ningún tipo de concesión, arranca el único pedazo de tela que todavía protegía a Juliette. Ahora está totalmente desnuda. Bajo la tenue iluminación que emana de un par de velas, su piel luce pálida; parece cubierta por una ligerísima capa de nieve. ¿Tendrá frío?, teme el poeta. Pero el deseo no le permite pausa alguna. La empuja a la cama con fuerza. Ella trata de huir, se levanta y corre a esconderse detrás de un pesado cortinaje; él la jala del brazo y la arroja sobre el colchón. Ahí, le da una nalgada. Otra. Una más. La amante gime, se queja, emite un grito ahogado, se humedece, se excita. Le gusta ser sometida.

Él sabe hasta dónde llegar para no cruzar límites; la lastima sólo lo necesario. Cuando se le acerca, buscando un asomo de ternura, ella le muerde el labio inferior. *Merde!*, grita el hombre. Al tocar la herida, siente una mínima gota de sangre. Pasa su lengua para sanarse, esa lengua que conoce, a profundidad, el sexo de su amada. Se pone de pie.

Juju continúa sobre la cama, como si su cuerpo estuviese desmayado. La tierna ferocidad de sus ojos lo provocan. "¡Abre las piernas!", ordena el poeta, que está en ventaja: aún conserva la totalidad de la ropa. Juliette aprieta las rodillas, sonriendo, retadora. "¡Que las abras, ábrelas bien, más, todavía más! *Écarte tes jambes!*". La observa. Su miembro reacciona, sólido, casi doloroso. Lo saca por la abertura de los pantalones. Lo presume. "Ahora tócate. Quiero comprobar que en realidad no me necesitas". La mano de Juliette comienza a moverse, primero tímida y después lujuriosa. Se acaricia, se da pequeños pellizcos. Se recorre. Sus dedos saben qué hacer, a qué velocidad, exactamente en dónde. Van y vienen, seguros de sí mismos y de su objetivo.

Victor Hugo observa a su presa. Conoce el clímax: no le tendrá piedad alguna. Nunca se la ha tenido. Juliette comienza a suspirar. Gimotea, parece lamentarse. El timbre de su voz se quiebra y un grito agudo, casi un alarido, sale de las cuerdas vocales. Su cuerpo, antes arqueado, tenso, se tranquiliza. Abre los ojos: Hugo ya está a su lado, listo para penetrarla. "Date la vuelta", suplica, manso. "Quiero por detrás, estoy demasiado caliente". La mujer lo complace. ¡Cuánto ama que Toto se deleite con y en su cuerpo! Saberse deseada la mantiene viva, palpitante.

Las campanadas de Saint-Paul, llamando a misa, despiertan a dos cuerpos agotados. Hugo debe irse: es hora de la cena en la casa familiar. Juliette odia este momento. Nunca ha aprendido a despedirse. No quiere aprenderlo. Quedarse sola, la rompe. Como no tiene hambre, mejor tratará de conciliar el sueño. Cuando duerme, olvida la soledad que la enfría, la opacidad que cala su casa ante el ruido de la puerta al cerrar.

La oscuridad se comprime sobre ella; la ahoga. Sentir el otro lado de la cama vacío, al despertarse a mitad de la noche, con sed, la abruma. Seguro estaba soñando con él, por eso, al abrir los ojos, su rostro mostraba una sonrisa plena. Ahora está decepcionada, tratando de entender por qué está sola. Se despereza. Enciende la luz de la mesa de noche. ¡Claro!, recuerda por fin, Cecchino se encuentra en su segunda campaña presidencial; hoy mismo, pernoctando en alguna ciudad en la zona del Var. Dos días más para que regrese y vuelvan a dormir juntos, a desayunar un té y un par de huevos hervidos. Tal vez un trozo de baguette tostada. A besarse y desearse *une bonne journée*, antes de salir, cada uno por su lado, hacia las obligaciones cotidianas.

Para Anne, compartir la ambición política de su amante es tarea complicada. En ese aspecto, no coinciden. Ella gusta de la discreción, de pasar desapercibida. Y cuanto más terreno gana François, más probable es que terminen alejados. ¡Qué difícil no poder disfrutar sinceramente cada una de sus victorias! Llegará el momento en que me deje. Pensarlo le provoca un vacío en las entrañas. Un vacío que pesa. Se sirve un poco de agua que, al bajar por la garganta, la alivia. ¿Por qué sentirá tanta sed? Vuelve a abrazar la almohada. Debería dormir; apenas son las tres de la mañana, pero la evidencia de que su relación conocerá un fin, y un fin cercano, le ha robado el sueño. Es una certeza que siempre la deja frágil, indefensa.

El silencio de la noche estimula una cadena de reflexiones que, si le llegan durante el día, esconde debajo de la alfombra; sabe que no desaparecerán, pero prefiere ignorarlas. Le duele aceptar que su relación no tiene sentido. No tiene solución ni salida. Bueno, sí: una salida de emergencia que más le valdría abrir para escapar a tiempo. Su instinto la empuja a ponerse a salvo. Huye, le susurra. ¿Podrá hacerle caso?

Piensa en él, en su Cecchino. ¿Es horrible querer que Valéry Giscard d'Estaing le gane? Si Mitterrand se convierte en presidente de Francia, Anne lo perderá. A menos que, sí, a menos que se embarace. Después de mucho insistirle, su amante ya aceptó ser padre otra vez, regalarle el privilegio de la maternidad que tanto desea, aunque no es así como quiere retenerlo. Si François se queda con ella, que no sea por un hijo que los amarre. En un impulso, dirige las manos hacia su vientre, lo acaricia. Es probable que, en ese mismo momento, una vida se esté gestando.

Juliette también desea un hijo de su amante: no ha dejado de barajar la posibilidad de quedar embarazada… aunque es cierto que no es tan joven. Su anhelo no es silencioso, ante cada oportunidad, ya sea de viva voz o en alguna de sus cartas, insiste: "No sabes la felicidad que un pequeño *otro tú* le daría a mi vida. No sabes la alegría que tendría con un mini Victor Hugo que me perteneciera por completo". Sin embargo, la suerte no ha querido regalárselo.

Juju, además de amante, ha sido musa eterna. El poeta ha escrito para otras mujeres, pero Juliette sigue ocupando un lugar privilegiado en su pluma. En su tinta. En 1874 le dedicó su poemario *À une Immortelle* y, antes, los más bellos y profundos versos de *Contemplaciones*. Ella los recibió, conmovida. Además, gracias a la manera en la que lo protege, Victor encuentra la calma, el espacio y el tiempo necesarios para la creación. Y para su rol en la política. El arte del Pensamiento requiere mantener la paz y los asuntos cotidianos resueltos.

Cuando París se convulsionaba, Juliette conservaba los pies en la tierra. Aconsejaba y custodiaba a su amado. Si los insurgentes tocaban a su puerta, en lugar de encerrarse, temerosa, les daba leña, comida y hasta vino. Ella había conocido la pobreza y sabía lo que un pueblo hambriento era capaz de hacer. Por eso, protegía a Hugo; cuando asistía a reuniones clandestinas, ella se quedaba afuera, vigilando. Como parecía un ama de casa cualquiera, nadie sospechaba. Hasta tenían su código para entrar o salir sin riesgo: cinco golpes breves en la puerta.

Juju estaba siempre alerta para salvarlo, y él lo reconocía: "1852 fue un año rudo, que rompió muchas cosas a nuestro alrededor, pero no rompió nada entre nosotros. Gracias a ti, mi querida bien amada, no tuve un solo momento de ansiedad".

Por el cristal de la ventana, el sol se asoma, dejando en claro que Anne ha pasado la noche en vela. El insomnio a veces la visita y todavía no ha aprendido a deshacerse de él. Piensa en los insomnios que atacaban a Juliette cuando se convirtió en una mujer mayor. Sus cartas a Hugo muestran el agotamiento de los últimos años. Anne es joven; no quiere terminar igual que ella. A veces piensa que el novelista poseyó a Juliette y la fue matando poco a poco, en un macabro ritual disfrazado de enamoramiento, para ir absorbiendo su fuerza. Un vampiro que chupa la sangre sería la imagen exacta. ¿Y si François está haciendo lo mismo, pero lo sabe disimular mejor? Ríe, aunque en el fondo se reconoce angustiada, ansiosa.

Han disfrutado muchos momentos. Han conseguido muchas metas. Ya casi once años lado a lado. Brazo con brazo. Observando dos pares de pies caminar al mismo ritmo por los jardines de Luxemburgo o en las Tullerías. Deteniéndose ante una fuente a observar a los niños que juegan con sus barcos de vela o a una pata, orgullosa, a la que siguen cinco patitos. Familias van y vienen durante el paseo dominical; probablemente después irán al cine o a dar vueltas sobre el carrusel, montados en corceles de colores llamativos.

¿Podrán, Anne y François, formar una verdadera familia? Y si no, ¿logrará ella quitarse de la mente a su amante, dejar de pensar en él todo el día? Hay otros hombres que, gustosos, harían lo que fuera por ella. Alexis sería una gran opción; los lazos que nacen de una amistad llegan a ser más poderosos que los del amor romántico. Y les es tan fácil la convivencia. ¡Si tan sólo se fijara en mí como mujer, si me deseara!, no deja de pensar.

Resulta imposible apagar una obsesión a partir de una amistad, por más profunda que sea. Lo tangible: la curadora del Museo del Louvre vive imaginando a Mitterrand las veinticuatro horas del día, esperando sus llamadas, abriendo los sobres, con prisa, para leer las palabras de amor que le destinó esa mañana o la tarde de ayer. Cada vez que le sucede algo importante, que se aguanta las lágrimas al tocar una escultura recién adquirida mientras elige el mejor lugar para colocarla, que una página de un libro la invita a reflexionar o que, incluso, prueba un nuevo postre, lo primero que siente es esa necesidad de llamarlo para contarle. Para compartirlo todo con él.

—¡Amor! ¡Amor! Tienes que venir al museo. ¡Pero ya! Uno de estos días, temprano, antes de que abra al público. Cuando entran los turistas, es un infierno.

—Calma. Tranquila. Creo que tu grito lo escucharon todos en esta oficina.

—No sabes cómo quedó Psique…

—¿De qué hablas? ¿Me sacaste de una junta para…?

—¡Pues hablo la escultura de Psique reanimada por el beso del amor! ¿Recuerdas cómo estaba?

— ¿Es la del ala rota?

—*Exactement*! Si Canova la viera, me felicitaría: está como nueva. Es de una belleza, de una sensualidad… no sé, sublime. La manera en la que Eros sostiene la cabeza de ella, en una especie de erótica delicadeza, para darle un beso. Sus bocas quedan a centímetros. La otra mano acaricia su seno. ¡Ufff! Y Psique… ¡Tienes que venir! Me urge que la contemplemos juntos.

¿Qué pulsión secreta lo lleva hacia el rostro de François, hacia sus manos, hacia su cama? Con él, Anne se siente viva. Flechada. Enajenada. Divertida. Desequilibrada. Querida. Necesaria. Vital. Fogosa. Potente. Comprendida. Ansiada.

Ojalá pudiera descargar con Alexis ese amor que la abrasa, los ardores que la cercan. ¿Cómo transformar su amistad para dejar atrás la obsesión por Cecchino? Aunque tampoco quiere que su amigo se sienta utilizado.

La amistad es un tema importante para Mitterrand. Anne, que tiene pocos, pero buenos amigos, lo sabe, y le extraña esa costumbre de hablarles a casi todos de usted. El político, aunque sean sus íntimos, a muy pocos tutea. ¿Amigas de verdad? Contadas. François adora a Marguerite Donnadieu, quien firma sus novelas con el apellido Duras. A Christine Gouze, su cuñada y productora de cine, también la considera cercana.

—No entiendo cómo tienes tantos amigos —le dijo hace poco Anne, una noche en la que veían el noticiero de las ocho—. Para mí, el poder es enemigo de la amistad. ¿Cómo intuyes en quién confiar?

—Tienes razón, resulta complicado determinar quién se acerca a ti por pura conveniencia, pero no es imposible. Tengo buen ojo para las lealtades.

—Rousselet, por ejemplo. A él yo le confiaría cualquier cosa.

—Pensamos exactamente lo mismo, *ma belle*: con André ejecutaré mi testamento y, si llegamos a tener un hijo, se lo encargaré en caso de que yo fallezca; de ese nivel es nuestra confianza.

—El que me cae de maravilla es Dumas —respondió la mujer, a quien el comentario de su probable hijo no le pasó desapercibido. Le conmueve saber que su amante ya ha dado por hecho la posibilidad de un bebé.

—¡Lo adoro! Lo considero mi verdadero confidente.

—Qué bueno que lo dices, "amorcito mío" —afirmó, con sorna—. Ahora ya sé a quién sobornar para conseguir todos tus secretos.

—¡Olvídalo, es incorruptible! Además, es de esos seres humanos que exprime la vida. El lunes pasado hablábamos de la vejez y me dio un sabio consejo: "Un día deberemos prepararnos para morir; mientras tanto, hay que leer, amar, frecuentar amigos y escuchar buena música". Yo agregaría: comer todo lo que se nos antoje. ¡Y hacer el amor!

En ese instante, poniendo su índice en la boca, François le pidió un momento de silencio: el conductor hablaba del Mundial de Futbol en Alemania, que iniciaría en un par de meses, confirmando que Pelé no participaría.

—Lástima que no juegue. Era todo un placer verlo sobre las canchas mexicanas. ¡Sus goles de cabezazo fueron espectaculares!

—Uy, te debo mi opinión: de futbol no sé nada.

En cuanto terminó el noticiero, Anne se levantó para apagar la televisión. Enseguida, regresó al lado de Mitterrand, que seguía cómodamente instalado en su sillón azul y, recargando la cabeza en el hombro de su amante, continuó con la plática que habían dejado en pausa:

—A mí me encanta cuando Dumas organiza cenas en su casa de la Île Saint-Louis. Ojalá nos invitara más seguido.

—Y eso que eres bastante antisocial.

—Sí, pero Roland reúne a personalidades insólitas. Brindar con Simone y Sartre, conversar con la viuda de Giacometti o la de Picasso…

—Qué mujer tan interesante, ¿no?

—… o escuchar una discusión entre Pavarotti y Domingo sobre sus preferencias musicales, me parece cautivador.

—En efecto: ser el abogado favorito de los famosos es uno más de sus atractivos.

Anne sigue en la cama sin lograr conciliar el sueño por tantas imágenes y recuerdos que se han instalado entre sus almohadas. No le caería mal un té de tila; sin embargo, ya ha amanecido; su mejor opción es levantarse y darse una buena ducha con agua tibia. Llegará temprano al Louvre y eso le gusta, lo disfruta mucho. Pasear por las salas desiertas, a excepción de las personas de limpieza que trapean los pisos de mármol y ya se han acostumbrado a esta amable pero silenciosa mujer, resulta apasionante.

Sus ojos azules vibran ante los dos esclavos de Miguel Ángel. ¡Son gloriosos! Acercarse a la lasitud del *Hermafrodito durmiente*, de Bernini, la inquieta. A veces se queda varios minutos observándola, en espera de ver su torso moverse; señal inequívoca de que estaría respirando. El rostro y el cuerpo pertenecen a una mujer bella y bien formada, pero al dar la vuelta para tener otro ángulo, hay una sorpresa: genitales masculinos descansan sobre el mullido colchón de mármol en el que está recostado. ¿Recostada, acaso?

¿Qué pensaría su Cecchino de esta escultura? Apenas ayer le mandó una carta que comienza: **Tú, mujer, con tus brazos y tu cuerpo abiertos a la llegada del amor...**

Amo escribir tu nombre (junio de 1974)

Tú eres la heroína de una película
que nadie verá jamás.
MAZARINE MITTERRAND PINGEOT

Anne recibe la noticia con entusiasmo, con una gran alegría, mientras el ginecólogo se lo confirma. Todavía no sabe de qué manera anunciárselo a su amante, quien tiene su propia historia, su propia vida y que, además, acaba de hacer pública una segunda candidatura para las elecciones presidenciales. Hace algunos meses, ante la insistencia de Anne, él terminó por acceder. Pasaron por varias etapas: se lo pidió, rogó, amenazó con terminar la relación y, luego de muchas discusiones, lo convenció con argumentos de peso. Años después ella afirmó que probablemente fue el único acto desinteresado que él tuvo en su vida, y que si la relación duró tantos años, fue porque compartieron el prodigio de crear una vida.

"¡Estoy embarazada!", grita a solas, cuando regresa a su casa. Hasta se sirve una copa de *champagne* para celebrar la buena nueva que le comunica por teléfono, con colosal entusiasmo, a Élisabeth, su mejor amiga. También le llama a Alexis. Quedan de verse en cuanto les sea posible para volver a brindar. Poco tiempo antes, Anne había conseguido otro triunfo: su tesis sobre escultura decorativa del siglo XII mereció elogios.

Pero, de pronto, antes de saborear las primeras burbujas que se deslizarán por su garganta, siente que algo la paraliza, hasta le duele la boca del estómago: no sabe de qué manera le dará la primicia a sus padres. Ser madre soltera a los treinta y un años no es asunto fácil de comunicar. Su familia vive como si perteneciera a una o dos generaciones atrás; como si vivieran en 1920. *Merde*! De provincia, de una derecha reaccionaria, muy católicos, los Pingeot son de otra época. ¡Cualquiera diría que no han evolucionado un ápice! Siguen presumiendo ser descendientes del maréchal Fayolle: uno de los seis mariscales de la Gran Guerra. ¡Ojalá pertenecer a la estirpe de ese miembro de las fuerzas armadas le hubiera dado el derecho a ciertos privilegios o a ejercer sus libertades sin ser juzgada! Anne siempre vivió sin poder hablar en la mesa, sin que su opinión fuese escuchada durante interminables y aburridas comidas en las que tenía la obligación de comportarse como "toda una señorita". Las mujeres debían ser sumisas y no era bien visto que tuvieran inquietudes intelectuales. A sus padres les había costado trabajo aceptar que se quedara en París, que viviera sola, que tuviera un trabajo. ¡Cómo la cuestionaban cada vez que iba a visitarlos! A su edad, ya debería estar casada con un buen hombre y haberles dado al menos tres nietos. Pero al amor que sentían por ella, la admiración al conocer su perseverancia, su disciplina, sus conquistas y la plenitud que contagiaba al narrarlas, los había ido suavizando. Además, conocían a François desde antes de que se hicieran amantes y les caía muy bien; más aún, lo respetaban.

Imagina, no puede dejar de hacerlo, el día en que Juliette se enteró de su embarazo. Era musa, modelo y amante de James Pradier, ese escultor infatigable que tan bien copiaba la naturaleza. Ya la había inmortalizado en algunas esculturas neoclásicas, como *Las tres Gracias*. ¿La más famosa? La estatua de *Sátiro y bacante*, que simboliza la ciudad de Estrasburgo, colocada en la céntrica Place de la Concorde. ¿Cuántas veces ha pasado Anne cerca de esa obra sin saber que fue Juliette quien, silenciosa, posó durante muchos días con una corona sobre la cabeza, sin emitir queja alguna?

La mujer tenía diecinueve años y el artista suizo, treinta y seis. El embarazo de su amante no le cayó bien a Pradier, pero menos todavía cuando, finalmente, logró entrar al Instituto

Francés. El siguiente y esencial paso era conseguirse una esposa decente que perteneciera a la burguesía. Abandonó, pues, a Juliette, no sin antes darle un buen consejo para ganar dinero: convertirse en actriz dramática. Poseía la gracia, el cuerpo y el rostro perfectos. Otro consejo más: búscate un protector, de preferencia, con una gran fortuna.

Anne siente que se ahoga, así que se levanta y se dirige a la ventana, que abre con prisa: le urge respirar una ráfaga de aire fresco, del aroma parisino que siempre le contagia una generosa cuota de libertad, de autonomía. Ella no tiene problemas económicos, se mantiene sola y sabe que, en caso de extrema necesidad, puede acudir a su familia. ¡Ay, una familia tan católica!

Mademoiselle Pingeot será madre soltera a los treinta y un años. Qué bendición-maldición-felicidad-duda-infortunio-dicha… Si ésta fuera la escena de una película, funcionaría como clímax, piensa. ¿O como el inicio de una tragedia?

Su padre, apenas un año mayor que Mitterrand, es industrial y un aficionado jugador de golf. Sin el golf, esta historia no existiría. Anne acude a sus recuerdos, tal vez para hallar una salida: "Cuando yo tenía catorce años, papá invitó a nuestro vecino de Hossegor, un hombre muy interesante llamado François, a jugar golf. Después, se convirtió en asiduo comensal en nuestra mesa. Ahí, en realidad, comenzó la historia de amor que ahora ha engendrado a mi hijo. ¿O hija? Ojalá sea niña; mi amado ya tiene dos hombres. ¡Se volvería loco de felicidad con una bebita! En mi familia, tener un hijo ilegítimo, fuera de las convenciones, es lo peor que puede suceder. La *moral* y el sentido del deber son prioritarios".

Por lo visto, Anne no los conoce de manera precisa pues la reacción de sus padres, si bien en un primer momento es de estupefacción, después se convierte en un conjunto de gestos de comprensión y ternura. "Necesito fuerza, cierto poder para tratar de… comprender. Sólo una pequeña voz, una pequeña voz tan pequeña como la de un pequeño pájaro, canta en una

73

esquina de mi corazón para decirme que mi pequeña Anne es feliz porque encontró su verdadero amor… y espera un bebé", escribió *madame* Thérèse.

Monsieur Pingeot le dedicó estas palabras el 2 de agosto: "Decirte que la carta que recibí esta mañana no me cortó las piernas, sería mentir. Eres adulta. Tomaste una decisión muy reflexionada con las consecuencias presentes y futuras que eso conlleva. Ser un abuelo consentidor no hará más que continuar con mi nieto número cuatro a quien querré igual que a los otros. Te quiero con todo mi corazón".

Cuando Anne se fue de su casa natal de Clermont-Ferrand, con el BAC en filosofía terminado, lo hizo buscando su propio camino, pero de una manera conservadora y discreta. Sus padres la mandaron con la intención de que se distrajera y conociera París durante uno o dos años. Después, seguramente su hija regresaría para encontrar al hombre adecuado para formar un hogar. Sí, el sueño de muchas jóvenes: quedarse en su casa a cocinar, a cuidar a los niños (tres o cuatro, de preferencia), a esperar al marido y darle la bienvenida con dos besos en cada mejilla. Salir con amigas a tomar un café o de compras.

Eligieron que se hospedara en un *foyer* católico que sólo admitía señoritas de buenas familias: L'Abbaye-aux-Bois era manejado por religiosas muy amables, aunque estrictas. Por ejemplo, las pensionadas no podían regresar después de las diez de la noche y las reglas de comportamiento rozaban con el rigor.

Su papá, para protegerla aún más, se la encargó a su amigo y compañero de *foursome*, François Mitterrand. Anne, aunque algo tímida, era una joven resplandeciente, muy bella y llena de vida. Se vestía con una discreta elegancia. Contagiaba su pasión por el arte y por las ganas de vivir cada minuto de su experiencia en la gran capital. ¿Él trató de seducirla desde el principio o fue un enamoramiento que se dio de manera lenta, delicada, poco a poco?

Su primer encuentro en la capital francesa fue en la librería La Hune. A partir de entonces, generalmente se citaban los jueves por la tarde y los domingos: caminaban por las calles parisinas o buscaban libros con los *bouquinistes* de las márgenes del Sena. Paseos por los alrededores de la iglesia Saint-Sulpice o en los Jardines de Luxemburgo, su parque favorito. "Gracias por mis pasos felices de una noche feliz de un París feliz", le escribió él. "Gracias por la presencia del gusto de vivir, de amar, de reír, de buscar, de comprender. Por el brillo de un rostro, gracias por la pequeña diosa interior". A veces dejaban la ciudad para recorrer el bosque de Fontainebleau o visitar pueblos cercanos, conocerlos juntos, compartir una garrafa de vino, una orden de *andouillettes* fritas y algo dulce: "¡Sí, mejor el *baba au rhum*! Me fascina".

La primera carta de amor de él a ella, está fechada en octubre de 1963. Pero Anne tardó un año en decidirse; cuando él se le declaró abiertamente durante una caminata por la *rue* Saint-Placide, no le contestó. De hecho, se quedó callada. Poco después, terminó por ceder.

"Anne, el gusto de usted, del que no podré separarme más, es como una ribera jamás visitada del otro lado de un río sin memoria. Tengo la impresión de haber viajado con usted en un mundo sin señales y sin itinerarios."

La joven estudiaba en la École Nationale Supérieure des Arts et des Métiers d'Art ubicada en el Hôtel Salé, donde ahora está el Museo Picasso. En el horno de esa institución aprendió a hacer vitrales, entre otras cosas. Uno de los vitrales, su favorito, se lo regaló a *monsieur* Mitterrand, quien lo conservó como un objeto precioso hasta su muerte. Fue, probablemente, la época más feliz y distendida de Anne. La joven, emocionada, leía las cartas que su amante le escribía a diario, a veces, varias al día.

Su encuentro con el mundo de la creación, del arte, del diseño, llenaba su vida cotidiana. Pero como sentía que lo que aprendía no era práctico, al mismo tiempo estudiaba derecho en Assas y tomaba cursos en la Academia Charpentier. Después, continuó su formación en el Louvre. Quería, a toda costa, conseguir ingresos suficientes para ser libre y no depender de sus padres. Y en un futuro, tampoco de su pareja.

Cuando tuvo su primera habitación para ella sola, en la *rue* Saint-Placide, lo celebró; con el tiempo, lo que de verdad le dio independencia fue haber conseguido su diploma de *conservateur des musées* y poder comprar un pequeño departamento para no acatar los caprichos de ningún propietario, aprovechando la crisis de petróleo de 1973, año en que todo se vendía a precios irrisorios: sólo pagó sesenta mil francos.

Como decíamos, fue uno de los mejores momentos de su vida. Al quedarse sola en la gran galería del Louvre que ya había cerrado al público, admirando las obras maestras, sintió una satisfacción inefable. Fue el comienzo de una larga carrera como curadora y experta en escultura francesa del siglo XIX, primero del Louvre y, tiempo después, del nuevo museo que la tenaz historiadora de arte impulsó y ayudó a crear: el D'Orsay, en una antigua estación de ferrocarriles que estaban a punto de derrumbar. Ya no había capacidad para los impresionistas en el Jeu de Paume, así que necesitaban encontrar el espacio y adecuarlo. Su gran amigo, Alexis Clavel, sería el principal curador de la ebanistería para las salas de Artes Decorativas.

La estabilidad en su profesión, unida a la noticia de su inminente maternidad, produjeron una escena casi perfecta... con un "ligero" dilema: no podía dilucidar de qué manera precisa combinaría una vida secreta con un hijo al que evidentemente no iba a esconder.

¿Cómo avisar a sus jefes, en el Louvre, que se ausentaría unos meses para no despertar rumores cuando sus compañeros de trabajo, que la sabían soltera, notaran un vientre creciendo y creciendo? Era esencial que nadie se enterara de la identidad del padre de su criatura: no quería afectar la vida privada ni la carrera política de su amante. Sabía que su relación debía seguir en secreto. De hecho, ambos vivían con el temor constante de ser descubiertos.

Independiente, dueña de su vivienda, a pesar de todos los obstáculos, ya podía ser madre sin deberle nada a nadie. Además, ella y Mitterrand habían conversado durante horas del tema, dentro y fuera de la cama, y él, ante los argumentos y la amenaza de dejarlo para siempre, había accedido. Desde el principio él le aclaró que no podría divorciarse; en cambio, aceptaba conceder el único regalo que Anne deseaba con toda su inteligencia y todas sus ganas, la prueba de amor que le hacía falta: un hijo del hombre que admiraba y adoraba.

Mitterrand propuso "Mazarine" si fuese mujer, en honor a la biblioteca, al cardenal y a la calle (en realidad, los tres referentes son el mismo poderoso personaje de carne y hueso, que marcó la historia de Francia), y aventuró unos nombres en caso de que, por mala suerte, fuera niño: Cosme, Juste, Roch, Paulien, Julien, Cyprien, Blaise, Maxence, Géraud.

El tiempo lo dejará en claro: será una hija, una preciosa bebita. Mazarine nacerá el 18 de diciembre de 1974 en la clínica Urbano V, de Aviñón, lejos de París y de posibles habladurías, a las diez de la noche, con la presencia de la doctora Sechan, en quien Anne confía por su comprobada discreción. El padre de la criatura no estará en el hospital mientras ella ve la luz por primera vez; tardará algunos días en conocerla. Llevará el apellido de su madre. Diez años después será reconocida legalmente por Mitterrand en una discreta reunión en casa de sus amigos, los Badinter. De hecho, para que no haya extraños, la propia Élisabeth Badinter hará las veces de secretaria del notario elegido, mecanografiando el documento que terminará en una caja fuerte, dentro del Palacio del Elíseo.

Casi veinte años después, el mundo sabrá de la existencia de Mazarine gracias a una fotografía indiscreta y casual, publicada en la revista *Paris-Match* del 10 noviembre de 1994, saliendo del restaurante Le Divellec, al lado de su conocido y cariñoso papá, que en ese entonces estará en el sexto año de su segundo mandato al frente de Francia.

La hija de Mitterrand publicará su primer libro a los veintitrés años y muchos la acusarán de utilizar la fama del extinto presidente: venderá sesenta mil ejemplares. Los títulos de sus siguientes novelas lo dirán todo: *Callarse* o *Boca cosida*. Será doctora en filosofía y administradora del Instituto François Mitterrand, centro de documentación y de reflexión sobre Francia en los años ochenta. Participará en programas de radio y televisión. Tendrá dos hijos de apellido Ulad-Mohand, resultado de una relación amorosa que durará trece años. En 2016 Mazarine obtendrá, por decreto, su nuevo apellido: Mitterrand Pingeot.

¡Ah! Y ésta es la primera carta que su padre, que todavía no es presidente de Francia pero ha sido dos veces candidato, le dedicará el 7 de enero de 1975:

"Mazarine querida: Escribo por primera vez tu nombre. Me siento intimidado por este nuevo personaje sobre la tierra que eres tú. Duermes. Sueñas. Vives entre Anne y yo. Crece, pero no demasiado rápido. Pronto abrirás los ojos. ¡Qué sorpresa, el mundo! Anne es tu mamá. Verás que no podríamos haber hecho una mejor elección, tú y yo."

Amo escribir tu nombre una y otra vez, Mazarine Mazarine Mazarine, pensará Mitterrand antes de estampar su firma en la página azul cielo que la tinta, también azul, pero más opaca, acaba de bosquejar con su caligrafía feliz y orgullosa.

Si supieras de qué manera tus dulces y tímidas caricias me hacen feliz…

Juliette nace en una familia sencilla, de artesanos, en 1806.

Anne viene al mundo ciento treinta y siete años después, en un medio burgués y conservador. Sobra decir, entonces, que jamás se conocieron. La primera se queda huérfana de manera temprana. Más tarde, se convierte en madre sin haberse casado; en su condición de musa y modelo, cortesana ante muchos ojos, el asunto no es tan grave. La segunda es educada y protegida por sus padres durante largo tiempo. A pesar de ser muy tradicionales, apoyan a su hija cuando da a luz, a escondidas, siendo soltera.

Ambas han permanecido al margen. Su existencia depende de quienes supieron seducirlas sin mostrar piedad alguna.

Ambas han sido tomadas por hombres cuyas plumas, discursos y decisiones han transformado no sólo a Francia, sino al mundo; dejando preponderantes huellas en el devenir político y literario. Ellas están conscientes. Admiran su genialidad, sus tantos atractivos. Y se sienten privilegiadas por pertenecerles y por saber de qué manera influir en sus definiciones de vida, las que de verdad cuentan: conceptos como justicia, virtud, lucha, pobreza, honor, sinceridad, entereza, rectitud, disciplina tienen, en sus venas, el sabio y prudente punto de vista de estas dos mujeres.

Ambas aman el placer. La emoción y energía que inyecta el sentirse enamoradas. Saber que hay dos hombres que piensan constantemente en sus cuerpos, en sus almas, en sus inteligencias prácticas y que, aunque jamás las convertirán en esposas oficiales, son el eje de su diario devenir; son las mujeres que más les importan y a quienes les escriben, casi a diario, vehementes y apasionadas cartas. Ante quienes pueden ser sinceros, frente a quienes pueden confesar sus peores miedos y debilidades. Mostrarse genuinos.

Ambas gozan haciendo el amor, entregándose por completo al escritor y al político que las adoran. Abrirse ante ellos, concederles sus humedades, los gritos mudos que cada orgasmo provoca. A veces, sólo a veces, mientras observan la cabeza de François o Hugo entre sus piernas, piensan en otros amantes. Del pasado. Calibran, mesuran, comparan. Hugo siempre sale ganando: con nadie más, Juliette ha sentido una comunión en el placer tan absoluta: "Si amo a un hombre, deseo entregarme a él por entero. Guardar para él mis pensamientos, mis miradas, mi aliento. No vivir más que para él, mi amante". En cambio, Anne carga con una duda, con una deuda, incluso: jamás se dejó tocar-besar-penetrar-acariciar-rozar-conquistar por Alexis. ¿Cuántas veces se ha preguntado cómo habría sido acostumbrarse a su olor en la cama? ¿Cuántas veces ha tratado de adivinar el sabor de la lengua de su mejor amigo, la textura de la piel de su espalda o de qué manera se marcan los músculos cuando aprieta las nalgas, embistiendo?

Anne se viste con sencillez y elegancia; además, como casi no se maquilla, está lista muy rápido. En cambio, para Juliette, acicalarse es asunto delicado: primero la ropa interior, que no es poca, incluyendo su corpiño y un miriñaque ligero para que sus faldas ganen volumen. Enseguida, se tarda en elegir entre el vestido rosa de volantes o el amarillo, de terciopelo de Lyon, y un manto de encajes a juego. Para finalizar, cubre parte de su complicado peinado con una capota adornada con flores, en verano; con plumas, en invierno. Cuando hay sol, jamás sale sin su sombrilla de mango de concha nácar.

Con el paso del tiempo, Juliette se sabe escindida: un cuerpo obeso y vetusto, lleno de reumatismos, frente a un corazón que sigue sintiéndose de veinte años, cargando un deseo que no merma. Con el paso del tiempo, Anne se conserva delgada, fuerte, entusiasta. Y el día en que las canas aparecen, les da la bienvenida, satisfecha.

Tal vez porque Juliette vivió de su físico durante su juventud, extraña ser célebre. Tal vez porque Anne confía en su cultura e inteligencia, prefiere permanecer aislada; jamás ha buscado la fama.

Victor Hugo escribió algún día en algún lugar, que en él coexisten cuatro "yos": Olympio, el creador; Hermann, el amante; Maglia, la risa; y Hierro, el combate. ¿Cuántos "yos" conviven en Juliette, en Anne? ¿Cómo logran equilibrarlos?

La vida se trata de momentos, concluyen, casi al tiempo. De tener la fortuna de encontrar amores vastos, violentos, arrebatados. No importa si una nació en el siglo XIX y la otra en el XX: vivir estipula lo mismo. Desplazarse juntos con la música de los violines de la *mère Saguet* o en los bailes del *boulevard du Crime*, tomando *sirop d'orgeat* o vino blanco, brindando. Deseando un futuro compartido; temiendo el momento de la separación.

La vida impulsa a moverse al mismo ritmo, a igual gozo sobre unas sábanas de lino recién planchadas. Tibias. La vida nos empuja a fondo con tal de sabernos seres necesarios, amados, admirados. Imprescindibles. De lo que se trata es de saborear el presente, aunque se escape, y de proyectarse hacia el futuro, tu mano en mi mano. De sentir ternura al ver los lentes verdes de Hugo, la pluma Waterman de Mitterand: esos objetos que portan la esencia de quienes los han poseído.

—¿Qué objeto crees que me retrata mejor? —pregunta Alexis, sacando a Anne de sus extrañas cavilaciones.

Es la primera vez que Zaza esquía y en el momento en que François canceló el viaje a Chamonix-Mont-Blanc con tan poca anticipación, Anne decidió invitar a su mejor amigo. Sí, sin decirle nada a su amante que tanto cela al atractivo hombre de piel soleada y ojos cetrinos.

Por la mañana, después de desayunar *croissants* con mantequilla y mermelada, ambos dejaron a Mazarine al cuidado de un instructor de esquí que resultó ser un simpático italiano. En este momento están en el salón de triple altura del hotel Hameau Albert 1er, observando, por la enorme ventana, el contraste entre la nieve de un blanco tiza con el cielo azul profundo. Desnudas coníferas decoran el paisaje, proyectando delgadas sombras sobre el níveo.

En sus manos, ella tiene una taza de té *premium black*. Él prefirió ordenar, sin importar que apenas vayan a dar las doce del día, un vaso de whisky Talisker sin hielo.

—¿Sin hielo? ¡Qué raro! —comentó ella, al escuchar su selección.

—Es que prefiero salir a fabricarme uno de nieve: quitas la superficie, que puede estar sucia ya sea por lodo o hasta por orines de algún zorro pasajero, tomas un puñado, lo aprietas bien, muy bien, con fuerza, lo redondeas, y te queda un hielo casi perfecto. Más natural, imposible.

—Cuando pienso en ti —responde, después de un instante de reflexión—, te relaciono con antigüedades, por ejemplo, con un *secrétaire* eduardiano lleno de cajones secretos.

—¿A poco así me ves? ¿Como un hombre que guarda secretos?

—¿La verdad?, no. Pero sí presiento que hay algo que siempre has callado.

Alexis ríe, nervioso. Da uno o dos tragos a su escocés. Lo paladea. Levanta el vaso y, a contraluz, observa la nieve derretirse ante la presencia de la bebida ambarina, de malta fermentada. Calcula qué decir sin desequilibrar sus historias. Conjetura y, después de dos minutos, decide cambiar de tema. Pregunta:

—¿Tú crees que Victor Hugo amaba la vida?

—Me criticas por pensar constantemente en él y Juliette, pero tú también lo frecuentas, ¿eh?

—¿Ésa es tu respuesta? —insiste.

—Creo que adoraba la vida y la exprimía, sin importarle el daño que podía infligir a quienes lo rodeaban. No cabe duda que tenía un ego enorme y era *hyper narcissique*. Un constructor de historias y de la justicia, pero un destructor de sus cercanos.

—A Juliette, para comenzar, le hizo mucho daño. ¿Cierto?

—Y también a su esposa, hijos, sobre todo a la pobre de Adèle, que acabó encerrada en un manicomio, a sus amigos más cercanos. Probablemente, para gozar, es necesario ser un egoísta profesional. Hugo amaba deslumbrar a sus pares, a los ciudadanos franceses, a las mujeres. "Tus caricias me hacen amar la tierra. Tus miradas me hacen comprender al cielo", escribía más para sí mismo que para sus amadas. Al menos, eso pienso.

—Después de todo lo que has leído sobre ese novelista, creo todo lo que afirmes.

—¿Sabes lo que le decía a su amante, cuando la conoció siendo una mujer de dudosa reputación? "Nadie tiene el derecho de lanzarte la primera piedra, sólo yo". ¡Era un verdadero cretino! Sin embargo, cuando Juliette le confesó que tenía una hija, a los dos o tres meses de haberse conocido, él se enterneció y prometió convertirse en un padre para la pequeña.

Alexis se queda callado. Admira a Hugo en sus letras, en su lucidez política, pero odia la manera en la que anuló a Juliette. Y, lo peor, es que jamás piensa en Juliette sin pensar, también, en su querida Anne. ¿Cuántas veces se ha soñado lanzándole piedras al hipócrita de François Mitterrand? ¿Enfrentándolo, poniendo en duda sus aseveraciones? Burguesito de mierda, de doble moral. Le ha dado una magnífica ilusión al pueblo francés, pero a él, le quitó gran parte de sus esperanzas. Y lo peor, no puede decirlo en voz alta.

El mesero, vestido de *jacquet*, entra empujando un carrito plateado. Ofrece a los huéspedes ya sea un condensado chocolate caliente o una selección de diversos licores: Calvados, Cointreau, Chambord. También hay una variedad de pequeñas tartaletas de fresa, mini *éclairs* de chocolate, mil hojas miniatura y *blés sucrés*.

—Así es la vida —le explica Alexis a su amiga—. Una selección. Sí —afirma como si apenas se le estuviera ocurriendo—, una elección entre distintas opciones.

—Lo realmente difícil —responde Anne—, es saber cuál de las ofertas te complacerá, te hará feliz.

—Creo casi imposible saberlo. Elegir siempre deja de lado las otras opciones y siempre, siempre —confirma, entusiasmado—, te quedarás con la duda de si otra selección te hubiera hecho más dichosa, más plena. El camino de la izquierda descarta, de inmediato, el de la derecha: no puedes recorrer dos senderos al mismo tiempo.

—¿Seguimos hablando de elegir entre el chocolate con malvaviscos y un divertido Chartreuse verde o ya andamos en el ámbito de la filosofía? Eso me gusta de ti, ¿sabes? Siempre me haces emplear mi mente a fondo, reflexionar. Me pones complicados retos, cuestionamientos, tal vez sin darte cuenta.

¡Claro que se da cuenta! De hecho, si Alexis se atreviera a ser más directo, a enfrentarla sin andarse por las ramas, sus conversaciones serían más útiles.

Juliette Drouet, durante su juventud, coleccionaba ropa (y deudas). En su haber, contaba con cuarenta y ocho blusas de batista bordada, veintiséis camisas de batista simple, veinticinco vestidos y, de ellos, dos sin mangas, treinta y una enaguas de encajes, doce camisolas, veintitrés batas, dos chales en *cashmere* de la India. ¿Su renta? Mil trescientos francos por trimestre. Es decir, Hugo invertía una pequeña fortuna en mantener a su amante fiel, cercana, casi satisfecha. Eso sí: le daba lecciones de presupuesto. Para tal efecto, le regaló un cuaderno verde donde le mostró cómo equilibrar los gastos. Cada vez que ella respeta la cantidad asignada, Hugo la invita a celebrar que haya sabido contenerse. Juntos, suben la colina de Montmartre, paseando entre viñedos y molinos; al llegar a la cima, la abraza hasta casi ahogarla para, enseguida, entrar a un bar musical, cantar juntos. Bailar. Besarse.

Anne, en cambio, se conforma con lo estrictamente esencial. El ropero donde guarda sus pertenencias apenas ocupa espacio; no requiere más. Es una mujer exquisita; elegante, pero sencilla. La gabardina de buena marca le dura toda la vida. No necesita, a través de sus posesiones, probarle nada a nadie. Es humilde, espontánea. Vive hacia dentro, a donde la lleva su mente inquieta, sus reflexiones profundas.

Y así, tan distintas como son, tan parecidas, cada una, utilizando las mismas palabras, le confiesan a sus amantes, con ciento veinte años de distancia: **Si supieras de qué manera tus dulces y tímidas caricias me hacen feliz...**

Es cierto, lo saben los cuatro, lo sabemos todos: esa manera de acariciarlas, de hacerlas sentir únicas, de elevarlas al Edén, es lo que finalmente cuenta.

Lástima que Alexis sólo sea un testigo. Lástima...

Diario perdido (Guernesey, fragmento, 1860)

¡Qué arrepentida estoy de haber odiado esta bella isla triangular! Ahora amo Guernesey, mi patria de bolsillo, y soy verdaderamente feliz; nunca pensé que el exilio nos uniera tanto. En París estaba veintitrés horas sola y una con mi amado; en cambio ahora, Victor pasa gran parte de las tardes en mi casa y muchas mañanas salimos a hacer largas caminatas por los senderos floridos, frente a los abisales acantilados o en la playa, mi mano en la suya. A veces nos acompaña su perro Sénat; amo ver cómo se persiguen y juegan; mi gran hombre se transforma en un chiquillo. También le encanta montar a caballo o darse baños de mar en Havelet Bay, a pesar del agua helada. Como no soy tan valiente, lo espero afuera. Ver la costa gala del otro lado de la enorme mancha de agua me llena de una dulce melancolía. ¡Llevamos ya nueve años fuera de nuestra querida nación!

Yo quisiera volver pues extraño a mi familia, mis amistades, mi comida, mi ciudad. En los días grises me aborda la nostalgia aunque, por otro lado, en esta pequeña ínsula siento más mío a Toto: así que quedarnos para siempre en tierras inglesas, un poco normandas, no me causaría conflicto.

Recuerdo mis primeras impresiones: las playas repletas de bañistas y mi asombro al ver que las mujeres se cambian frente a todos, con plena tranquilidad; como si estuvieran en una cabina de *toilette*, sin pudor alguno. La particular higiene

de los habitantes de esta isla, al principio me parecía escanda-
losa: no barren nunca; si sus muebles se manchan, así los
dejan y usan la misma cacerola, que jamás lavan, de manera
indistinta para coser las tripas fétidas destinadas a los perros
o el *pudding* para la cena. En fin, a todo se acostumbra uno.

Hace unos meses Napoleón III firmó un decreto de amnistía para los presos y los exiliados políticos, pero mi gran
hombre se negó a aceptarlo. "Hasta que vuelva la libertad a
Francia, yo regresaré…" pronunció, levantando su voz indig-
nada. ¡Cuánto ama la libertad! Era evidente que no admitiría
la amnistía. ¡Lo conozco tan bien! No en vano han transcu-
rrido veintisiete años desde nuestra primera noche de amor.
Desde que, traviesa, le hice llegar un claro mensaje: "Ven a
buscarme esta tarde a casa de *madame* K. Te amaré al punto
de tener paciencia y esta noche, ¡oh!, ¡esta noche será todo!
Me entregaré a ti toda entera".

Una tarde… ¿fue en otoño?, Toto me contó que cuando
tenía unos veintitrés años, saliendo del Louvre, iba atrave-
sando la Place de Grève y, de pronto, sin haberlo buscado,
presenció una terrible ejecución. Le impresionó el ambiente
festivo que había en el lugar: mesas cubiertas de frutos y
vinos, las ventanas rentadas a precios elevados para ser testi-
gos del espectáculo de la muerte. Una guillotina lucía resplandeciente, mientras la concurrencia chocaba sus copas, para
brindar. Nunca pudo olvidar el rostro del condenado ni los
gritos de sus familiares pidiendo compasión. Se horrorizó y
se prometió oponerse a un castigo tan inhumano y, desde ese
momento, estudiar sobre justicia y criminalidad se volvió su
obsesión. De mi hombre admiro sus luchas políticas, el gran
amor que le tiene a Francia. Al principio, me atraía su faceta
de dramaturgo, de poeta, de novelista, su espíritu letrado;

después admiré su pasión desmesurada al defender una causa. ¡Cuánto combatió la pena de muerte! Por eso a los veintisiete años escribió *El último día de un condenado*; fue su manera de pedir la abolición de ese castigo extremo. Y después publicó un importante texto: *Claude Gueux*, en el que también denunció estos horrores.

Las sanciones deben ser proporcionales a los crímenes, me dice siempre. Siendo tan sensible como lo es todavía hoy, no imagino a Victor de dieciséis años, un mediodía de verano. Él estaba en la plaza del Palacio de Justicia cuando divisó a una multitud arremolinarse. Su curiosidad de adolescente le hizo acercarse en el momento en que un verdugo descubría el torso de una joven mujer para después marcar su espalda con un fierro candente. Todavía hoy escucho los gritos, me cuenta. Todavía puedo oler el tufo de la carne quemada. Su crimen era un simple robo doméstico. Ese día me prometí combatir por siempre las malas acciones de la ley, concluyó, dándole un trago a su vino tinto.

Hugo se ha convertido en un hombre que lucha con fervor por la libertad: de opinión, de prensa, de los teatros. ¡Hay tanta censura! Revisan cada obra antes de dar la autorización indicada y sus propios hijos han pisado la cárcel por delitos de opinión. ¡Con cuánta furia reaccionó mi inefable buen hombre! Ahora tengo una buena relación con Charles y François; han aprendido a quererme. Desde que veníamos en el vapor que nos trajo a St. Peter Port me veían con simpatía y agradecimiento, puesto que fui yo quien salvó a su padre al huir de Francia, aun arriesgando mi integridad física. Él mismo lo reconoció, con su puño y letra: "Si no fui fusilado se lo debo a *madame* Juliette Drouet quien, poniendo en peligro su propia libertad y su propia vida, me salvó de toda trampa y me cuidó sin descanso. Sentí la muerte muy cerca, pero más cerca todavía, a mi Juju". Y también logré sacar del país el baúl de sus manuscritos. Un gran tesoro.

Aquí, el cariño se ha incrementado. Cuando Adèle viaja a tierra firme, sus hijos acostumbran a cenar en mi casa los miércoles y los viernes. Las conversaciones con estos tres hombres son interesantes y entretenidas. Si alguien contemplara la escena desde fuera, nos vería como una familia unida, conviviendo en perfecta armonía. A veces, convenzo a mi sublime proscrito para que nos lea en voz alta alguno de sus más recientes textos. Entonces, corro por las páginas encerradas a doble llave en el mueble de roble, le acerco unas velas y pido silencio. Cómo me gusta su voz, su manera de pronunciar cada palabra.

Victor también ha abrazado otra causa: la de las mujeres. No sólo me convirtió en secretaria y copista, sino que continuamente pide mi opinión sobre sus textos. Me escucha con atención, mientras se acaricia la barba, mesurando qué tanta razón tengo. Gracias a mis consejos, ha transformado un poco su poesía para que casi cualquiera pueda entenderla. Tanto a su esposa como a mí nos impulsa a escribir. Me pidió que redactara mis recuerdos como antigua pensionada del convento de Santa Magdalena, pues necesita la información para la novela en la que ahora trabaja, y él fue quien me dio la idea de escribir este diario. A Adèle le sugirió que escribiera sus memorias; creo que no lleva ni cinco páginas aunque ya eligió título: *Victor Hugo raconté par un témoin de sa vie*.

Toto no ceja en sus luchas; es admirable. Yo, la verdad, me declaro perdedora a la primera. Por ejemplo, ha exigido mejores condiciones en la prisión de Saint-Lazare, exclusiva para mujeres y prostitutas. Ahí fue encarcelada esa amante, esposa de un pintor, con cuyo nombre no quisiera mancillar estas páginas, aquélla con quien lo sorprendieron en pleno adulterio en una habitación rentada del pasaje Saint-Roch. No puedo imaginar lo que sintieron cuando escucharon, junto a fuertes golpes en la puerta: ¡En nombre del rey, abran! En ese momento no me contó sobre el evento. ¿Tanto temía un ataque colérico? Después me enteré de la injusticia: a él, ya un escritor reconocido, miembro de la Cámara Alta y con la inmunidad que otorga el prestigioso cargo de Par de Francia, le dijeron que siguiera con su vida, pero a ella la pusieron tras las rejas, primero en la cárcel y, para finalizar la condena, en un convento. Sí, me enteré de su desliz de la peor manera: seis años después, la propia Léonie, esa detestable rubia impulsiva a quien él nombró su "temerosa paloma", me hizo llegar un paquete envuelto con una cinta azul, sellada. Al abrirlo, me encontré con las cartas de amor que Hugo le había escrito. ¡Durante siete años hicieron el amor! ¡Durante siete años me traicionó! ¡Quise suicidarme! Pero me di cuenta de que esta dolorosa afrenta, en lugar de debilitarme, me regaló fuerzas sobrehumanas para superar sus proezas eróticas en camas ajenas, sus constantes galanteos, su búsqueda del *delirium féminin*...

Victor cree que no me doy cuenta, pero si se acuesta con otras, su pañuelo lo denuncia: cuando huele a *eau de muguet*, seguro estuvo con alguna mujer de los bajos fondos. En cambio, si el aroma que la tela despide es a *senteurs des champs*, es probable que haya gozado con una actriz. A veces, cuando visita a una marquesa, me llega el efluvio de algún perfume de *chez* Houbigant.

En fin, Adèle sí pudo perdonarlo. Hasta se encargó de visitar a Léonie en la cárcel y de buscar su liberación; probablemente tenía mi imagen en su mente, y las ganas de venganza.

Su esposa siempre lo ha perdonado aunque, es cierto que cuando se enteró de mi existencia, hizo lo imposible para que me negaran papeles en las obras de teatro. El tiempo, sin embargo, nos ha ido uniendo. Apenas este lunes me pidió la receta de los riñones al *champagne* que tanto le gustaron a su marido. Copié ingredientes e instrucciones en una hoja, con la mejor letra que pude, y se la hice llegar. Confío en que a ella no le quedará tan bien como a mí pero, eso sí, me ganará en elegancia: seguramente los servirá en la vajilla de Sèvres que le obsequió el rey Carlos X a su esposo.

Una anécdota que a Victor le encanta repetirme, sobre todo cuando salimos a caminar a la playa, descalzos, sobre la arena ligeramente fría, sucedió un poco antes de la revolución del 48. Mi amado caminaba por la calle Tournon y, al mismo tiempo que dos gendarmes se llevaban detenido a un miserable hombre, acusado de haberse robado un pedazo de pan, bajaba de un engalanado carruaje una dama con sombrero rosa y vestido de terciopelo negro, presumiendo encajes. El detenido la observaba con admiración, en cambio ella no le dirigió ni una breve mirada. "El espectro de la miseria contemplando a la riqueza y la riqueza ciega a la miseria, es una catástrofe social".

Toto, ahora mismo, además de *La leyenda de los siglos*, retomó la redacción de su monumental obra, a la que más fe le tiene. Cuando la publique, me comentó apenas ayer: Ya estaré preparado para morir. Se llama *Las miserias* y me hace leerle cada página en voz alta; le gusta mi lectura atenta, el apasionado tono que utilizo, mi entusiasmo. Es que sus personajes están tan vivos. Sufro con las atroces torturas de ese pobre Jean Tréjean, lloro con la suerte de ese mártir, me angustio con el destino de Fantine, ¡y el pobre Gilliatt… si de mí dependiera su alegría! Comparto sus dolores como si fueran de carne y hueso puesto que las obras literarias de mi amado son, para mí, como los hijos que nunca pudimos tener. Bebo sus palabras y cuando me pide mi opinión sobre alguna escena o el estilo literario, se la brindo, gustosa por serle útil.

Grand Dieu, ¡cómo admiro el empeño que pone para que la miseria sea erradicada! Él quisiera ser el gran enemigo de la pobreza. Cree, con tanta fuerza, en las virtudes de la caridad…

Bueno, ya es hora de cerrar este diario y redactar mi correspondencia: le debo respuestas a mi adorada hermana, a mi yerno y a mi sobrino. No quiero hacerlos esperar más tiempo pues sé que ansían tener noticias mías.

Usted me ayuda a rechazar
un destino ordinario (1978)

El vuelo sorpresivo de un faisán multicolor, que apenas despega de la tierra parda cubierta con un conjunto de hierbajos azules, la hacen volver la mirada. Las hierbas crecen por segundos, atenazando los tobillos de Anne e impidiéndole continuar la carrera para alejarse de los periodistas. Calza sandalias pues hace demasiado frío. Sus dedos amoratados piden un par de alas. ¡Sería tan fácil volar! Al llevar la vista hacia atrás, percibe a una niña de apenas tres o cuatro años. Es Mazarine que camina hacia ella y, sin embargo, entre más se acerca, más se aleja. Anne comienza a verla pequeñita pequeñita, hasta que desaparece detrás de un cañón. ¿Qué hace un cañón herrumbroso en medio del campo? ¿Qué batalla de la Segunda Guerra Mundial se desarrolló en esta pradera de Francia? No, no es una pradera. Enfoca bien: es una habitación de hotel. La suite de su amante en alguna ciudad provincial a la que ha ido en plena campaña. Se tranquiliza. Deshace su cola de caballo y, moviendo la cabeza, le otorga total libertad al peinado. ¡Qué alivio! Con los dedos se da un breve masaje para que su cuero cabelludo respire. La mujer abre los barrotes metálicos, estofados en dorado, y entra. La enorme cama la espera. Sobre la cabecera hay una foto del presidente Giscard d'Estaing. Un grueso edredón cubre el cuerpo que respira lento, relajado. Anne termina de desnudarse y se recuesta entre las sábanas de lino; las palpa: suaves, caras, elegantes. Escucha un leve ronquido. ¿Lo despierto, no lo despierto, lo despierto, no lo despierto...? Si tuviera una margarita, tomaría la decisión pétalo a pétalo. Despierto a Cecchino, opta. Entonces, para no asustarlo, sacude su hombro, lista para besarlo en el momento en que su amante abra los ojos. Y lo hace: un beso largo y dulce y lascivo y delicado y carnal y obsceno y deleitoso y afable y de lenguas cómplices. La boca de Danielle es perfecta; sus labios saben a casis, miel y canela. La mujer legítima, misericordiosa, le dice a la amante de su esposo, al tiempo que acaricia la piel transparente de sus senos: "*Chérie*, duerme, descansa; mañana te esperan grandes tragedias". Grita. "¡Baja la voz!", la conmina *madame* Mitterrand, "hay que seguir manteniendo las apariencias".

Anne se incorpora, asustada. Abre los ojos. ¿No los tenía ya abiertos? ¡*Merde*, qué pesadilla! Suda. La funda de la almohada está húmeda; su camisón también, sobre todo en la parte que cubre el pecho. Enciende la luz. ¡Vaya! Está en su recámara. Ve el despertador: las dos de la mañana. Como sabe que le costará trabajo volverse a dormir, se levanta a preparar un té de tila.

Seguramente su Cecchino está dormido bajo el mismo techo, aunque no sobre el mismo colchón, ¡eso espera!, que Danielle, su esposa. Ambos han ido a un viaje organizado por el Partido Socialista. Té en mano, Anne se sienta en su sillón favorito para esperar a que el sueño gane la batalla y entonces, como acostumbra a hacerlo cuando el insomnio la visita, saca de una caja de zapatos, que oculta debajo del sillón, las cartas que le ha escrito el político socialista desde que se convirtieron en amantes, hace catorce años.

Toma una al azar. Todas siguen en su sobre, acomodadas por fechas. ¿La dirección? 39, *rue du* Cherche-Midi. Recuerda, con cierta nostalgia, el pequeñísimo departamento que compartía con su hermana Martine. Lo que es la memoria, ¡se acuerda hasta del número telefónico! Lo repite en voz alta: 222-51-58. Sonríe. Era la época en que espiaban las llamadas de su amante y, por lo tanto, también las de ella. No tenían pruebas, pero tan lo sabían que algunas veces saludaban a sus escuchas o hacían chistes sobre los servicios de vigilancia del gobierno.

Desdobla la hoja y lee: "Adoro tu cuerpo, la alegría que fluye a través de mí cuando poseo tu boca, la posesión que me quema con todos los fuegos del mundo, la explosión por ti de mi sangre en las profundidades del corazón, tu placer que estalla del volcán de nuestros cuerpos, una llama en el espacio, la quemazón". Sigue leyendo, pero ahora modulando la voz dentro de su cabeza: "Cerca de ti, unido contigo, en ti —eso es lo que soy—. Es la paradoja increíble: existo en el mismo momento en que me disuelvo en ti".

La mujer le da un sorbo a su bebida, no sin antes soplarle. Observa el vapor subir y desvanecerse. ¿Qué es, en realidad, el amor?, se pregunta. ¿Algo tan sutil y efímero como un té en estado gaseoso? "Es ya no estar solo. Una suerte de comunión estimulante que me da certidumbre". Pero también puede ser una montaña rusa: algunos días se despierta muy enamorada, cierta de que su lugar en el mundo es junto a François. Al día siguiente lo único que desea es salir corriendo, salvarse, reencontrar su equilibrio. ¿Con él, sin él, con él…?

Elige otra página: "Si supieras la plenitud y la confianza que me habitan gracias a ti… Te amo. Acaricio tus cejas de las que adoro el arco de soledad." Algún día, cuando su relación termine, hará un pequeño rito para quemar estas cartas. No quiere que nadie las vea: son demasiado bellas. No desea que pasen a la posteridad ni que su relación termine ilustrando portadas de revistas. ¿Acaso Juliette y Victor Hugo estaban conscientes de la historia de pasión que construían día con día?

El enamoramiento entre la joven actriz y el poeta fue automático: a ella le sedujo su personalidad, el temperamento, la seguridad en sí mismo y en el poder de su prosa. También, ¿por qué no decirlo?, su fama y esa certeza de que su bienestar económico y estabilidad podrían ayudarla a salir de la situación en la que se encontraba; la bella musa tenía una cintura perfecta… pero también enormes deudas. Era una mujer que gozaba adquiriendo joyas con piedras preciosas, telas finas, pomposos objetos decorativos, refinados cachemires de las Indias. Encajes, polvos de rosa, perfumes de *chez* Guerlain y guantes de cabritilla. Con el tiempo, terminaron compartiendo muchas cosas: su afición por comprar antigüedades y objetos extraños en los mercados de *brocante*; les entusiasmaba hacer excursiones por las callejuelas, de las que regresaban cargados de piezas extravagantes. Su gusto por coleccionar muebles vetustos, los favoritos: baúles y cofres de madera, cuero o metal, con o sin adornos. Juliette amaba observarlo redactar y pintar. Vibraba con sus creaciones artísticas y, sobre todo, disfrutaba escribirle una carta tras otra… que han trascendido. Quienes saben de narrativa, reconocen en *madame* Drouet a una apasionada y competente escritora.

Cuando Victor Hugo se llevaba a su familia a descansar a Metz, al castillo de sus amigos Bertin, primero mandaba a Juliette, a quien hacía hospedarse en una pensión campirana a menos de cuatro kilómetros. En medio de uno y otro punto había una extensión plana, el valle de Bièvres (sí, con el mismo nombre de la calle donde vive la familia Mitterrand), entre algunos sembradíos, era el hábitat ideal para un enorme castaño dueño de una particularidad: tener un discreto hueco en su tronco. El árbol estaba densamente poblado por pequeñas hojas verdes desde abril hasta octubre, así que los amantes se recostaban sobre el pasto para aprovechar su generosa sombra. Tumbados uno muy junto al otro, su mirada hacia el cielo, admiraban la manera en la que la luz del mediodía conseguía colarse entre las ramas frondosas, mientras se prodigaban caricias; algunas, demasiado atrevidas.

A veces el escritor no podía escaparse, no lograba llegar a la cita. Así que Juliette comenzó a utilizar el tronco hueco como buzón. Ahí deslizaba sus palabras de amor, tiernas o desesperadas. Garantizándole su adoración incondicional, o bien, reclamándole que la hubiese dejado sola, en su lugar de encuentro, abandonada: "Te esperé un largo rato. Me voy con el alma muy triste y el corazón encogido". Confesándole todo su amor: "Te adoro como el ser divino que eres. Te amo de rodillas", o reclamándole alguna infidelidad: "Dudar de la solvencia de tu corazón me causa una desesperación sin fondo en donde me gustaría dejar mi vida y mi alma para escapar de esta tortura maldita. No puedo aceptar compartirte y, antes que consentir este humillante ultraje, prefiero la muerte en todas sus formas…".

El gran castaño, cuyo follaje parece siempre recortado por jardineros expertos, ahí sigue. En el mismo sitio. Anne quisiera conocerlo. Tocarlo y no sólo imaginárselo. Ver el hueco y, tal vez, hasta encontrar el último mensaje de los amantes.

¿Qué la seduce del hombre que se ha convertido en el centro de su vida?, se cuestiona. No cabe duda: la manera en la que François le escribe. Misivas, el diario que lleva un buen tiempo redactando, para el que recorta al menos una imagen al día; postales desde cada lugar al que viaja: Nazaret, Cuba, Leningrado, Karachi, Calcuta, Salzburgo. No sabe si agradecerle sus cartas: son las encargadas de tenerla cautiva. Es como el cuento del encantador con su flauta, cuyas notas musicales atraen a los ratoncillos que han invadido el pueblo y los conduce al río cercano, donde terminan ahogándose.

Adora su sentido del humor, sus conversaciones, su extensa cultura, la manera de concebir el mundo, la tenacidad para conseguir sus objetivos. La profunda inteligencia. Su capacidad de concentración: a veces pasa horas en una biblioteca, preparando algún tema. Y hay que agregar la voz, ese instrumento de seducción incomparable. Una férrea voluntad, sus luchas políticas. ¡Qué delicia pertenecerle a un hombre al que admiras!

Le da otro trago al té. Saborea la forma en la que conquista cada papila y la tibieza que le aporta. ¡Eso, compartimos el gusto por el té, por el pan duro, los huevos *à la coque*, la fobia por el derroche, nuestra animadversión hacia la debilidad humana! Bueno, y ahora los une de forma definitiva la existencia de su pequeña hija de casi cuatro años.

¿Qué más disfrutamos en pareja? Los días feriados en Trévesse, el *manoir* propiedad del gran amigo y consejero de su amante, François de Grossouvre, quien también se convirtió en padrino de Zaza. Sus horas de lectura, los sábados por la tarde, sentados en el mismo sillón. Anne, los pies desnudos sobre los muslos del político, lee *Le lit défait*, la más reciente novela de Françoise Sagan, o bien, admira una vez más la vieja dedicatoria de Camus en el ejemplar de *Los justos*: "Al señor ministro del Interior, en recuerdo de una causa justa y en homenaje deferente". Él observa de reojo a su joven amante al tiempo que pasa las páginas de un libro de Jünger o Barrès.

Aman sus paseos; largas caminatas a campo abierto. Mitterrand, enfundado en un abrigo ligero de *cachemire* que esconde los dos bordes de su bufanda color vino. Ella, con un suéter de lana de cuello de tortuga. Les gusta recorrer cementerios; son el entorno ideal para reflexionar.

También saben deleitarse con su afición por la música clásica; escuchar juntos, con una copa de vino tinto en la mano, la *Novena sinfonía* de Beethoven, dirigida por Barenboim. "¿Sabes, *ma belle*?", le dijo una tarde François a su amante: "Si llego a ser presidente de la República, iré al panthéon y entraré completamente solo a dejarle flores a Jaurès y a Moulin, con una orquesta sinfónica tocando en vivo el *Himno a la alegría*. Es un homenaje que ambos merecen".

Anne se reconoce privilegiada y, sin embargo, también ha vivido momentos oscuros, amargos. ¿Cuántas veces se han peleado? ¿Cuántas se ha sentido traicionada? La última, estuvo a punto de quemar todas las cartas. Y no sólo eso: a veces camina al lado de su amante en las callecitas del barrio Saint-Germain, su zona favorita, sintiéndose observada. Vuelve la vista de pronto, escudriñando el rostro de los paseantes igual a una gacela alerta, que avizora el posible ataque de un felino. ¿Qué pasaría si la noticia de su amorío, ya de años, saliera a la luz? Mientras escucha la conversación de François, trata de ocultar su angustia, pero él la nota por el sudor de su mano; una humedad fría, suspicaz.

Aunque sigue prácticamente escondida, la mujer ha vencido muchos obstáculos. Los celos de Danielle, por ejemplo. Hace apenas dos años, Mitterrand decidió legarle a su amante la casa de piedra, rodeada de olivos, que construyeron en Gordes, pero como el matrimonio con su esposa se había hecho bajo el régimen de bienes mancomunados, Danielle tuvo que acceder y asistió ante el notario para trazar su firma sobre el contrato. El trago, para la esposa oficial, debió ser amargo. Es probable que su orgullo haya salido lastimado, pero la pareja siempre supo negociar sin mostrar grandes pasiones. Control, me tengo que controlar. No demostraré, en público, ni una nimiedad de lo que estoy sintiendo.

Recordando el tema del patrimonio familiar, *mademoiselle* Pingeot debe reconocer que tiempo atrás perdió una batalla… y le fue muy doloroso: en el verano de 1964 descubrieron juntos una finca en ruinas, en un bosque cercano a Hossegor. Era un lugar ideal para verse: silencioso, perdido entre un espeso pinar. Cecchino compró Latche y prometió convertirla en su casa secreta. Mientras juntaba el dinero para remodelarla, sus citas transcurrían recostados bajo un encino gigante que pudo escuchar largas conversaciones o verlos, con toda simpleza, observando el cielo y el juego de luces y sombras que sus ramas proyectaban al mecerse a uno y otro lado.

Sin embargo, cuando los Mitterrand se vieron obligados a vender la casa de campo de Hossegor, puesto que necesitaban el dinero para comprar un departamento en París, el de la *rue* Guynemer, Latche se transformó en la mansión de descanso de la familia legítima. La propia Danielle iba cada fin de semana a supervisar la restauración y se encargó de decorarla a su gusto. Fue un golpe devastador. Lacerante. Anne no le reclamó ni le pidió explicaciones a su amante; decidió tragarse la mierda sola. Vomitar sola. Tiempo después, él le confesó: "Esta casa que tanto mal te ha hecho, ahora la contemplo como extranjera, extraña".

Hossegor, ¡el lugar donde se conocieron! Por la manera en la que François lo describía, Anne se convenció de que, como Hugo, su amante podría haber sido escritor: "La playa, lisa, estaba integralmente desierta hasta los límites extremos del horizonte. El cielo, inmóvil y azul, todavía conservaba un poco de la palidez del alba. El mar, admirable en su violencia serena, respondía al viento del norte por un poderoso clamor".

La infusión comienza a relajar a la mujer. Pero antes de volver a la cama, quiere leer otra carta. Una de las primeras que él le escribió, allá por 1964, y la última de esta madrugada: "Sí, atravieso una crisis que me convulsiona. Usted me ayuda porque está ahí, porque es un punto de referencia, porque llena mi existencia cotidiana de momentos luminosos. Usted me ayuda a aceptar que debo luchar y sufrir. **Me ayuda a rechazar un destino ordinario** (lo que no significa: conseguir una ambición, sino realizar una tarea). Le agradezco que me permita soñar".

Anne sabe que Mitterrand está destinado, si es que algo como el destino existe, a grabar su nombre en los libros de historia. Él desprecia lo ordinario. Evita, lo más posible, tocar temas de la vida diaria.

Cien años antes, en 1878, Hugo y su eterna amada se veían obligados a tocar temas cotidianos respecto a presupuestos, deudas y gastos. Juju le mandaba las diversas notas: leña para la estufa y la chimenea: 103 francos; renta trimestral: 2 400 francos; un viaje de diez leguas en diligencia: 30 francos más los 4 000 francos que todavía le debemos al orfebre Janisset. El poeta se quejaba. Juliette le suplicaba: "Si osara pedirte un crédito de 15 francos mensuales para una muy sensible mejoría en la fatiga de mi vieja vida, lo haría, pero temo que lo rechaces".

La amante de Hugo, antes de firmar, termina una carta con estas palabras: "Me siento triste y humillada cuando pareces dudar, pero eso no me impide amarte. Yo, te lo repito, no lo puedo hacer mejor. Mi desinterés de pobre se debate contra tu ingratitud de rico. Todo es posible. La prueba es que te amo como el primer día de nuestro amor".

Mientras Juliette Drouet dobla en tres la hoja y sella la misiva con lacre, en el que se distingue una simple J, Anne Pingeot, todavía sobre el sillón de su sala, se queda profundamente dormida.

Incluso la noche más oscura terminará con la salida del sol (1980)

A veces, los domingos en las tardes, a Anne le gusta pegar en los álbumes las más recientes fotografías. Trata de no retrasarse para que no se acumulen. Con un plumón especial, indeleble, escribe lugar y fecha al lado de algunas; no quiere olvidar los detalles. François acostumbra a cenar con su familia cada semana así que junto a Zaza, que hace la tarea, la mujer se sienta frente a la mesa del comedor y coloca foto tras foto. Si son muchas, se sirve una copa de un buen Bordeaux. Hoy preparó una sencilla pasta con mantequilla, perejil y queso. Mazarine la devoró en cinco minutos. Ella la degusta lentamente, disfrutando la cocción *al dente* y el sabor del parmesano de Reggio Emilia. El aroma del vino y las imágenes que saca de una caja, para elegir las mejores, la hacen transitar hacia cada momento de ese pasado que sigue vivo gracias no sólo a la memoria, sino a las instantáneas que han logrado capturar un segundo en el tiempo.

En cuanto termina esa labor, mientras su hija ve un programa más de *Dimanche Martin*, ya en pijama, Anne hojea los viejos álbumes. ¡Le encanta traer al presente su pasado! Mazarine de uno, dos, tres y cinco años. Cada cumpleaños soplando las velas, metiendo el dedo índice en el merengue para probar su sabor. Vacaciones de verano. De invierno. Acercándole una zanahoria a su pony. Jugando a la pelota en el parque. Aprendiendo a caminar de la mano de su padre.

Otro álbum: Viena, 1971. *Mademoiselle* Pingeot de vestido color marfil y abrigo negro, peinada de raya al lado; rostro radiante. *Monsieur* Mitterrand con su traje café y un suéter vino de cuello de tortuga. Ambos elegantes, ambos de la mano, ambos enamorados. Una más antigua en la que, como comenzaba su relación, evitaban salir en la misma toma, pero el escenario, el balcón y el momento son idénticos: Venecia, cada uno por su lado aunque el brillo en sus miradas lo revela todo. Una más reciente: Zaza de blanco y Mitterrand de negro, espalda contra espalda. Juguetones. Sus perfiles no niegan el peso de la genética. O aquélla en la que el hombre carga a su hija casi recién nacida, en algún lugar arbolado, Mazarine vestida con su pelele blanco de una pieza, incluido un pequeño gorro. En las primeras páginas encuentra el retrato en blanco y negro que su amante tenía en la mesa de noche de cualquier lugar al que viajaba: una Anne muy joven, ¿veintiún o veintidós años?, aparece bajo un elegante sombrero de verano; de su sonrisa emana una ligera coquetería. Blusa blanca de tirantes. Sus manos toman el barrote de una reja también blanca. Es Hossegor, la entrada de la casa de sus padres, a la orilla del lago.

Las fotos que más le gustan son unas que vienen en par. Alexis se las tomó con tres segundos de diferencia el día en que presentó a su querido amigo con su amante. La cena terminaba y era hora del postre. François y ella están sentados frente a una mesa con el tradicional mantel de la Provence. En la primera toma, Anne sale con los párpados cerrados, mientras el hombre la observa, embelesado. En la segunda, ella ya ha abierto sus grandes ojos, la cabeza recargada sobre su mano derecha; presume una sonrisa abierta, sincera, enamorada, y dirige una mirada luminosa y feliz al hombre que ama.

"Es muy importante que se quede totalmente quieta, *madame*», ordena el fotógrafo. "La técnica ha avanzado y la sesión será mucho más rápida, no se inquiete, señora mía: sólo necesito que permanezca inmóvil unos diez minutos". Como respuesta, Juliette recarga el brazo izquierdo en el descanso del sillón y posa el otro sobre su regazo, la cabeza ligeramente hacia la derecha: es su mejor ángulo. El vestido amplio, de felpa, combina el gris Oxford con el gris perla. No usa joyas. Su Victor Hugo amado le quiso obsequiar, en esta ocasión, para celebrar su "matrimonio de amor" que festejan la noche del 17 noviembre de cada año, su primer daguerrotipo y, por lo tanto, contrató al mejor; un hombre poco simpático, de piel grisácea y voz hosca.

De pronto, la mujer se da cuenta de la broma que el paso del tiempo le está jugando y sonríe, aunque es una sonrisa algo amarga. "¡Así! No se mueva; se ve perfecta".

A sus veintitantos años, también posaba. Recorrió los estudios de algunos pintores antes de conocer a quien se convertiría, por mero accidente, en el padre de su hija. ¡Ay, cómo he cambiado!, se lamenta. Ahora es una matrona pasada de peso, cabello blanco al que es casi imposible peinar bien, mirada derrotada. En cambio, cuando se desnudaba para que los artistas la plasmaran en el lienzo, su cuerpo era grácil y el brillo de los ojos inquietos sabía embelesar. Con figura esbelta y un rostro armónico y ovalado, cabellos negros siempre peinados con coquetería, presumía una altura considerable, pero mesurada: ni un centímetro de más para lo que se espera de una mujer. Tal vez lo mejor o, al menos lo que más le envidiaban, era su breve cintura siempre ceñida por vestidos llenos de color. Amaba comprar telas —ese tafetán rosa, por favor—, estrenar brocados, crinolinas, velos, prendedores de perlas, guantes de *chez* Boivin. Pero lo que más extraña, piensa, no es su estilizada figura, sino el peso de Hugo sobre su cuerpo. ¡Había noches en que hacían el amor cuatro o cinco veces! ¡Qué hombre incansable! ¡Qué desmesura en el deseo!

Lo mejor de su pasado fueron los viajes, no cabe duda, pues dormían juntos a diario y su insaciable hombre la complacía continuamente. Era una delicia saberse deseada. Despertar temprano y ver el rostro del poeta a su lado cada mañana, le parecía un bello milagro. Cuando en algún pueblo o ciudad reconocían al ilustre viajero, organizaban, un poco improvisadas, eso sí, recepciones dignas de un jefe de Estado. Juliette se sentía feliz pues, además, contemplaba las miradas lujuriosas de los hombres. ¿Quién será su bellísima acompañante?

Cuando Adèle salía de la ciudad, lo que hacía con frecuencia, Juliette se encargaba de atender a los importantes invitados. Recibió a Su Majestad el emperador de Brasil, a Flaubert, la condesa Pompadour, Leconte de Lisle y a Balzac, gran amigo y convidado frecuente, entre muchos otros artistas, políticos y miembros de la aristocracia. Era una anfitriona tan eficiente y cordial, que Hugo siempre se mostraba complacido.

Ahora, todo le cuesta trabajo. Se cansa muy rápido. ¡Es injusta la vida! Ella ha envejecido, en cambio su Toto conserva la energía y la sagacidad de un hombre de cuarenta años. Lo ve, incluso, más atractivo que antes. Su hermana Renée solía decirle: "Ese hombre te va a exprimir, te va a despojar de tu juventud. Abandónalo". Pero ¿qué habría sido de su vida lejos del poeta? Los teatros le cerraron las puertas, ser musa de artistas se hubiera acabado a los treinta años. ¿Ir de amante en amante para terminar, a estas alturas de la vida, sola? Como madre soltera y varios hombres en su historia, no tenía muchas opciones.

¡Qué orgullosa se sintió el día en que Victor Hugo se convirtió en Par de Francia! Qué guapo se veía con su boina roja coronando la amplia frente, enfundado en su ensamble bordado en verde y su *jabot* de gala. Juliette asistió al evento disimulada entre el público, aunque no por ello menos orgullosa ni menos elegante: vestido de tarlatana blanca, chalina rosa, capucha de fina paja italiana.

—*Madame, madame*, hemos terminado, ya puede moverse —repite por tercera vez el hombre de la tez grisácea, casi perdiendo la paciencia.

—Lo siento, no lo escuché, no sé en qué mundo andaba —contesta, levantándose con lentitud.

El tiempo es implacable, piensa, mientras espera que el fotógrafo y su asistente recojan el equipo para acompañarlos a la puerta. Después, regresa al salón azul, se quita los zapatos, se deja caer sobre el sillón más cómodo y sube los pies a un taburete; los tiene muy hinchados. Cierra los ojos y deja que los recuerdos continúen fluyendo.

Tal vez una de las peores épocas comenzó el día en que el duque de Orléans, heredero del trono, falleció en un accidente. ¿Fue en 1842 o en el 43? Sólo recuerda que su dulce amado asistió a la casa de la duquesa para presentarle sus condolencias y, como cosa rara, aceptó que Juliette lo acompañara, ¡pero no la dejó bajarse del carruaje! Aquí espérame, Juju mía, ordenó. Ella apretó la mandíbula y dejó escurrir sus lágrimas de humillación hasta que él se alejó.

La amante de Hugo padecía de todo y por todo. Agudos ataques de celos, angustia por vivir en un segundo o hasta tercer plano, cuando su única culpa era amarlo demasiado. Es cierto, también tenía recompensas: sólo ante ella Hugo era totalmente sincero. Recuerda cuánto sufrió el poeta con el matrimonio de Léopoldine, pero guardaba las formas frente a su esposa e hijos. Sólo en la casa de Juliette lloraba, mientras la mujer recibía la cabeza del novelista entre sus pechos y le acariciaba el cabello, consolándolo. ¡Qué trabajo le costó dejar ir a su hijita! Cuánto voy a extrañar verla a diario, se lamentaba. La boda, pequeña y discreta, lo dejó abrumado. Y para cooperar con la depresión y el vacío, su obra de teatro *Les Burgraves* fue un enorme fracaso. Por si fuera poco, unos meses después murió Léopoldine. ¡Cuántos golpes, uno tras otro!

"Ahora entiendo, y de esto me enteré con el correr de los años, por qué se enredó con la esposa del pintor Biard, la tal Léonie, que tanto daño le hizo a nuestra relación y a mi estabilidad emocional. Ahora entiendo que, frente a los fracasos y a la muerte, sólo el deseo podía salvarlo y, en ese entonces, ya no me deseaba tanto. Me había convertido en una segunda esposa, en una mujer útil pero cotidiana, y mi ardiente Toto requería pasión, fuego. Besar, acariciar, penetrar incansablemente", escribió Juliette en su diario.

Los años 1847 y 48 también fueron oscuros y Hugo, con esa lucidez que lo caracterizaba, vio venir cada tragedia.

—¡Casi no logro llegar, mi dulce ángel! Tuve que desviarme pues di con una barricada —le dijo al cerrar la puerta, corto de aliento. Enseguida, dejó en la entrada sus botines llenos de lodo. También se quitó el saco para ponerse el de interior, más cómodo—. Anda, sírveme un trago, es la única manera de digerir lo que está pasando afuera.

—¿Pues qué tanto pasa afuera? —preguntó Juliette, acercándole sus viejas pantuflas y recibiendo, como siempre, un suave beso en la frente.

—Pues que en todo París hay motines, y casi a diario. *Merde*!

—¡Ah! ¡Eso! No es novedad. ¿Por qué la angustia? —contestó al vuelo, mientras elegía el mejor *cognac* disponible.

—¿Le quitas importancia, entonces, al hecho de que las familias mueren de hambre? *Merde*! Los niños de cinco años se ven obligados a trabajar, el pan está cada vez más caro… ¿Acaso no lo has notado, no te importa?

—Calma. ¿Dos *merdes* en un minuto? Así llevamos varios meses —expresó ella, acariciando su brazo para tranquilizarlo. Él se alejó, molesto:

—Eso es lo grave; no deberíamos acostumbrarnos al dolor ajeno. Y tú menos que nadie, *ma* Juju *adorée*.

—Ten…

—¿Qué es esto?

—Pues el *cognac* que…

—¿Cómo quieres que beba cuando mucha gente se queja de no encontrar empleo?

—Pero si tú mismo… Olvídalo —se sentó y le dio un trago al licor. Sabía que cuando Hugo comenzaba con una diatriba, era mejor dejarlo seguir.

—Las miradas de odio de los pobres hacia los ricos dan miedo. Yo mismo me siento inseguro al caminar por las calles. La injusticia es el único pan que comen a diario.

—Cierto, pero ¿qué puedes hacer tú, *mon bien aimé*, para terminar con la pobreza?

—Al menos, hacer que mi voz se escuche. Si todos pensáramos como tú, nadie se involucraría y nuestra querida Patria está en verdadero peligro.

—¿Tan grave lo ves? No me digas que temes una revolución.

—Espero que no: la miseria lleva a los pueblos a hacer la revolución y la revolución lleva a los pueblos a la miseria —concluyó, tranquilizándose poco a poco mientras le quitaba la copa a su amante, para darle un enorme trago—. Anda, sírveme otro.

—¿Y crees que la propuesta de Louis Blanc y de Ledru-Rollin del sufragio universal sea buena idea?

Juliette, ante la mirada preocupada de su Toto, decidió servirse un *cognac* para ella, doble ración.

—¡Ya no sé ni qué opinar! No imagino a los muertos de hambre, y no lo digo de manera despectiva, sino literal, a quienes no saben leer ni escribir, eligiendo a nuestros dirigentes y, por lo tanto, el destino de Francia. ¡Ah! No te he contado, ya le cambiaron el nombre a la Place Royale. Ahora, en algunas fachadas garabatearon: Place des Vosges. ¿Te das cuenta del odio a la realeza?

—A ti la gente te sigue queriendo. Eres uno de los autores favoritos.

—No lo creas, *ma chérie*. Me han llegado amenazas tachándome de aristócrata. Critican mi supuesta "mirada altiva y mi comportamiento desdeñoso".

—¿Tú? Pero si siempre has sido… ¿Sabes qué? En lugar de quejarnos, ahora mismo —se levantó, para ir por el costurero— voy a confeccionarte un cinturón donde puedas esconder oro, por si en algún momento tienes que huir. Más vale prevenir, pues con las cosas que dices y escribes…

—Gracias, *ma belle* Juju; no es mi intención salir corriendo a ningún lado.

En ese momento, oyeron gritos que se escuchaban cada vez más cercanos. Con precaución, abrieron las contraventanas que daban a la calle, y observaron a dos docenas de hombres, acompañados por mujeres y algunos niños, vociferando: "¡Pan, trabajo o la muerte! ¡Pan, trabajo o la muerte!".

Hugo amaba profundamente a su pueblo, pero rechazaba la anarquía.

—¿Dónde demonios está el ejército? Esto se está saliendo de control —espetó, preocupado, caminando en círculos por la habitación, con las venas del cuello comenzándose a hinchar—. Sé buena, prepárame un bocadillo. *Merde*! Ni la preocupación me quita el hambre; mi abultado vientre es testigo.

—Otro *merde* y te haces la cena solo. Además, siempre me has dicho que **incluso la noche más oscura terminará con la salida del sol**, querido, así que no debes angustiarte —articuló la mujer, dirigiéndose a la cocina. Aunque trataba de disimular su propia ansiedad, los gritos que llegaban desde fuera desgarraban sus certezas.

—Uy, *ma chérie*, en este contexto eso no es necesariamente cierto.

Tiempo después se enteraron de la abdicación del rey y, más tarde, de la aplastante victoria, en los escrutinios del 10 de diciembre, de Louis Napoleón Bonaparte. Cuando Juliette le dijo: ¡Qué buena noticia! El buen señor te respeta y hasta podrías convertirte en su ministro, Hugo respondió, seco: Quiero ser y permanecer como un hombre de la verdad, un hombre de conciencia. No necesito el poder ni busco los aplausos.

Juju se acuerda de ese día como si fuese ayer. De pronto, siente una incomodidad; se da cuenta de que no ha comido. Observa sus pies, ya se han desinflamado un poco, así que va hacia la cocina. Hoy es el día de descanso de su leal Suzanne. Por cierto, qué preocupada está por su doméstica: cada día bebe más. Entre la edad y el abuso del alcohol de la pobre criada, Juliette pronto necesitará una asistente. Más tarde le escribirá una carta a su hermana para pedir que le consiga una bretona entre treinta y cuarenta años, fea, muy fea, trabajadora, honesta, sobria y sana, dispuesta a ganar 25 francos al mes.

En la penumbra de una cocina decorada con azulejos que reproducen patos, faisanes y codornices, la mujer se prepara un té, corta una manzana a la que previamente le quitó la piel, y pone en un plato un enorme pedazo de queso. Muere de hambre, no sabe si por la tensión de haber pasado varios minutos sin moverse o por la cantidad de recuerdos que la invadieron.

Unos días después, cuando Hugo entre con el daguerrotipo como obsequio, acompañado de una bella carta, la mujer se horrorizará: "Soy un monstruo de fealdad", le dirá a su amante, realmente angustiada. "¿Cuándo me salieron tantísimas arrugas? Mis mejillas se han inflado y van hacia abajo. No soy una mujer tan vieja y, sin embargo, parezco un triste muestrario de la decrepitud".

Una sangre nueva me despierta

Esa peculiar correspondencia de las vocaciones,
de las simpatías, de los gustos, de los aprendizajes,
de las emociones, ata a dos personas
y les asigna un mismo destino.
SÁNDOR MÁRAI

La Asamblea Nacional y la Academia Francesa habitan del mismo lado del Sena. Los dos edificios disfrutan su vista al río. Posiblemente están separadas por poco más de medio kilómetro. Por eso, si Victor Hugo y François Mitterrand hubieran sido coetáneos, es muy probable que sus miradas se hubieran cruzado varias veces. Ambos amaban hacer largas caminatas y buscar tomos interesantes con los *bouquinistes* de la Rive Gauche.

De hecho, si nos acercamos lo suficiente a la esquina que ocupa la *brasserie* La Frégate, podríamos verlos: juntos, sentados en la terraza, conversando. François toma una copa de *champagne*. Victor prefirió vino tinto de Bordeaux; media botella que no piensa compartir. El mesero coloca sobre la mesa un plato con aceitunas verdes y negras, aliñadas con aceite de oliva y hierbas de olor. Le sonríe al político; es un cliente asiduo…

Las vidas de Mitterrand y Hugo coincidieron en muchos aspectos: los dos perdieron a su hijo mayor. Veneraban a sus madres. Poseer mujeres se convirtió en un vicio. Demostraron ser insaciables y, sin embargo, jamás se divorciaron; la "santidad" de la familia ante todo. Ambos tuvieron una amante, la favorita, que les duró el resto de sus días y que ejerció más influencia en su vida cotidiana y en sus decisiones, que la mujer legítima. Amaban la escritura y la política a partes iguales;

aunque uno eligió el primer camino y el otro decidió que intentar convertirse en el mandatario de los franceses era mejor opción. Fueron de una tenacidad implacable para conseguir sus objetivos: Hugo trató de ser miembro de la Academia Francesa tres veces; a la cuarta, lo consiguió. Mitterrand se presentó como candidato a la presidencia en dos ocasiones; una tercera lo aguarda. Las derrotas, pues, los contagiaban de una obstinación ciertamente persistente.

Los jardines de las Tullerías y el Louvre se distinguen desde donde están sentados. Un vientecillo apenas frío obliga al político a ponerse su bufanda. El escritor no se ha quitado el abrigo y, debajo, lo protege su chaleco rojo de franela. La plática lleva ya cinco minutos hasta que, sin mayores explicaciones, finalizan las frases de cortesía pues Hugo, susurrando, se atreve a hacer una primera confesión. De pronto, la carcajada de Mitterrand obliga a que algunos comensales de las mesas cercanas vuelvan la vista. ¿Acaso se está riendo solo?

—¡No lo creo! Imposible. *C'est vrai?*

—Pues sí, me casé virgen. A los veinte. No se burle. Y permanecí fiel a mi querida Adèle al menos una decena de años.

—Bueno, eran otros tiempos. Seguramente usted fue el primer hombre de su esposa, pero no el primer amante de Juliette. ¿O me equivoco? Perdón por mi atrevimiento…

—*Évidemment que non!* Mi Juju, además de la hija que procreó con Pradier, tuvo una relación con el periodista del *Figaro*, Alphonse Karr, quien no dejaba de escribir maravillas sobre su manera de actuar. Y después llegó Séchon, Scipion Pinel, Harel y hasta el supuesto príncipe o conde o lo que haya sido Anatole Demidoff, un joven bastante rico. ¡Ella tenía veinticinco y él, apenas diecinueve! Le confieso que ni siquiera recuerdo con cuántos hombres compartió cama. Yo hubiera querido que fuese virginal, sólo mía. No fue fácil controlar mis celos siempre excesivos.

—¿Celos? ¡Eran amores del pasado!

—¿Y qué con eso? Mis celos son retroactivos —murmura Hugo, riendo—. Tal vez saber que mi propia madre tuvo un amante que, por cierto, era mi padrino, me volvió suspicaz. Además, mi Adèle era cautivadora a pesar de que se sentía la mujer más ordinaria que existía. Un día en que había llovido bastante, mi esposa y yo salimos a caminar y ella, para no enlodar sus faldas, se las levantó… ¡pero dejó a la vista sus delicados tobillos! Me sentí furioso.

Mitterrand ríe, y le da unas palmadas condescendientes en la espalda, mientras sostiene:

—Y ellas también nos celaron. Creo, mi querido poeta, que ambos padecemos la misma debilidad: el sexo, las mujeres. El gozo pleno. Una tras otra tras otra. No supimos ni quisimos controlarnos. No sé por qué hablo en pasado; no deseo controlarme.

—No cabe duda: el amor es la ley suprema. **Una sangre nueva me despertaba** al hacer el amor. Prestarse a la conquista es irresistible. Yo, junto a una bella dama, me sentía poderoso. Llevarla a la cama me convertía en invencible.

—Inmortal —propone François.

—Saber dar y recibir amor, temblar de gozo, es uno de los mayores placeres…

—De las mejores conquistas.

—¡Qué fuerza, qué deliciosa energía contagian con sus besos! Pero, que quede claro, siempre le fui leal a Adèle, la madre de mis hijos y la primera mujer que tuve en mi lecho. Y también a Juliette, el gran amor de mi vida. "Siento profundamente que tú eres mi verdadera esposa; no podría vivir sin ti en esta tierra, ni brillar sin ti en la eternidad", le dije algún día.

—Y yo también respeto la lealtad que les debo a Danielle y a mi deliciosa Anne.

—¡Salud! —dicen al unísono, chocando sus copas.

—Por un par de polígamos muy fieles.

—Por los amores locos, ardientes, inquietos, dementes, insensatos, atormentados, excesivos, arrojados, perturbados…

—agrega Hugo; ante la mirada sorprendida de Mitterrand, prefiere cortar la lista de adjetivos y calla su conclusión: ambos somos adictos al sexo. *C'est la vie*!

El político observa a su interlocutor. Los retratistas de la época lograron capturar su esencia. Tiene muy presente ese cuadro tan oscuro: el poeta vestido de negro, sobre fondo negro. Sólo se distinguen sus puños y el cuello blanco de la camisa. La mano izquierda, adornada con un anillo de forma cuadrada, está colocada sobre su cabeza, en actitud reflexiva. La derecha, casi metida en el saco, presume la uña del pulgar demasiado larga. Cabello, bigote y una barba poderosa y congestionada, blancos. Tres arrugas dibujan su frente. Dos bolsas debajo de los ojos y, lo mejor, una mirada profunda e inteligente.

—Usted, como yo, será criticado por su ambivalencia —Hugo rompe el incómodo silencio—. Pero no se preocupe; el tiempo le dará la razón. Algún día, si lo desea, puedo escribirle uno de sus discursos. ¿Sabe? Además de poesía, drama, novelas y crónicas de viajes, yo escribía discursos. ¡Y de qué manera los pronunciaba en la Asamblea! Los demás podían no estar de acuerdo, aunque siempre me escuchaban con atención. Mi manera de expresarme en público sabía capturar su...

—¿Ambivalencia? —interrumpe, pues se ha quedado con la duda.

—Sí, usted se ha ido acomodando entre la izquierda y la derecha como le ha ido conviniendo, para llegar a sus metas. Yo, para la izquierda, no era realmente de izquierdas. Y tampoco lo suficiente de derecha ante los ojos de la derecha. Pasé a la historia como uno de los padres de la República y, sin embargo, la mitad de mi vida fui monárquico. Tenía trece años cuando Francia perdió la batalla de Waterloo, ¿y sabe cómo lo viví? Mi querida madre aplaudía, feliz... pero para mi padre, general del Imperio, significó una derrota personal y política. Siempre estuve dividido. Durante la Segunda República fui diputado conservador, en el 48 era liberal y para el 49 ya me había convertido en republicano…

—¿Y qué lo hizo cambiar de opinión?

—La vida. El paso del tiempo. La madurez. Pero también un hombre a quien yo admiraba: Chateaubriand. A los veinte años escribí en mi diario: "Yo quiero ser Chateaubriand o nada".

—Lo imaginaba. Él, de ser un ministro de la monarquía, se convirtió al monarquismo liberal, constitucional.

—Cierto. Y yo, después de haber escrito versos que alababan al rey Charles X, de haberme convertido en poeta oficial, de haber sido muy cercano al monarca Louis-Philippe…

—Pues le dedica un capítulo entero de *Los miserables*, ¿no? —interrumpe François.

—Sí, lo admiré mucho y a él le encantaba pedirme consejos, conversar conmigo. En fin, después de todo eso, decidí que mejor había que luchar por la tolerancia y la libertad. Mi antigua convicción monárquica y católica se fue deshaciendo, pieza por pieza, frente a la edad de la experiencia. Se hizo evidente que la idea del rey y la idea de Dios debían estar separadas. Que la verdadera legitimidad es la inteligencia. Y la verdadera gracia de Dios, es la razón. No lo olvide en su camino hacia la presidencia, *mon cher* François.

—No lo olvidaré, no se preocupe.

El mesero, de origen magrebí, se acerca ofreciendo algo de comer. Insiste. Los hombres, a pesar de que no tienen tanta hambre, se sienten obligados a ordenar algo. El aroma que emana de la cocina, a estragón, perejil, ajo y mantequilla, termina de convencerlos. François pide una docena de caracoles. Hugo elige un filete de turbot rostizado. El *serveur* anota los caracoles de primer tiempo y el pescado como platillo principal.

—Dígame, admirado Hugo, ¿y cuál era su verdadera opinión sobre la República?

—Muy sencilla, aunque no tan popular: había que llegar a ella con paciencia. Aceptemos que Francia no estaba preparada. Siempre dije que no convenía cosechar el fruto que no estará maduro sino hasta julio: sepamos esperar, era mi consejo. Antes de constituir la República, teníamos que iluminar al pueblo. La verdad es que todo tutor honesto lucha por la emancipación de su pupilo. Por lo tanto, hay que multiplicar los caminos que llevan a la inteligencia, a la ciencia, a la aptitud. ¡Cómo insistí en la enorme importancia de la escuela! —el tono de su voz intuye convencer a quien la escuche.

—Cierto: la educación de los ciudadanos es indispensable.

—De otra manera, ¿cómo pueden votar? El pueblo tiene que ser instruido. La mejoría gradual del hombre por la ley y por la enseñanza es la meta que debe proponerse todo buen gobierno y todo buen pensador. ¡Y la educación debe emanciparse de la tutela religiosa! —asevera el autor, levantando la mano y señalando hacia el techo con el dedo índice, como si echara mano de sus dotes histriónicas al hacer una diatriba frente a sus pares. Hace una breve pausa dramática, para continuar—: En 1848, bueno, creo que fue en ese año, di un discurso como diputado de París ante la Asamblea para que no recortaran el presupuesto destinado a la cultura. Disculpe usted, los políticos son muy necios: creen que lo único importante es el bienestar económico. Es esencial; yo siempre estuve del lado de los excluidos y, sin embargo, el arte, el conocimiento, también importan.

—La historia ha demostrado que la ignorancia es tan peligrosa como el hambre —agrega Mitterrand, pues no desea quedarse callado.

—¡En efecto, *cher ami*! Hay que saber iluminar a los espíritus. Suficiente alimento para el cuerpo, pero también para el pensamiento. Debemos lograr que el espíritu de los ciudadanos vea hacia lo bello, lo justo y lo verdadero, hacia la grandeza. Para conseguirlo, es necesario multiplicar escuelas, bibliotecas, museos, teatros, librerías, casas de estudio y lectura.

—Que los medios de comunicación como la radio, la televisión y el cine lleven el conocimiento a cada pueblo de Francia. ¡Sería tan útil!

—¿La televisión? —pregunta Hugo, intrigado. Sin esperar respuesta, continúa—: En fin, tenemos que iluminar el espíritu del pueblo, pues es con las tinieblas que lo perdemos.

François asiente, moviendo la cabeza. Algunos transeúntes, que llegan de la *rue du* Bac hacia el Sena, observan. ¿Es Mitterrand? Afortunadamente nadie lo reconoce, así que la plática no es interrumpida más que por los ires y venires del mesero, que quiere atenderlo como se merece.

—Ojalá en estos momentos, en mi querida patria, haya una Asamblea de altura. En mi época, estaba compuesta casi en su totalidad por hombres que, sin saber hablar, tampoco sabían escuchar. No discernían qué decir, pero, eso sí, no querían callarse. ¡Un horror!

Mitterrand se ríe. ¡Si Hugo se enterara de que las cosas no han cambiado mucho! Los asambleístas vacuos, tontos y demagogos siguen demasiado presentes. Y corruptos, piensa. Prefiere no tocar el tema, así que mejor pregunta, curioso:

—¿Por qué odiaba a Napoleón III?

—Razones sobraban. La Francia que yo quería era una Francia libre, soberana, no la Francia esclava de un solo hombre. El pequeño Napoleón fue un gran traidor: violó la Constitución. Y como no logró su objetivo de quedarse en el poder, dio un golpe de Estado. ¡No me recuerde a ese enano inmundo que degradó el gran nombre de su tío!

—El tío, como dice, no fue ninguna blanca paloma.

—Mi señor, ¿quiere saber los crímenes de Napoleón Bonaparte? Escuche bien: redactó el Código Civil, separó la religión del Estado, Francia ganó territorio. ¡Sus crímenes se llaman Marengo, Jena, Wagram, Austerlitz! ¡Sus crímenes fueron el poder y la gloria! —levanta la voz.

—No entremos en detalles. Dígame, si odiaba tanto al *otro* Napoleón, ¿por qué asistió a la cena que ofreció en el Elíseo para celebrar su llegada al poder?

—Mmm, *cher monsieur*, se nota que sabe de mi vida.

—Soy un gran lector. Amo los libros de historia, las biografías; además, haber nacido en Francia y no conocer a Víctor Hugo es un pecado.

El poeta no sabe recibir el halago sin sonrojarse, aunque bien sabe que merece la alabanza. Aclara su garganta con un carraspeo, respira para henchir su pecho y toma un enorme trago de vino.

—Sí, acepté la invitación, aunque todavía no se convertía en un tirano.

—¿Y durante esa celebración pudo conversar con él? ¿Algo de lo que le dijo lo hizo sospechar que se quería eternizar en el poder?

—Claro que conversamos y claro que lo supe. Aproveché la ocasión para observarlo muy muy bien. ¿Sabe? Louis Bonaparte era un hombre de talla media, frío, pálido, lento, con el aire de no estar despierto del todo. Era un personaje vulgar, pueril, teatral y vano. El estrangulador nocturno de la libertad. Nunca fue más que el usurpador pigmeo de un gran pueblo. Y lo peor: Francia también fue culpable.

—¿Tanto así? ¿De qué manera?

—Por su desidia. Mi grito a los ciudadanos, desde el principio, fue *Aux armes*! Pero prefirieron la comodidad del apocamiento. Si el déspota no supo mantenerse en el poder como un gran hombre, tenía que dejarlo, al menos, como un hombre honesto. No lo hizo y los franceses se quedaron callados a pesar de las masacres y los fusilamientos. París, nuestro bello París —expresa, señalando hacia el Sena, desde el Grand Palais hasta la Île de la Cité—, patinó durante tres días sobre un lodo rojizo. ¡Tanta sangre se derramó! 1852 fue un año terrible y el honor de los ciudadanos se desmayó… Fusílenme, llegué a pedir, para no ser testigo del pueblo infame que se deja deshonrar sin protestar —Hugo se queda callado unos segundos. Sus ojos están humedecidos, como si unas lágrimas de furia quisieran escaparse hacia las mejillas—. Al restaurar el Imperio, el gran traidor violó el derecho, suprimió la Asamblea, abolió la Constitución, estranguló la República, ensució la bandera, deshonró al ejército, prostituyó al clero y a la magistratura. Derribó a nuestra querida nación —concluye, agotado.

—Ya no hay vino. ¿Quiere otra media botella o, mejor, una botella entera? ¿Sabe cuál era el favorito del Napoleón que sí nos cae bien? —le hace una seña a quien lo ha atendido, para que se lleve los platos vacíos. La terraza de La Frégate está atestada y el mesero no se da abasto. Varios turistas lo llaman, en inglés, exigiendo alguna bebida, la cuenta o ese platillo que llevan demasiado tiempo esperando.

—*Mais oui*, el Gevrey-Chambertin. Pero no, prefiero una copa de *armagnac*. Y creo que le hará bien a mi hígado un cambio de tema. Aunque es cierto que tengo algo que agradecerle al dictadorcillo ese. Cuando me vi obligado a salir huyendo y encontré un exilio lleno de paz, escribí muchísimo —asevera Hugo al levantarse brevemente; se quita el abrigo y vuelve a tomar asiento. La conversación ya lo hizo entrar en calor—: Terminé *Los castigos* en unos seis meses y se convirtió en la biblia de los republicanos. Antes, redacté *Historia de un crimen*. ¿La ha leído? Mi querido editor Hetzel y muchos de mis amigos se jugaron la vida introduciendo mis libros de manera clandestina a Francia.

Mitterrand asiente y niega al mismo tiempo, moviendo la cabeza de manera dubitativa. La verdad es que no, no lo ha leído.

—¡Si me hubiera visto cuando tuve que escapar! Reconozco que me salvé gracias a mi preciosa Juju, que me consiguió distintos escondites. Me lo repitió varias veces: "Mi ambición sería morir por usted".

—Cuénteme, por favor. No creo que Anne jamás haya estado dispuesta a dar la vida por mí.

119

—Salí disfrazado desde la Gare du Nord, con los papeles de un amigo de Juliette. No olvido el nombre del gentil obrero tipográfico que tanto me ayudó: Jacques Firmin Lanvin. Él me dio sus documentos de identidad y su uniforme. Ya a salvo, en Bruselas, hasta mis hijos se burlaron de mi indumentaria. En fin, le decía que en Guernesey redacté, además de *Los miserables*, *Las contemplaciones*, *La leyenda de los siglos*, *Los trabajadores del mar*, *El hombre que ríe*... *Mon Dieu!* Y varios más. Esa vista al océano tan plena, a su saliva blanca, esa quietud verde azulada o, a veces, la negrura de las olas furiosas, henchían mis ganas de escribir.

Un par de estudiantes de leyes, en minifalda, se acercan a la mesa. Reconocieron al político. Ambas le piden un autógrafo: la rubia, en un libro sobre derecho constitucional, el único que trae a mano; la de ojos tan negros y párpados redondeados como los de Juliette, en su cuaderno de apuntes. El poeta no puede dejar de admirar esas piernas desnudas. Firmes. De una piel sin defectos. Suspira. Las tiene demasiado cerca. Le impresiona que se paseen, casi desvestidas, por las calles. **Una sangre nueva me despierta**, susurra Victor Hugo. Siempre fue un hombre sumamente coqueto y de ojos sonrientes, pero ahora se siente tan nervioso, que termina por desviar la mirada: mejor observa a un grupo de turistas japoneses amontonados en la esquina, mientras esperan la luz verde para cruzar hacia uno de los museos más visitados del planeta. Victor no sabe si prefiere la moda de ahora o le atraía más imaginarse lo que le esperaba debajo de las largas faldas drapeadas, llenas de pliegues. Quitar el corsé lentamente. Pausar el deseo. Llegar hasta... Y de pronto, una certeza lo acosa: si mi bella hijita hubiera vestido como estas jóvenes, el peso de tanta tela mojada no la habría arrastrado hacia abajo, hasta terminar cubierta por las aguas. ¡Se habría salvado!

—¿En qué piensa? —pregunta Mitterrand sin saber descifrar aquella mirada que se ha alejado a un tiempo imposible.

—En que a veces la desesperación nos hace creer en cosas inverosímiles —su voz apagada apenas se escucha.

—¿Como en qué?

—En la comunicación con los muertos. No debería decírselo a usted, pero cuando mi preciosa Léopoldine falleció, lloré con honda amargura durante tres días. Fue la peor sensación de mi vida. ¡Deseaba morir, desaparecer, no haber existido nunca! Era tal mi desesperación que hubiese querido romperme el cráneo contra los adoquines de las calles. La pobrecita de mi hija Adèle, de quien Balzac admiraba su belleza, no logró superar la muerte de su hermana mayor. No entiendo cómo sobreviví a tantas pérdidas. ¿Sabe que mis hijos, Charles y François-Victor, fallecieron a los cuarenta y cinco años precisos, con dos años de diferencia? Al final de mis días contaba con cuatro hijos muertos y, la única viva, encerrada en el manicomio. Y claro, Adèle y Juliette dejaron el mundo antes que yo. Si mis nietos no me hubieran llenado de alegría…

—No quiero ni imaginar esas tragedias —responde, tocando tres veces la madera de la mesa, con su puño cerrado.

—¡Ah, usted también es supersticioso! Yo jamás acepté sentarme en una mesa de trece comensales.

—*Pas vraiment*… pero más vale —Mitterrand guiña un ojo, aunque conserva su rostro severo.

—En fin, el hecho es que me dio por invocar a los ya idos. A pesar de ser un deísta sin dogma, participé en varias sesiones de espiritismo en las mesas giratorias de *madame* Delphine de Girardin. Y sí, después de mucho intentarlo, logré hablar con Léopoldine. Me tranquilizó escuchar que era feliz. A estas alturas ya no sé si los fenómenos de la sombra existen: mi Juju me criticaba y se preocupaba. La ciencia tiene sus límites, hay que aceptarlo. Por lo tanto, es probable que lo que escuché respondía a mi intensa necesidad de creer. No lo sé.

Mitterrand prefiere no opinar; tiene una mente demasiado exacta que pide pruebas tangibles. Sin embargo, confiesa:

—Si para mí fuera posible hablar con los muertos, ¿sabe a quién elegiría?

—¿A su hijo Pascal?

—¡No! Falleció siendo apenas un bebé.

—¿A quién, entonces?

—A usted, *cher monsieur*. Estoy seguro de que tendría mucho que aprenderle. Le haría decenas de preguntas y lo escucharía. Si hay un hombre que encarna a la Francia del siglo XIX, a la libertad, a las letras, a la República, es usted.

El mesero llega a ofrecer otro trago, esta vez, el de la casa. Pero prefiere no acercarse pues encuentra al político levantando su brazo derecho, con la copa globera del *armagnac* en la mano, como si estuviera calibrando la transparencia del licor. A través del cristal cortado se cuelan unas nubes inmóviles hacia su mirada. Sobre la mesa, ya cerrado, reposa el primer tomo del libro: *Victor Hugo, correspondencia y escritos íntimos*. Mitterrand inhala el *bouquet* de manzana y madera, vuelve a levantar la copa hacia el cielo, hace un callado brindis y pide la cuenta.

Diario perdido (Guernesey, fragmento, 1866)

Ya pasó más de una década desde que inicié la aventura de narrar y he escrito en estas páginas, al menos, una vez a la semana. Me doy cuenta, como Toto lo dijo hace mucho tiempo, cuando nuestros cuerpos aún no se conocían del todo que, de que si él pasa a la historia, yo también pasaré. Literalmente me escribió: "Si mi nombre vive, el suyo vivirá", así que al redactar cuido mi estilo, mi tono y mido qué secretos decir y cuáles han sido hechos para callar.

Tal vez la historia me recuerde algún día —¿no es un acto de soberbia pensar en la posteridad?—, como la compañera y copista del gran poeta Victor Hugo, pero ¿sabrán que también fui una actriz reconocida? He de asentarlo aquí pues, haciendo memoria, no me alcanzan los dedos para contar cuántos roles personifiqué desde que fui Miss Milner en el Teatro del Parque, de Bruselas, un diciembre de 1828. *Madame* Derval, Emma de Waldorf, Adalgise, la marquesa de Saint-Sorlin, Marie d'Ostanges, Thérèse Duclos… en fin, varios papeles. Los últimos aplausos los escuché en teatro de la puerta Saint-Martin, en noviembre del mismo año en que conocí a Hugo. ¡Qué delicia escuchar los "vivas" y ver flores caer ante mis pies! Quien ha sentido esa emoción, difícilmente puede prescindir de ella. La obra se llamaba *El enfermo imaginario*.

Cinco años casi exactos duró mi paso por los dramas, las comedias y uno que otro *vaudeville*, por los teatros llenos a los que el pueblo llega a divertirse: gritan, protestan, avientan comida podrida al escenario si el entretenimiento no les ha gustado, o bien, aplauden a rabiar, como me aplaudieron las mil ochocientas almas la noche del estreno, cuando me convertí en Emma. Aún guardo las críticas que publicaron: "*Mademoiselle* Juliette posee una bonita figura, ojos expresivos llenos de encanto, voz débil pero dulce y precisa, excesiva timidez aunque sin torpeza; gentil, inteligente, con inflexiones que vienen del alma". Otro afirmó, de manera contundente: "Va tras los pasos de *madame* Dorval". ¡Ay, si hubiese sido cierto!

Sólo en 1830 actué en tres melodramas y un drama, todos exitosos. ¡Cuánto lamentaron mis críticos mi lejanía de la escena cuando, casi no quiero recordarlo, cegada por el amor, me fui a Florencia siguiendo los pasos de Simone Luigi Peruzzi, que retornó a su patria! Al embajador de Toscana en París y Bruselas lo conocí tres años antes y no sé por qué pensé que era una buena idea dejar mi carrera por él. ¡Qué equivocación más rotunda! Así que regresé a mi querida Francia para conocer, ahora sí, al amante de mi vida.

Dice Toto, mi sublime Mesías, que cuando me vio por primera vez en algún salón de baile, se quedó prendado. "Ella iba y venía como un pájaro en llamas, encendiendo el fuego, sin saberlo, en más de un alma", eso escribió, más centenas de versos, en los poemas que redactó inspirado en su Juju *chérie*.

A mi regreso, las críticas positivas y los halagos continuaron. Aquí tengo el recorte de *Le Figaro* del que copio una frase: "Un talento vivamente apasionado, una actuación espiritual, una figura muy bella, prometen a *mademoiselle*

Juliette nuevos éxitos en escena". El mismo Hugo, al verme transformada en la princesa Negroni, afirmó que le había dado un brillo extraordinario a su personaje y alabó, con esa voz ronca que tanto me gusta, mi talento lleno de alma, de pasión, de verdad.

Lucrecia Borgia, en el teatro Saint-Martin tuvo tanto éxito, que hicimos cien representaciones en menos de tres meses. No puedo olvidar la noche del estreno, ¡fue gloriosa! Ese día lo guardo en mi memoria con más celo que a cualquier joya: 2 de febrero de 1833 puesto que, tan sólo dos semanas después, nuestros cuerpos y nuestras almas se soldaron para siempre: "Recuerdo profundo y dulce, noche sagrada. Te entregaste a mí. Te poseí a placer, a ti, la belleza, la gracia, a ti, mujer de tu siglo. Que ese día sea grande para siempre, querida".

Después, empezaron los fracasos. No entiendo qué pasó, tal vez mi mente estaba demasiado distraída intentando no celar a mi amado, tratando de portarme a su altura y ser merecedora de todas sus atenciones; el hecho es que mi rol de Jane, desde la primera función, fue un descalabro. No pude aguantar las lágrimas por más que quería conservar incólume mi dignidad, cuando observé cómo reemplazaban mi nombre por el de *mademoiselle* Ida, la estúpida protegida de Alexandre Dumas, en el cartel del teatro.

Ahora que lo pienso, ahí comenzó la caída. El golpe final a mi carrera, a mis sueños de brillar como la primera actriz de Francia, llegó el día en que Adèle le escribió la horrible carta a Aténor Joly para impedir mi actuación en el Théâtre de la Renaissance. Nunca me había aprendido un libreto tan bien, nunca había ensayado tantas horas: me había convertido en la verdadera Marie de Neubourg. No, no era el personaje de un drama romántico, era la propia reina de España en carne y hueso: María Ana del Palatinado-Neoburgo, la segunda esposa del rey Carlos II, una mujer autoritaria, altanera, antipática y, lo peor de todo, incapaz de darle descendencia a la corona española. La también odiosa mujer de Toto se encargó de echar a perder mi triunfo. Algunos meses más tarde, fatigada e impulsada por el deseo de Hugo de poseerme en exclusiva, dejé el teatro para siempre y, con ese abandono, lo confieso ahora, olvidé muchas de mis ambiciones. 1839 fue un año que representó enormes pérdidas... de las que me di cuenta con el tiempo y con esa madurez involuntaria que nos va dando el tránsito por esta vida.

Cambiando de asunto, para que mis nervios no resientan el desagradable recuerdo, mi poeta acaba de publicar *Los trabajadores del mar*. Claro que vivir en esta isla lo influyó de manera notable. Hace un año o dos, comenzó a mostrar especial interés en acudir al puerto a observar a los pescadores. Es un libro lleno de claroscuros, de pasiones en el que resalta, según quiso Hugo, la lucha de los hombres contra el poder de la naturaleza. Una lucha desigual, intensa. Gilliat es el héroe de la historia, pero yo creo que mi amado se identifica más con Lethierry, anticlerical y revolucionario. Al principio gozaba acompañarlo a conversar con pescadores y marineros ingleses, aunque yo no entendía gran cosa; después empecé a cansarme, pues podía pasar mucho tiempo tomando notas sin siquiera darse cuenta de que yo estaba ahí, a su lado. El final realmente me sorprendió a pesar de que mi Toto ya me había adelantado algunos aspectos. Junto con *Los miserables*, probablemente es mi libro favorito. Al leerlo, respiro su alma iluminada por su genio. Amo a Hugo desde mi humilde espíritu; lo adoro como el ser divino que es.

126

Bueno, he de confesar que prefiero aquellos poemas que me dedicaba y si hablo en pasado es porque hace mucho dejé de ser la única musa de sus versos. Sin embargo, para que quede claro, los únicos libros que reposan a mi lado, en mi mesa de noche, son *Contemplaciones* y *Los rayos y las sombras*, marcados en las páginas de mis versos favoritos. Los he leído tantas veces que los he aprendido de memoria, pero prefiero no recitarlos ni copiarlos aquí, sino guardarlos para lo más insondable de mi alma.

Ayer, con mi querido poeta, celebré la fiesta de la Sainte-Julie y, como siempre, me mandó un ramo simbólico con el que me fabriqué una corona de gloria. El regalo venía con esta nota: "Hice un *bouquet* de nuestros treinta años de amor, y lo deposito a sus pies, *madame*. Hay una flor por encima de todas las flores, la rosa; y por encima de todas las palabras está la palabra: *je t'aime!*".

Hemos vivido horas deliciosas (1981)

Anne se despierta muy temprano, como cada mañana. Hace ejercicios de respiración y su acostumbrada tabla gimnástica sobre la alfombra de la recámara; no necesita demasiado espacio para mantenerse en forma. Mientras el agua de la bañera se calienta, prepara un té negro cargado y hojea el periódico de ese día de octubre: *Finalement, l'abolition de la peine de mort!*, lee en el encabezado. Sonríe. Sabe que es un triunfo de François, una promesa de campaña… a pesar de que las encuestas mostraron que 63% de los franceses apoya el uso de la guillotina. El día que lo discutieron, su amante le dijo, de manera firme: "En mi conciencia profunda, estoy contra la pena de muerte. No me hace falta leer los sondeos que dicen que la mayoría está a favor. Yo digo lo que pienso y no voy a esconderlo. No me importa el costo político. La República debe construirse sobre valores y no sobre encuestas". Anne no está segura de darle la razón.

—¿Para qué sirve, entonces, el punto de vista de los ciudadanos? Es cierto que asesinar a un asesino no suena civilizado, pero ¿y si ese hombre hubiera torturado y matado con lujo de violencia a uno de tus hijos, por ejemplo? —lo cuestionó.

Mitterrand le respondió de la manera más sencilla posible:

—Como dice el gran Robert Badinter: la justicia es humana, y por lo tanto, falible. Si enviaras a alguien a la guillotina y un año después te enteraras de que no era culpable, ¿cómo te sentirías, *ma belle*?

Con el cabello cubierto con un gorro de plástico, Anne se desnuda y, después de revisar que el agua tenga la temperatura adecuada, se desliza en la tina. Ahí, sigue leyendo: «La ley 81-908 relegó la pena capital al olvido. Robert Badinter, ministro de Justicia, declaró: "Mañana, gracias a ustedes, la justicia francesa no será una justicia que mata"». Continúa con un pequeño artículo sobre Marcel Chevalier, el hombre responsable de cuarenta ejecuciones, quien en 1977 guillotinó al último condenado a muerte. El gobierno, además de su pensión, le ofreció un buen empleo en una imprenta. Es un personaje de novela, piensa Anne: *le dernier bourreau* de Francia. Al finalizar el artículo, avienta el diario lo más lejos posible para que no se moje, y se enjabona con la ayuda de una esponja que reúne la suavidad y la firmeza que requiere. Pantorrillas, muslos, vientre, brazos, senos discretos. Le gusta tocar esa piel que todavía no llega a los cuarenta años y se mantiene joven. Esa piel que tantas veces ha recorrido y disfrutado el nuevo presidente galo.

Ya vestida, peinada con una sencilla cola de caballo y muy poco maquillaje, despierta a Zaza, su hija de seis años. Prepara otro té y unta dos *tartines* con mantequilla y mermelada de durazno, la favorita de Mazarine. "Vístete rápido", le grita, "o llegaremos tarde". Parte el pan de la niña con un cuchillo filoso. "Cortar a un ser vivo en dos es inhumano": de pronto le llega esa frase, mientras, con índice y pulgar, recoge las migajas que cayeron fuera del plato. ¿La dijo su François, Badinter… o Victor Hugo? No lo recuerda. Tanto leer sobre la pena de muerte en los diarios de esta semana la ha confundido. Recuerda, eso sí, que la última ejecución pública fue del asesino confeso Eugène Weidmann, en 1939, afuera de la prisión Saint-Pierre, en Versalles. Que ver las cabezas caer, después de ser cercenadas a la altura de la cuarta cervical por la cuchilla de acero de la guillotina, constituía un espectáculo al que asistían los pobladores entusiastas, incluso, acompañados por sus hijos. Que abrían botellas de *champagne* al finalizar la función. Que algunas mujeres rompían el cerco policial para llevarse un recuerdo: sus pañuelos manchados con la sangre del ejecutado. Se horroriza. ¿De qué estamos hechos los seres humanos?

Victor Hugo: ese nombre la persigue desde que descubrió a Juliette en el museo de la Place des Vosges, hace más de una década. Ahora, con la abolición de la pena de muerte, lo han vuelto a citar en diarios, programas de radio y televisión: "¡Ningún verdugo más! ¡Muerte a la muerte!". "Si hay una pena inadmisible, es la pena de muerte, para comenzar, porque es definitiva…". Si esto hubiese pasado hace ciento veinte años, ¿cómo habrían festejado la noticia Hugo y su eterna amante? La voz de Mazarine la regresa al aquí y ahora. La pequeña apura su desayuno, junto con un vaso de leche tibia.

—¿Qué me dijiste, amor?

—Que quiero un huevo duro, mi panza todavía tiene hambre.

—Ya no hay tiempo, cariño —responde Anne, mientras termina de peinarla con delicadeza y le da dos besos en cada mejilla.

—¿Y papá? —pregunta.

—Está de viaje. *On y va, ma biche?* —ordena, guiñándole un ojo.

La mujer se pone su eterna gabardina beige de Burberry y, con mochilas en la espalda, la de Anne de gastada piel café y la de Mazarine en los tonos del arcoíris, bajan a buscar la bicicleta. Por órdenes de su amante, a partir de que tomó posesión, son protegidas por un equipo de gendarmes que ya las espera en la puerta del edificio. De hecho, los guardias, instalados en una habitación de servicio en el último piso del inmueble, se turnan para cuidarlas.

Mademoiselle Pingeot, siempre discreta, al principio se negó a la protección; no quería perder la poca libertad que le quedaba, no se le daba la gana llamar la atención, pero sabía que su seguridad había pasado a ser un asunto de Estado. Ahí van ahora, desplazándose en dos ruedas sobre los adoquines de París; un Renault 5 Alpine negro las sigue despacio, a una prudente distancia. Antes de dirigirse a su trabajo, Anne hace una escala en la escuela de su hija, *rue* Saint-Benoît. Después se enfila, ya sin distracción alguna, hacia el Museo del Louvre.

El 10 de mayo de ese mismo año, 1981, Anne le confesó a Alexis, afligida: "Es el peor día de mi vida; la desesperación me invade". En el instante exacto en que los franceses celebraban en las calles el triunfo del candidato socialista, en que las bocinas de los coches sonaban, entusiasmadas, una mujer de treinta y ocho años veía en la televisión a *monsieur* François Mitterrand y a Danielle, la esposa oficial, a su lado. Sonriente. Muy satisfecha. Aparecían bajo una leve llovizna, en la terraza del hotel Au Vieux-Morvan, que domina la plaza principal de Château-Chinon pues, en cuanto se enteraron del triunfo, salieron a saludar a la multitud de seguidores que los aclamaba. Y a la prensa que se encontraba en ese lugar.

Sentada en sus piernas, en el sillón marrón estilo años setenta, su hija también observaba el canal Antenne 2. Mazarine veía a ese hombre que era y no era el mismo: su padre, sobre el que sabía, debía callar. Sobre el que había aprendido, sin que nadie se lo pidiera de manera específica, a guardar el secreto. Un rato antes su tío había pasado por la pequeña, invitándola a las calles para festejar, pero mamá no le dio permiso: "Mañana hay escuela", dijo, con un tono de voz que impedía cualquier concesión.

Tratando de disimular sus ojos que estaban a punto de producir unas discretas gotas, no precisamente de felicidad, Anne le puso la pijama a Zaza y, antes de darle el beso de las buenas noches, le leyó un cuento. Eligió el más corto de la colección; le urgía estar a solas.

Con la tranquilidad que le dio saber a su hija dormida, descorchó la botella de *champagne* que le había llevado su hermano y se sirvió una copa. La llenó más de lo indicado por las buenas costumbres, pero no le importó. Apagó las luces y se ovilló en el sillón del salón, abrazando sus rodillas. Sintió miedo. No deseaba perder a su Cecchino. Si ya antes era difícil estar juntos, a solas, ¿qué escenarios me esperan?, se preguntó en voz alta.

Temía, no, todavía teme no volver a pasar unos días en casa de Robert y Élisabeth Badinter, ella y François hombro con hombro, observando a su hija montando un *pony*. Teme no volver a recorrer la larga playa de Hossegor, tomados de la mano. Teme no poder caminar juntos hacia su restaurante favorito del barrio y ordenar ostras Fines de Claire, con su salsa *mignonnette*. Teme no poder volver a pasear por los bosques que rodean la casa de Château-Chinon de su amado. Teme que se terminen las cartas a veces tiernas y a veces ardientes. Teme que las visitas cotidianas a su departamento se espacien y que dejen de escuchar discos juntos, mientras Mazarine colorea o lee cerca de ellos.

Mitterrand admira a las mujeres inteligentes y cultas, así que ha decidido que su hija se convierta en una de ellas: cada semana le lleva uno o dos libros, sobre todo de historia francesa. Es un padre adorable pero riguroso, suficientemente estricto. Desde antes de que Mazarine naciera, ya había decidido que asistiría al mejor liceo del país: el Henri IV. Anne, por su parte, la lleva a la Comédie Française, a museos, incluso a la ópera; escondidos en su bolso, trae unos sándwiches para comerlos en el intermedio. Por las tardes: clases de música, danza, equitación. Los viajes que hacen juntas son más culturales que de divertimento. Pero la lección esencial que la pequeña ha aprendido es a ocultar la identidad de su padre.

Aunque sabe que no puede hablar de él, lo vive con naturalidad pues se siente muy querida. Después de haber procreado tres hijos varones, Mitterrand deseaba una hija. Una niña que, hasta el momento, se llama Mazarine Marie y se apellida Pingeot.

Hemos vivido en la sombra, pensó Anne, sirviéndose más *champagne*, ¿ahora tendremos que vivir en la oscuridad total? En ese instante de la madrugada, su cuestionamiento fue respondido de inmediato. De pronto, sonó el timbre. Era una cercana colaboradora del presidente electo que llegó para conducirla a la sede del Partido Socialista. Al futuro primer mandatario, que apenas regresó de Château-Chinon y sólo se había reunido con Jospin una media hora, le urgía verla, brindar, besarla: festejar su triunfo con ella. Le urgía susurrar muy cerca de su oído: "Perderte es una vida perdida. Eres la piel de mi cuerpo. Amo tu nombre, tu cuerpo, tu corazón, tu voz, tus actos y amo igualmente a tu hija, que también es la mía. Te amo, te amo, te amo…".

Como siempre que tiene una urgencia, tocó el timbre de su vecina para que le "echara un ojo" a Mazarine mientras la dejaba sola, se puso un vestido negro, maquillaje ligero y salió, entusiasmada.

Las cámaras fueron para Danielle, pero el verdadero gozo, la verdadera celebración, le pertenece a la mujer que ha sabido adorarlo sin pedir nada a cambio. De hecho, a la primera persona que le llamó por teléfono para compartir su triunfo, fue a su amante. "¡Ganamos, finalmente ganamos!", gritó, exaltado. "Tantos años luché por llegar a la presidencia, que apenas puedo creerlo. ¿Te imaginas lo que sentiré cuando dé el primer paso dentro del Palacio del Elíseo, cuando me siente por primera vez en mi nueva oficina?". Su voz a través del cable se mostraba arrebatada, enardecida.

Los días siguientes le brindaron a Anne todavía más certezas. Mitterrand le pidió acompañarlo a la división 13ª del cementerio de Montparnasse para dedicarle el triunfo a su queridísimo amigo George Dayan, fallecido hacía dos años. Ahí, el político no logró controlar sus lágrimas; es la única vez que su amante lo vio llorar. También organizó una pequeña reunión con los amigos de verdad, sus íntimos (André Rousselet, Laurence Soudet, los Badinter y los Salzmann…), en el departamento de Anne en la *rue* Jacob, para festejar su triunfo en las elecciones.

Mazarine, desde su lecho, escuchó las risas y el chocar de las copas que competían por el mejor brindis de esa noche.

Anne no sabía, todavía no sabía, que seis meses después su querido Cecchino le confesaría un secreto. ¡Un secreto más que guardar! ¿Cómo sobrevivir con tanto peso? Es una confesión que ni la primera dama ni sus hijos conocerán en ese momento. Después de acostar a Mazarine, saldrán al fresco de una límpida noche de noviembre y entrarán al Saint-Louis, su restaurante acostumbrado. El dueño los conoce desde hace varios años. Los esperará, incluso. Los sentará en su mesa de siempre, la más discreta. Mitterrand ordenará algo ligero para compartir: ensalada *niçoise* y media botella de vino blanco. Anne sabrá que algo sucede, aunque no se atreverá a preguntar. No querrá oír que su relación debe terminar, aunque ya está preparada para la noticia. Pero lo que saldrá de los labios del presidente, después de decir que el atún está en su punto ideal, la dejará congelada. Casi anestesiada. "Tengo cáncer en la próstata. De eso falleció mi padre. Y no es todo: también padezco metástasis en los huesos. ¿Mi pronóstico de vida?: de tres meses a dos años". Ella seguirá masticando un pedazo de papa con sabor a anchoa. Masticará y masticará, moviendo sus mandíbulas, mientras dos lágrimas encuentran su camino. No puede ser, no puede ser, se repetirá en silencio. No puedo perder a este hombre. No ahora. No quiero una vida sin su presencia.

Lo único que podrá pronunciar, sabiendo que no es lo que François quiere escuchar, es un triste "¿Acaso debo prepararme para ser la viuda no oficial?". El presidente acercará su rostro al de ella y susurrará en su oído: "Tal vez, pero dime, ¿no ha valido la pena? **¿No hemos vivido juntos las horas más deliciosas?**".

Lo que deseo en ti es tu verdad (1983)

"No podemos… Ya no podemos", afirma Anne, atrincherada detrás de sus gafas oscuras. Su manera de moverse, de caminar, hasta el tono de su voz refleja ansiedad. Tristeza. No quiere seguir luchando contra ella misma: contra lo que de verdad desea.

La pareja camina, conservando la distancia, por los jardines del Palacio del Elíseo. El otoño se ha encargado de alfombrar el sendero con hojas que van del tono pardo a un rojo casi escandaloso, pasando por anaranjados discretos. La magnolia blanca que mandó plantar el presidente crece, presumida, frente a la ventana de su oficina, insistiendo en fanfarronear su belleza.

—Sí podemos. Y podemos muy bien. Hasta parece que amarnos fuera nuestro destino —se empecina el mandatario galo, intentando tranquilizarla—. ¡Lo hacemos de maravilla! —sonríe, para aligerar el momento.

—*D'accord*: podemos pero no debemos. Es mejor renunciar. ¿Sabes sólo una de las pruebas perfectas? Que hayas convertido la casa que me prometiste para nosotros en tu casa familiar.

—Política más que familiar, en realidad. Hay que guardar las formas, *ma Nanour*. Deberías entenderme. A esta altura de nuestra relación, ya tendrías que conocer mi situación a fondo. Soy presidente y lo que haga afecta a mis conciudadanos.

—Supongo que invitar a Kissinger o a Kohl a la residencia de tu *amante* no es conveniente… —dice ella, subrayando la palabra *amante*, con ese tono irónico al que recurre cuando algo le duele.

135

—La vida conformista, burguesa y conyugal no es mi fuerte; lo sabes —le asegura. Luego, intenta una broma para hacerla reír—: En todo caso, si continúas presionando, partiré a instalarme en el islam. Aunque, pensándolo bien, el Corán permite hasta cuatro mujeres, que para mí es demasiado poco…

—No eres gracioso. Si crees que el resto de mi vida se parecerá al de Juliette, estás muy equivocado.

—*Merde*! ¿Tienes que vivir comparando nuestro amor con el de Hugo y su amante? Además de otras mil cosas, nos separan más de cien años —dice el presidente francés, quien en apariencia conserva la calma, pero la cantidad de sangre que circula por las venas de su frente lo pone en evidencia: está perdiendo el temple. Anne lo conoce demasiado bien.

—No lo comparo, pero estoy llegando a mi límite.

—Y si continúas con tu perorata, yo también llegaré al mío —advierte el mandatario, levantando la voz.

Anne se detiene. Elige un trozo del césped, sobre el que se sienta. El presidente, después de un minuto de observarla desde arriba, se acomoda junto a ella. Su pantalón se humedece un poco.

—Está bien —cede la mujer—. Mejor cambiemos de tema —propone, más tranquila—. ¿Cómo te fue ayer con Sardou? Me impresiona y hasta me divierte que te sepas sus canciones de memoria. ¿Te atreviste a cantar alguna con él? ¿Algo de *Los miserables*, por ejemplo? ¿O tu favorita? ¡Lo que hubiera dado por escucharlos!

—¡Nos fue de maravilla! —responde, y comienza a tararear "Je ne suis pas mort, je dors"—: *No me entierres todavía, no estoy muerto, estoy dormido…*

—*… guarden sus lágrimas y sus gritos, me hayan amado u odiado…* —se une la voz femenina a la melodía.

—¡Te saltaste toda una estrofa! —la regaña su amante.

—Pues entonces deja de cantar y cuéntame.

136

—Sardou es adorable. Un hombre sencillo, interesante. Simpático. Comimos con los cubiertos de Pompidou que pedí especialmente para él y se sintió muy halagado. *Chérie* —pide, de pronto—, mejor levantémonos: tengo una cita importante y mi pantalón se está mojando.

La pareja continúa paseando sin prisa por los senderos de calcita y arcilla, bajo los gigantescos árboles que casi han perdido su follaje. Siempre que Mitterrand necesita reflexionar o tomar decisiones importantes, camina. Ahora van muy juntos, pero respetando unos centímetros de distancia entre esos dos cuerpos que acostumbran sentirse muy cerca (demasiado cerca) cuando se saben a salvo. La familia legítima está fuera de París; sin embargo, alguien podría estar observándolos. Hace rato vieron a Danièle Mazet-Delpeuch, de quien más tarde harán una película, *Les saveurs du palais*, asomada a una ventana; es la cocinera personal, recomendada por el chef Joël Robuchon para que preparara comida simple, más casera.

A Anne le fatiga mantener las apariencias. Le cansa esconderse. Le humilla permanecer en la sombra. Por eso esta mañana le llamó para decirle: "*Mon amour*, me urge verte. Ya no puedo más. No podemos ni debemos seguir juntos". Mitterrand, sintiendo el cañón de un arma en su sien, le pidió que llegara en cuanto le fuera posible a sus oficinas construidas en el siglo XVIII, en el número 55 de la *rue* Faubourg Saint-Honoré.

Él quisiera evadir el tema, aunque con frecuencia, cuando ella se siente sola, alejada, termina por colocar el dilema sobre la mesa. Anne también desearía ignorar los impedimentos de su relación, pero ya no puede. Ni ella, ni su hija, ni sus amigos íntimos, ni su familia deben pronunciar ese apellido prohibido: Mitterrand. Incluso su abuela murió sin saber que la pequeña que a veces la visitaba no era hija de una amiga de Anne, sino su propia bisnieta.

Hace diecinueve años, François escribió en su diario: "La ternura de Anne era conmovedora. No dejaba mi brazo y se callaba. Parecía unir, con pena, los dos mundos entre los que viaja: aquél en el que yo existo y aquél en el que yo no existo. Aquél en el que me acepta y aquél en el que me rechaza. Aquél en el que me espera y aquél en el que vuelve el rostro. El primero, lo sé, sería el más fácil para nuestros corazones. Al segundo la lleva su conciencia. Yo quiero el primero. Pero también quiero su conciencia". Y así se sigue sintiendo la mujer: dividida entre dos mundos incompatibles.

Siempre que tiene dudas, la curadora del Louvre toma una determinación final; enseguida se arrepiente, retrocede dos pasos, decide otra cosa, tal vez más razonada. Se sabe feliz, privilegiada y, cinco minutos después, se da cuenta de que lleva un tiempo infinito cayendo en una espiral que la expulsa hacia un desenlace irremediable.

En todos estos años ha conservado dos cosas: la certeza de que ama con locura a François y la convicción de que no quiere convertirse en otra Juliette Drouet. Se volvería loca. Desquiciada. ¿Cómo pudo aguantar una relación que, en términos de los años ochenta, sería calificada como esclavista?

¿Y la mía con Cecchino no es similar?, se cuestiona. La mayor parte de las veces prefiere no responder. La maternidad es lo mejor que le ha pasado, pero también es el hecho que, con contundencia, la ha puesto frente a un enorme espejo que no puede ignorar. La mirada de su hija, desde el candor absoluto, la pone de espaldas a un muro infranqueable. Sí, son los expresivos ojos de su hija de nueve años quienes la cuestionan. ¿Hacia dónde moverse?

Sabe, porque lo ha leído tal vez demasiadas veces, que la amante de Victor Hugo sacrificó su vida, su juventud, su libertad, sus sueños de convertirse en una gran actriz y su independencia en aras de ser, "hasta que la muerte nos separe", la amante del laureado escritor. Y que él vivió en la comodidad de tenerla siempre dispuesta para acompañarlo en su viaje de cada verano, para servirle como fiel secretaria, para darle placer en la cama y apagar su interminable sed de sexo.

No es la primera vez que Anne intenta conseguir su libertad, desprenderse de ese apetito que la subyuga: en 1971 decidió terminar la relación de manera definitiva, con una carta:

"Te pertenecí desde los diecinueve años hasta los veintiocho. Me parece que es suficiente. Siempre habrá algo que nos aleje, una intervención, una elección o un congreso. Ya estoy cansada, inquieta. Si me amas debes intentar hacerme feliz. Y para hacerme feliz debes borrarte. Cada uno luchamos por nuestra vida y como no podemos luchar juntos, te pido que me dejes elegir. *Annefrançois* nunca ha existido."

Mitterrand enloqueció. Sintió perder el sentido. Anne era su brújula, su columna inamovible. El político respiró tratando de conservar la calma. Hizo largas caminatas deliberando. Finalmente se tranquilizó y, ya dueño de su serenidad, le pidió tiempo usando su arma más poderosa: la palabra escrita.

Mademoiselle Pingeot cedió después de un debate interno en el que sentía traicionar sus principios; sin embargo, eligió vivir en pecado. Y asumir las consecuencias.

A sus dieciocho años, Claire Pradier es dueña de largos cabellos castaños, brillantes y bien mantenidos, que acostumbra peinar en chongos enlazados con listones siempre rosas. Profundos ojos negros contrastan con un rostro pálido. Desde pequeña, su madre, Juliette, la envió a internados. Ahora su objetivo es convertirse en institutriz. Una hija fuera de matrimonio no puede tener grandes sueños. O sí puede; pero entonces es muy probable que la vida la decepcione. Tal vez por eso se convirtió en una joven que coquetea con una extrema sensibilidad religiosa, rozando en el misticismo. A veces, agudas crisis nerviosas la atacan. ¿Acaso siente que ella debe expiar la culpa de quien la trajo al mundo, pecando?

Su padre siempre la ha rechazado. En cambio, el amante de su madre, el escritor Victor Hugo, la trata como a una hija. La trata mejor todavía desde que perdió a Léopoldine, su Didine querida, hace poco más de un año. Ahora, la pobrecilla reposa, junto con su marido, Charles Vacquerie, bajo la misma lápida.

A veces Claire viaja a París a visitar a Juliette. Otras, es la señora quien llega a Saint-Mandé para convivir unos días. Ahora mismo pasean por el parque aledaño al internado. La joven está preocupada: ve a su madre demasiado melancólica, muy triste. Camina a su lado casi sin hablar, dando pasos lentos, con la mirada hacia abajo. Bien sabe el origen de sus males: ese amante que con ella es encantador, pero con mamá actúa como carcelero. El precio que ha pagado para que el poeta la proteja y mantenga ha sido elevado.

Desde hace años el hombre le "sugirió" que dejara de recibir invitados en su casa y que olvidara sus paseos a solas; ni siquiera a comprar lo que necesitara para su *toilette*. Juliette sólo sale cuando Toto pasa por ella: ¡Imposible que dejes la casa si no estoy a tu lado!

¿Y cuántos cambios más de apartamentos tendrá que aguantar la mujer? Se muda de un lado al otro de la ciudad para que su pequeño gran hombre no haga demasiado tiempo desplazándose desde la casa familiar a la de su amante. Por ejemplo, cuando los Hugo estrenaron la casa de la Place Royale, a ella le buscó un pequeño espacio en el 50, *rue des Tournelles*, en el mismo *quartier*: La Bastille.

Y sí, es cierto que Victor le paga a una doméstica para ayudarla… quien en realidad, sin importar el nombre, recibe una paga por vigilarla. También se encarga de controlar su presupuesto y revisar en qué gasta la irresponsable ama de casa. ¿Para qué otro mantel de lino si ya tiene uno? La carne de conejo y la res están demasiado caras, así que compré dos patas de gallina.

Juliette ya ha renunciado a los lujos. Es tal su adoración por el escritor, tal su miedo de que la abandone, que cuida lo que desembolsa y está en constante lucha contra el derroche, que tanto le gustaba. Usa una y otra vez los mismos vestidos, los remienda, trata de modernizarlos y, de hecho, no come carne a menos que su amante cene con ella; se conforma con un poco de pan, verduras y tal vez un trozo de queso.

Claire le ofrece su brazo. Juliette lo toma, le da las gracias y siguen caminando. La amante de Hugo luce pálida, demasiado. ¿Y de qué otra manera estaría si sus días son tan sedentarios? En los doce pies cuadrados donde ahora vive no tiene ni un pedazo de patio o jardín para caminar un poco y recibir los rayos del sol. Además, el apartamento sólo cuenta con lo necesario para una persona: una habitación, comedor, salón, cocina y el desván para la criada. Y eso que Toto paga una renta anual de ochocientos francos, que no es poca cosa.

El hombre ha ayudado a decorar el lugar con buen gusto: la recámara es roja y dorada, adornada con bellos objetos comprados, juntos, en sus regulares visitas a los anticuarios de la *rue* de Lappe. De las paredes cuelgan varias pinturas del poeta y, lo más importante, hay un escritorio de caoba africana con todo lo que Juliette necesita para trabajar; un tintero con suficiente tinta fresca, diversas plumas de oca y un montón de hojas azul cielo de *chez* Barbet; las mejores. Con esos instrumentos, la mujer pasa en limpio los manuscritos de su amante, pero no sólo los copia, a veces cambia una palabra por otra que ella considera más adecuada y mueve un párrafo de lugar. Incluso, traviesa pero segura de sí misma, añade un adjetivo y hasta borra alguna frase. El poeta jamás se ha dado cuenta.

Otra prohibición: Juju no tiene derecho a abrir su correspondencia hasta que Hugo la lea primero. ¡Ni siquiera las cartas que le manda Renée, su querida hermana! A veces le envía una nota, requiriendo su pronta presencia, pues muere de ganas de leer las noticias que acaba de recibir de su hija y le tiene vedado leerlas a solas. "¿Por qué tantas precauciones por una inocente misiva?", le pregunta. También los periódicos que le lleva son cuidadosamente expurgados, en una especie de extraña censura: el escritor decide de qué se informará su amante… y qué no debe leer.

Juliette camina cada vez más despacio, hasta que le pide a Claire que descansen en una banca. Todavía no cumple cuarenta años, pero la falta de actividad física ha menguado sus fuerzas. Ya sentada, saca su rapé. ¿Ahora mamá se aficionó al polvo de tabaco? Sí, y mucho. Desde la última vez que la vio, ha ganado peso, algunas canas brillan cuando el sol toca su cabello y tiene unas ligeras arrugas en el rostro. Pero la joven prefiere no comentar nada y hasta acepta, con tal de no contradecirla, las lecciones de piano que le propone. "Sería magnífico que te aprendas las partituras de Chopin", sugiere, "es muy bien visto. Y si le dedicas tiempo, terminarás por tocar como la hija de Toto. Adèle no es sólo una maravillosa pianista, sino hasta compositora… autodidacta; su madre la riñe, diciéndole que componer música es una profesión masculina, que se contente con tocar; en cambio, su querido padre me ha confesado, mostrando algo de orgullo, que sus melodías son frescas, sencillas, pero muy poderosas. Es lamentable que tenga un alma tan débil y susceptible pues, con su música, bien podría pasar a la historia", concluye mientras Claire sólo asienta con la cabeza. Ha dejado de escuchar a su mamá; odia cuando le presume a los "talentosos hijos" de su amante.

La única pasión que le queda a Juliette es sentarse a copiar los manuscritos de Victor. Y su único placer es recibir a ese hombre que la enloquece en la cama, aunque también es verdad que las visitas a su lecho cada vez son menos frecuentes. "Tengo el honor de recordarle una ley del muy grande Solón, que ordena a todo macho acostarse tres veces al mes con su hembra", le escribe.

Ésas son dos fuentes más de su zozobra: su piel que tanto extraña las manos de Hugo y los celos. Unos celos que trata de dominar pues la dañan demasiado. ¡Pero qué difícil es saber al amor de tu vida en los brazos de otra dama! Y no, no se refiere a Adèle; con ella Victor ya no hace vida marital o, al menos, eso le dice. Se refiere a las demás mujeres que, provocadoras, se le acercan al conocido poeta para seducirlo. Marie Dorval, por ejemplo; una actriz odiosa e intrigante.

Con frecuencia, estallan las discusiones, por más que Juliette intenta controlarse.

—¡Fui tan estúpida en dejarme conducir como un perro! Sí, me tienes encadenada. ¿Acaso crees que soy tu mascota o un animal salvaje? ¿Pretendes que acepte este régimen de sumisión sin quejarme? Pero no creas que emprenderé la huida, no te daré ese gusto, *mon petit homme sauvage*, pues la cadena que me ata a ti es imposible de romper.

Los gritos se escuchan afuera. Lágrimas. Chillidos. Amenazas. La puerta que da hacia las escaleras se azota. Tal vez una vecina se atreva a asomarse. Los pasos de Hugo bajan, apresurados. Furioso, sale a la calle para no volver jamás. Ella se queda sobre la alfombra, abrazando sus piernas. El estómago le arde por el vacío que le provoca la ausencia. Siente fuego en el esófago: su sexo, helado.

—Me dices ángel de dulzura y belleza, pero me tratas peor que a un insecto —murmura en sollozos, derrotada—. Te admiro por tu valentía para denunciar las miserias de Francia, pero eres completamente insensible ante mi propio sufrimiento.

Esta estancia con Claire, en realidad, es su más reciente arrebato. Cuando se enfada con su amante, prepara una valija y huye, después de haberle enviado una carta con las palabras precisas: "Adiós para siempre. Adiós para jamás. Adiós para que puedas ser feliz y admirado y que yo pueda ser infeliz y seguir derrumbada".

Un par de días más tarde, se arrepiente y le hace llegar una misiva desesperada: "Victor, te amo, muero lejos de ti, tengo necesidad de ti para vivir. Parece que me han abierto todas las venas y que mi vida se va, sin que tenga la voluntad de retenerla: me siento morir y también siento que te amo más con cada dolor. Mi Victor, ¿puedes perdonarme? ¿Me amas todavía? ¿Es verdad que me odias, que me empujarías hacia el suelo si llegara a besar tus pies, demandándote gracia?".

Y el reconocido escritor, nuevo miembro de la Academia Francesa, lee y relee las palabras de su amante para terminar corriendo hacia ella. ¡Cuánta falta le ha hecho! ¡Qué absurda separación y cuánto sufrimiento se han provocado! Cuando desciende del *cabriolet* y sus ojos la encuentran al lado de la bella Claire, esperándolo, se lanza a abrazarla. Qué tonto ha sido: casi pierde a esta mujer leal y entregada. Con desesperación, unen sus labios, sin importar quiénes los observan.

Más tarde, cuando el sol se agote, tras una puerta de madera que sabrá preservar la intimidad necesaria, sus cuerpos volverán a encontrarse. Sus aromas, a reconocerse. Sus lenguas, voraces, a recorrer esas zonas de la piel que tantas veces han humedecido.

Casi doce años amándose y, aunque ya conocen todo uno del otro, es decir, lo que los lleva de manera más precisa y gozosa hacia el clímax, siempre reservan alguna sorpresa: una manera distinta de acariciarlo, un ritmo diferente al penetrarla, una postura novedosa para entrelazarse. Alguna palabra nueva, susurrada al oído, para excitarse.

En los jardines de la sobria y elegante construcción que va de Champs Élysées a la *rue* Saint-Honoré, en el corazón de París, dos amantes siguen paseando. Y discutiendo. Dejaron los temas cotidianos y regresaron a los argumentos: seguir juntos o romper la relación. ¿Qué hacemos? La distancia entre ellos ha aumentado.

Es evidente que a él le emociona llevar una doble vida, le inyecta energía. A ella, en cambio, la fatiga. La abate.

—Hace poco, para convencerme del proyecto del D'Orsay, me dijiste que las grandes cosas tienen la necesidad de continuidad.

—*Mais oui*! El museo fue imaginado bajo Pompidou y deseado por Giscard d'Estaing. Tú "sólo" debías confirmarlo y enamorarte del plan… Pero ¿qué tiene que ver con nuestra discusión? —pregunta ella, sorprendida.

—Pues eso: que nuestro amor es una cosa grande; *ergo*, debe continuar.

Paulette, la secretaria del señor presidente, se presenta apresurada para informar, con toda delicadeza, que *monsieur* Laurent Fabius acaba de llegar a la cita. Así que aún sin haber concluido nada tangible, la pareja debe despedirse.

Mostrando impaciencia, Mitterrand le hace una señal a su asistente para que se adelante y, a continuación, le pregunta a Anne, dirigiéndose ya hacia su oficina de paredes blancas ornadas en dorado:

—¿Acaso quieres todo de mí, una entrega absoluta? Sabes que no puedo ni siquiera intentarlo.

—¡No! *Pas du tout, mon Cecchino*. No necesito falsas promesas. **Lo que necesito de ti es tu verdad**, pero no sé si estás dispuesto a dármela —responde ella, con voz temblorosa.

Muy poco tiempo después, por una discreta puerta de la residencia oficial del presidente de Francia, sale a las calles parisinas una mujer delgada, vestida con pantalones grises y una elegante blusa de seda blanca. Un *foulard* en tonos burdeos, colocado de manera graciosa en el cuello, se balancea ligeramente. Con sus zapatos bajos, tipo *ballerinas*, camina deprisa, como siempre lo hace cuando quiere huir o evitar algo. Los lentes oscuros cubren unos ojos que han estado llorando por razones que nosotros sabemos, pero los transeúntes que se la cruzan, no.

En el despacho principal del Palacio del Elíseo, frente a las fotos en blanco y negro de sus abuelos maternos y de su madre, que reposan en un librero cercano, un hombre se pregunta qué significa esa petición. ¿Qué debe inferir de la frase: **"Lo que deseo en ti es tu verdad"**, cuando siempre ha sido transparente y sincero con su amante y madre de su hija?

Por ti, junto a ti, mi dulce ángel (1985)

Es una delicia releer *Los miserables*. Más desde que sabe lo que sabe; es decir, desde que se obsesionó con la historia de amor de Juliette y Victor Hugo y quiso adentrarse en ese relato. ¿Para qué? Tal vez para evitar un amor imposible. ¡Imposible de evitar!, piensa, riendo, mientras termina de arreglarse. Lleva veintiún años metida hasta el fondo, en esa fosa de la que no puede salir. De la que, ahora, ya no quisiera salir. No encontraría la puerta; es demasiado tarde.

Anne pinta sus labios con un *rouge à lèvres* tenue y se pone un poco de rímel para que haga contraste con el azul de los ojos. Su maquillaje siempre ha sido discreto, casi nulo, no recuerda si por gusto personal o porque François algún día le dijo que prefería lo natural. Jamás le han atraído las mujeres con demasiados cosméticos ni joyas.

La obra de teatro se estrenó en París hace cinco años y, sin embargo, es la primera vez que la verá, aprovechando los festejos del centenario de la muerte del gran escritor francés. Un entierro que los historiadores consideran "apoteósico", "espectacular". Las ilustraciones y las fotos así lo muestran.

La semana pasada su amante inauguró una muestra sobre Victor Hugo en el Panthéon y aunque ella no pudo acompañarlo, tuvo la oportunidad de verla por la mañana, antes de ser abierta al público. Llegó con una enorme lupa para observar, con mejor definición, cada obra expuesta. La componen, sobre todo, pinturas y fotografías en blanco y negro. No se sabe si fueron miles o, como aseguró la prensa de la época, dos millones de personas arremolinadas en las calles para ver pasar, aunque fuese a la distancia, el sencillo ataúd con los restos del poeta que fueron transportados para recorrer la capital de Francia, desde la capilla ardiente acondicionada bajo el Arco del Triunfo, hasta el Panthéon. ¡Qué ironía!, Hugo siempre criticó esa construcción que parecía "un pastel de Saboya".

El andar de los dolientes que acompañan los restos mortales es sosegado, ceremonioso. La muerte, una vez que ha aparecido, deja de tener prisa. Detrás de la carreta jalada por dos caballos que parecen compartir el duelo, caminan sus nietos; ambos lloraron tanto antes, que ahora sólo muestran un rostro sombrío. A su lado, Louis Koch, sobrino y heredero de Juliette, se lamenta, y los cuatro mejores amigos de Hugo, en formación, guardan un sepulcral silencio mientras intentan coordinar sus pasos.

Otros carruajes siguen la procesión, cargando gigantes coronas funerarias. La mayoría blancas, aunque algunas incluyen flores amarillas. Estas coronas, que suman docenas, serán colocadas frente al Panthéon al finalizar la ceremonia y los vecinos pasarán junto a ellas al menos durante una semana. Serán retiradas cuando comiencen a marchitarse, ante la queja del panadero, que tiene demasiada capacidad olfativa.

El desfile, que una multitud ve pasar guardando un respetuoso silencio, también lo componen diversas formaciones de militares portando su uniforme de gala, unos marchando a pie y otros, a caballo, funcionarios del gobierno, asambleístas, miembros del Senado, novelistas, poetas, dramaturgos, actrices y actores. Los niños que probablemente han escuchado el nombre de Victor Hugo, pero no conocen su importancia, intentan ver algo asomándose entre una marea de pantalones y faldas, sin soltar la mano de sus madres. Los pocos con la fortuna de estar sobre los hombros de papá, susurrando, lo cuestionan: "¿Quién era ese señor? ¿Por qué todos están tan tristes?".

Uno a uno, seis oradores, cuyos timbres de voz presumen condolencia, pronuncian discursos fúnebres alabando a quien se convirtió en el símbolo de la República recuperada, en un importante pilar de la democracia y en un escritor popular y admirado. Enormes telas negras y banderas tricolores adornan apartamentos, casas particulares y edificios públicos. Desde ayer, los comercios colgaron letreros con una leyenda que advierte: *"Les magasins seront fermés le jour des obsèques de Victor Hugo"*.

Sin importar sin son cientos o miles, los franceses se muestran sinceramente consternados. Abarrotan las calles en distintos tonos de negro y unos a otros se contagian el llanto. La sensación es de una orfandad compartida; perder a quien consideran el mejor novelista y un gran padre de su Patria, los sume en un profundo desconsuelo.

Anne seguía en el Panthéon, contagiada por la emoción del evento. La curaduría colocó, en grandes letreros, las mejores frases del poeta. En la zona dedicada a la familia, sobresalía el retrato de Juliette; aquél exhibido en las habitaciones de la Place de Vosges, que hacía ya varios años, la impulsó a seguir su historia. Se alegró: el tiempo puso a la amante en un lugar tan o más importante que el de la esposa. ¿Qué se dirá de mí con el paso del tiempo? Jamás había pensado en eso.

La mujer continuó observando: el gobierno tuvo el buen tino de organizar exequias dignas de un jefe de Estado. En algún lugar leyó que fue una sugerencia del propio Chateaubriand. ¿Así será el entierro de mi querido François?, se preguntaba al recorrer la muestra, observando cada fotografía y leyendo texto tras texto, con mucha atención. Deteniéndose más tiempo de lo normal buscando el rostro de la mujer cuyo verdadero nombre era Julienne Josephine.

En 1882, el cumpleaños número ochenta del poeta también fue apoteósico. Más de cien mil personas desfilaron frente al balcón de la casa de Victor Hugo quien, acompañado por sus dos nietos, tuvo la paciencia y la fortaleza para pasar casi todo el día saludando a sus admiradores, amigos, colegas y desconocidos. La ciudad de París había decorado con exquisitez la fachada del edificio y le hizo otro regalo: cambiar el nombre de la avenida de L'Eylau a avenida Victor Hugo. Sobre la acera se acumulaban docenas de arreglos florales y miles de cartas con mensajes de felicitaciones. Por ejemplo, en una tornasolada corona enviada por la ciudad de Marsella, se leía: "Al poeta, al filósofo, al gran justiciero de las causas del pueblo". Grupos musicales se turnaron para llenar de notas el ambiente y sólo guardaron silencio cuando Hugo ofreció un discurso, seguido por la Marsellesa. Escuchar cientos de voces entonando el himno francés fue el momento más vibrante.

La crítica habla del musical como "un atinado reflejo del género humano". Ése, piensa Anne, es mérito de Hugo y no de quienes la adaptaron. Los Badinter la invitaron y ella se hizo acompañar por Alexis pues François, para quien compraron el boleto, está en un viaje de última hora en Amán, en una entrevista con el rey Hussein, conversando sobre el conflicto iraní-iraquí. Danielle saldrá en las fotografías oficiales y Anne evitará revisar la prensa, como siempre lo hace.

Madame Pingeot ha pospuesto esta cita desde que fue convocada para asistir al estreno e inventó alguna excusa: odia los musicales. ¿Cómo transformar la lucidez del poeta, la profundidad de su mensaje, en una serie de canciones? ¿En actores disfrazados, canturreando y bailando por el escenario?

El sufrimiento de los menesterosos de la sociedad francesa siempre fue la preocupación de Hugo. Quiso denunciarlo en sus páginas, buscar la indignación del lector. No sólo conmoverlos, sino impulsarlos a la acción. Durante muchos años,

Los miserables se convirtió en un libro tan leído como la Biblia. Al publicarlo, enormes filas se formaban en las librerías. Y cuando podía ayudar de otra manera, el poeta lo hacía. Por ejemplo, en Guernesey invitaba a los niños pobres de la isla anglonormanda, la mayoría hijos de exiliados franceses como él, a cenar una vez a la semana. Probaban el mismo menú mientras el maestro los alimentaba con generosidad y comía con ellos. Conversando, entendía sus penas todavía mejor. Y el origen de la pobreza. Tal vez gracias a esos chiquillos, el tema de la infancia ocupa un espacio importante en la novela: Gavroche es un personaje simpático y conmovedor. Un niño que raya la inocencia, pero se encuentra en camino hacia la malicia.

—¡Auguste, te tengo la mejor noticia del mundo! ¡Terminé *Los miserables*! Anoche puse el punto final —grita Victor Hugo, dichoso y ufano, entrando a la habitación de su amigo, sin siquiera haber tocado la puerta.

—¿*Los miserables*? ¿No se llamaba *Las miserias*? *Bon*, poco importa, es una grandiosa noticia —responde *monsieur* Vacquerie, entusiasmado. Cierra el poemario que estaba leyendo y se levanta enseguida, para abrazar al escritor—. ¡Y qué alegría estar en la isla o me hubiera tardado en saberlo!

—Mi primer impulso fue sentarme a redactar una carta para ti, pero Juliette me recordó que apenas ayer llegaste y que hoy compartirías nuestra mesa. Paciencia, Toto querido, me dijo, al rato será nuestro invitado. Pero no quise esperar. ¿Te imaginas? *Tâche accomplie*.

—¿Cuánto tiempo te llevó acabarla? Mucho, ¿cierto? —pregunta el también poeta—. ¿Y si bajamos? Esta noticia amerita un escenario más exquisito. El salón del hotel tiene una preciosa vista al mar y podemos ordenar algo para brindar. Espero que no te importe que me quede en mangas de camisa; tu visita me tomó desprevenido.

—Me tardé más de lo que quisiera confesar: comencé a redactarla hace dieciséis años: tengo la fecha en la memoria de la misma manera en la que recuerdo a cada una de mis amantes: noviembre de 1845, pero no me preguntes el día preciso. Aunque seguramente mi Juju sí se acuerda —responde, al descender las escaleras con precaución, tomándose del barandal.

Hace una semana casi se accidenta por andar con prisas. Y hoy tiene prisa: el entusiasmo por darle la noticia a su querido amigo lo hizo salir de Hauteville House sin su acostumbrada elegancia. Olvidó el sombrero, el bastón y su corbatín ni siquiera está anudado. ¡Pero se confiesa tan alegre, tan satisfecho!

—Ya quiero verla publicada.

—*Patience, mon cher ami.* Falta revisarla y corregirla. Y eso me llevará, calculo, unos… seis meses. Mínimo.

—¿Serías tan amable en adelantarme la suerte del tal Tréjean o tengo que esperar a que se venda el libro? ¿Consigue salir de la cárcel? *Madame, s'il vous plaît*, dos flautas de *champagne*; estamos de fiesta —presume, mientras señala un par de sillones de grandes orejas, al lado de un ventanal.

La dueña de la pensión se acerca para aclararles que el único *champagne* disponible no está frío. A los hombres poco les importa; sólo desean chocar las copas. Aunque es pleno verano, el viento que se cuela por la ventana, un obsequio del canal de la Mancha, es fresco, así que se dan el lujo de tomar una bebida que no está helada.

—Ya se llama Valjean. Jean Valjean pasa, en total, unos diecinueve años en prisión…

—¿Tanto tiempo por robarse un pan? ¿No exageraste?

—Trata de escaparse tres veces y con cada intento fallido, le dan más años. Al cuarto intento… ¿Sabes qué? Si te quedaras lo suficiente en esta isla, leerías el manuscrito y así te enteras. Tu opinión, además, me será muy útil. Hablaríamos de Cosette y de Margueritte Lovet, que ahora se llama Fantine.

—¿Al obispo Myriel y a Javert también les cambiaste el nombre? Tanto me has contado de la trama en tus cartas, que siento que los conozco a todos —ríe.

—¿Te cuento algo? Pero no lo repitas: para el personaje de Fantine, joven huérfana y después embarazada y abandonada por su amante, me inspiré en mi Juliette. Le puse su valentía, su coraje, su determinación para sacar adelante a la hija.

Con el *champagne* tibio burbujeando, ambos hombres levantan sus copas.

—Que nunca jamás un joven que roba una simple hogaza de pan sea encarcelado. Que nunca jamás una madre que sólo quiere alimentar a su hija se vea obligada a prostituirse. Que la sociedad sepa dar lo necesario para que los paupérrimos no se vean empujados a cometer delitos: escuelas para los niños y trabajo para los adultos. ¡Es mucho mejor cultivar las cabezas que tener que cortarlas!, ¿no crees, *mon très cher* Auguste?

—A más escuelas, menos cárceles. Cierto.

La dueña de la hostelería, espiando tras la puerta de la cocina, piensa que es un brindis algo extraño.

Del Palais des Sports, en París, salen dos parejas. En realidad, salen muchas, pero nos interesan dos. La función ha terminado y, como varios de quienes hoy presenciaron el espectáculo, discuten sobre la obra. Sólo Élisabeth se muestra complacida. A Anne le gustó la melodía de *J'avais rêvé*, pero encontró muy simples las demás canciones. "Es definitivo", sentencia, "odio las obras musicales. Lo simplifican todo. Como las películas basadas en novelas: *C'est tellement mieux lire les livres!*".

Ahora los cuatro se dirigen a La Fontaine Gaillon, donde el abogado ha reservado una mesa. Alexis es quien maneja su BMW azul oscuro.

—La obra de Victor Hugo, todavía en vida, sirvió para varias óperas. ¿Si eso se hizo en su tiempo, por qué quitarle el mérito a quien se le ocurrió convertir *Los miserables* en musical? No entiendo —insiste *madame* Badinter.

—Puede ser que tengas razón —acepta Alexis. Pero Anne es más difícil de convencer.

—Es banalizar el arte. Entiendo que varios de sus poemas fueron la inspiración para componer sinfónicas, sobre todo de su gran amigo, Franz Liszt. Y que sus personajes han servido como material de trabajo para otros escritores y estudiosos, pero… ¿un musical? Lo odié.

—En algún lado vi —*monsieur* Badinter, que había preferido guardar silencio, se atreve a intervenir—, que Tolstói escribió *Guerra y paz* después de haber leído, de forma apasionada, *Los miserables*.

—¿Ves, Élisabeth? A eso me refiero: ¿cómo comparar la gran novela del escritor ruso con esa serie de breves diálogos decorados con cancioncitas y bailecitos?

Alexis frena en seco; estuvo a punto de atropellar a un motociclista que se pasó la luz roja. El susto los hace guardar silencio, aunque es muy probable que, en el restaurante, mientras degustan un paté *en croûte* seguido por el famoso filete de *cabillaud nacré*, sigan conversando sobre Victor Hugo y lo que habría pensado de esa puesta en escena. "¿Se lo imaginan, en el palco de honor, con Juliette a su lado derecho y Adèle al izquierdo, viendo tamaño esperpento?", opina Alexis para no contradecir a Anne, mientras le dedica una mirada de ternura y complicidad tan intensa, que la deja algo inquieta. Élisabeth sigue defendiendo la adaptación; piensa que *Los miserables* es una novela que ya no se lee como antes y que ponerla en el teatro, en forma de musical, ha conseguido que más personas, al menos, se enteren del tema. "Les aseguro que a muchos jóvenes les suena el nombre de Fantine o de Montparnasse, pero no tienen idea de quiénes son".

¡Si supieran que los estudios Disney, en once años más, producirán una película de caricaturas titulada *El jorobado de Notre-Dame* y que la obra de teatro que acaban de ver será llevada al cine con una coproducción entre el Reino Unido y Francia, tendrían todavía más material para pasar el resto de la noche platicando!

Dos horas después, en Guernesey, Auguste, hermano del extinto Charles Vacquerie, quien se casó con Léopoldine, la infortunada hija muerta, llega a la casa del escritor exiliado. Hugo se adelantó y él le pidió tiempo para terminar de vestirse de manera más formal; ahora presume su elegante chaqueta de alpaca. Una mujer del servicio le abre la puerta, mientras Juliette, en la cocina, le da los últimos toques al *pot-au-feu* que, bien sabe, tanto le gusta al amigo de su amante. De entrada, habrá una ensalada fresca con gambas y vinagreta de mostaza. Puesto que Adèle está de viaje en Bruselas, la amante ejerce de ama de casa.

Hugo baja despacio desde su estudio en el tercer piso, que cuenta con la mejor vista de la casa, el océano: depositario de sus miradas, dudas y reflexiones. El compinche de cada palabra que redacta. El mejor compañero y consejero… bueno, después de su Juju. "No hay más que observar la superficie del mar, es la libertad; es también la igualdad".

La botella de Bordeaux ya está decantada y espera, junto con las copas de cristal de pepita, en la mesa del jardín, donde se han instalado. Hay cuatro sillas, una vacía, porque François-Victor, el hijo de Hugo, arribará en cualquier momento. Aunque Charles es el más entusiasta de la familia en cuanto a la fotografía se refiere, y su padre hasta le mandó construir un cuarto oscuro escondido detrás de un espejo, al hermano menor también le atrae la innovadora técnica. Auguste, por su gran afición, ha viajado cargando su equipo. En Jersey tomó las primeras placas de la familia, con la ayuda del hijo mayor de Hugo. En esta ocasión pretende conseguir más retratos del poeta, así que ha traído su nueva cámara de fuelle y el trípode, entre otras cosas. La curiosidad del escritor siempre lo lleva a lanzar una pregunta y otra y otra más, hasta que logra entender cómo funciona el sistema de negativos de colodión húmedo y por qué el papel de albúmina es el más indicado.

—Deja de cuestionar al pobre de *monsieur* Vacquerie —le riñe Juliette—. ¡Cuántas preguntas!

A veces Juju actúa como esposa: le da instrucciones, lo corrige frente a los demás o lo trata como niño pequeño e inútil. Victor, ignorándola, sigue:

—Ya verás, pronto podrás plasmarnos así como somos, a color. Mientras muchos ciudadanos luchan por sobrevivir y las grandes potencias siguen peleando por ganar más territorio en sus colonias, la ciencia avanza. Un día hasta transportarás tu cámara en el bolsillo del saco.

Auguste ríe; eso le parece imposible.

Continúan platicando sobre los adelantos de la fotografía y lo que Francia ha aportado a esa nueva técnica. Salen a relucir nombres como Niépce, Daguerre y el barón de Gros. Es evidente que Auguste ha estudiado el tema a profundidad; si no fuera poeta, dramaturgo y periodista, se dedicaría de lleno a buscar métodos más avanzados para retratar los rostros de las personas que, él considera, deberían trascender.

En cuanto llega François, después de darle cuatro besos a Juliette en las mejillas y uno a su padre en la frente, abordan el tema de la novela recién terminada. La anfitriona propone un brindis por el libro… ¿número?

—Si tomamos en cuenta poesía, teatro, cuadernos de viaje y demás, me parece que voy por el treinta y tres, pero no estoy seguro y no pienso enumerarlos.

—Eres el escritor más prolífico de Francia —dice Vacquerie. Está a punto de agregar el nombre de Balzac, pero mejor permanece callado.

—¡Del mundo! —aclara su hijo que, siempre que puede, externa un profundo orgullo. Él mismo sabe lo que es pasar horas con un libro enfrente y varias hojas de papel: su meta es traducir, poco a poco, la obra completa de Shakespeare al francés. Hasta el momento lleva ocho volúmenes y le faltan, calcula, otros diez.

¡Hugo está tan satisfecho de sus descendientes varones! Probablemente es un signo de egocentrismo, pero como siguieron sus pasos, al menos en el interés por la política y el periodismo, lo llenan de satisfacción. En su lejana juventud, el laureado poeta fundó, junto con sus hermanos, la revista *Le Conservateur Littéraire*; tenía sólo diecisiete años y lo recuerda como si fuera ayer. Imitándolo, al menos eso quiere creer, hace algún tiempo sus hijos le dieron vida al periódico *L'Événement,* junto con Vacquerie. Por un combativo artículo que publicó ahí, encarcelaron al joven François durante seis meses. Fueron días difíciles pues su angustiada esposa lo culpaba, pero tener un hijo preso por haber expresado su opinión, firme y fundamentada, le daba dignidad.

—Lo que más va a sorprender a los lectores —opina Juliette, mientras llena la copa de su hijastro— es que pensarán que al escribir "miserables" sólo se refiere a los pobres de dinero, a aquellos que carecen de recursos. Lo que a mí me impresiona, es que mi Toto hizo un retrato de la miseria económica, pero también humana. Las clases desposeídas tienen hambre. Los ricos tienen amargura, falta de amor, miseria espiritual. Creo que Gavroche es más feliz rodeado de otros niños como él, con los que comparte juegos y risas, que los hijos de la gente rica, a quienes dejan todo el día solos, acompañados por el personal de servicio. No les dan amor pero, eso sí, mucha disciplina. Rigidez. Les exigen portarse como adultos desde muy pequeños.

—¡Con lo importante y lo formativo que son los juegos para los niños!

—*Mais oui*, querido. Siempre lo dices.

—Una infancia sin las caricias o las canciones de una madre, sin los abrazos y los consejos de un padre, convierte en miserables a los seres humanos —sentencia Hugo—. Es definitivo. Pero también está, por ejemplo, Thénardier; un hombre de moral cada vez más deforme.

—¡Y Javert! Ese policía de mala entraña.

—Falso, Juju querida. Cumple con su trabajo con una tenacidad impresionante. Es demasiado estricto, pero honorable. No se deja vencer. Entiende la importancia de la ley. "Es una lástima que las normas no me permitan ser piadoso", dice. Y es congruente con quien es y con lo que busca: que se obedezcan las reglas. Tan congruente que cuando deja escapar a Valjean, no puede con su conciencia y termina suicidándose en el Sena... *Merde*! Eso no se los debería haber dicho.

—En fin, quería decir que también hay ricos miserables.

—¡Muy miserables!

—Ya verán cuando la lean —se dirige a los dos hombres que saborean su tinto. El tenue sonido de las olas al romper llega a escucharse—. ¡La cantidad de personajes es impresionante! A cada uno lo describe físicamente y también en su manera de ser. Mi Toto tiene una memoria privilegiada; recuerda cómo son, sus historias, aquello que los motiva, de dónde vienen y hacia dónde van.

—No lo creas —responde su amante—, hice anotaciones para no olvidar los detalles. ¿Se imaginan? De pronto, me di cuenta de que el pilluelo de Gavroche seguía teniendo la misma edad, ¡y ya habían pasado algunos años! Debí regresarme y corregir mi distracción.

—¡Amo a Gavroche! Es un niño delicioso, simpático y valiente, que hace lo que puede para sobrevivir. Lástima que en la barricada de la calle de la Chanvrerie...

—¡Calla! —la interrumpe Hugo—. Nuestro invitado ya no querrá leerme. ¡Se lo estamos contando todo!

Auguste sonríe, pero no emite palabra. Disfruta, junto con François, de este ir y venir de frases entre los dos amantes.

—Esto sí lo puedo decir: lo que más me gusta es la relación de Jean Valjean y Cosette. ¡Ah! Y la manera en la que ella se enamora de Marius.

—¿Y al narrador, no lo admiras, Juju mía? *C'est bien moi*!

—Claro que eres tú y no te tomaste la molestia de esconderlo. Hasta dices, en alguna página, que Louis Hugo, "tío del autor", yace en no sé cuál cementerio. Incluso mencionas el estreno de tu obra, *Hernani*. ¡Lo vi todo! ¿Sabes cuántas horas de cuántos días de cuántos meses he pasado transcribiendo tus manuscritos, *mon inefable bien aimé*?

—Sospecho, querido padre, que *madame* Drouet es la verdadera autora de *Los miserables* —espeta François, soltando una carcajada. Pero Hugo no se ríe, ni siquiera tuerce la comisura de los labios. Así que Juliette se apresura en agregar:

—Admiro a ese narrador que todo el tiempo interviene en la historia, opina, condena, explica, decide, juzga y nos garantiza, una y otra vez, que lo que cuenta es verdadero como la misma la verdad y que él sólo se encarga de transcribir los hechos reales. Pero más admiro al autor, de quien sigo enamorada.

—Yo también, querida mía. Comienzo mis días como terminaré mi vida, como comenzaré mi eternidad, **por ti, junto a ti, mi dulce ángel.**

—Beso cada una de tus palabras —responde la mujer, conmovida, mientras acerca a sus labios el dorso de la mano del poeta.

El hijo de Hugo se aclara la garganta y se levanta, incómodo, con la excusa de preguntarle a Suzanne a qué hora podrán pasar a la mesa. ¡Vaya par de melosos!, piensa. El escritor, después de acariciar su barba tan poblada y mover la cabeza de arriba hacia abajo, como una silenciosa manera de darle permiso a esa breve ausencia, continúa:

—¿Sabes, estimado Auguste, lo que a mí más me complace de *Los miserables*? —sin esperar respuesta, explica—: La manera en la que hice hablar a mis personajes. Pasé horas escuchando a los obreros, a los campesinos, a los niños que viven en las calles. Políticos, reyes, ministros, policías, sacerdotes. A las mujeres "de la vida alegre" que, en realidad, llevan una vida muy difícil. Horas absorbiendo las distintas formas del lenguaje. Tomé notas de la manera de expresarse de cada uno. Y llevo años haciéndolo; desde antes de verme obligado a abandonar París. ¿Adivinen en qué lugar la jerga es más clara, más auténtica?

—Ni idea.

—En el barrio Saint-Denis. La manera de hablar de mis personajes, el *argot* que usan, determina el lugar al que pertenecen —alecciona, al tiempo que enciende su pipa.

—A mí, insisto, lo que más me conmueve es cómo, mediante el poder de la palabra, retratas los misterios, el sufrimiento y la fortaleza de los franceses. En tus páginas ninguno es completamente bueno ni inocente. Ninguno, totalmente malo. Todos son, eso sí, seres humanos —afirma la eterna amante de Hugo, emocionada.

—Escribí cada capítulo tratando de que fuese mejor que el anterior. Espero haberlo conseguido.

La conversación continúa. Vacquerie y el hijo de Hugo vuelven la vista a un lado y al otro de la mesa, siguiendo la esgrima verbal, sin atreverse a interrumpir, ni siquiera para decir que ya tienen hambre ni para sugerir que abran otra botella pues las últimas gotas que quedaban en sus copas ya se secaron.

Tantas veces ha copiado Juliette la obra, que se sabe algunas frases de memoria y las pronuncia en voz alta, con su lejana experiencia de actriz:

—"Lo que de los hombres se dice, verdadero o falso, ocupa tanto lugar en su destino, y sobre todo en su vida, como lo que hacen". Sí, amado mío, escucha de mi boca tus sabias palabras, declama, moviendo las manos: "Todas las situaciones críticas tienen un relámpago que nos ciega o nos ilumina".

Antes de que el telón imaginario descienda, *madame* Drouet se levanta y camina en dirección al acantilado, con la mirada hacia abajo, como si estuviera buscando alguna frase perdida. De pronto, se detiene de manera abrupta y vuelve la vista, para sentenciar, alzando la voz con mayor énfasis todavía:

—"A los ignorantes enseñadles lo más que podáis; la sociedad es culpable por no dar instrucción gratuita; es responsable de la oscuridad que se produce con esto. Si un alma sumida en las tinieblas comete un pecado, el culpable no es en realidad el que peca, sino quien no disipa las tinieblas".

El poeta la observa: todavía es una mujer bella. Hoy, en particular, su vestimenta la hace ver más fina de cintura. Eligió una blusa de tafeta tornasol que deja al descubierto su largo cuello, unos bien redondeados hombros, su pecho de piel perfecta, sin joya alguna. Las mangas abombadas, muy abombadas en el brazo, se estrechan en el antebrazo para terminar acariciando unas delicadas muñecas. Es la mujer con las manos más gráciles que Hugo ha visto. Se recogió el cabello y lo detiene con un broche de flores de seda, pero dejó suelto un mechón que presume caireles inquietos. Juguetones.

Los tres hombres aplauden con vehemencia. Victor Hugo reacciona; al escucharla, se da cabal cuenta, ¿o acaso sólo lo presiente?, de que apenas ayer puso el punto final de una novela cuyo destino será convertirse en un clásico, en una de las obras literarias más significativas del mundo. Al menos, en eso finca su esperanza.

Diario perdido (París, fragmento de 1870)

Durante diecinueve años abandonamos Francia y apenas hace diez días regresamos a París. ¡Qué delicia volver a respirar el ambiente de mi querida ciudad, sus aromas, escuchar sus particulares sonidos y admirar los colores tan "parisinos"! A pesar del otoño que promete ser frío, estoy disfrutando cada instante. Junto con mi Toto, hemos redescubierto la modernidad de la capital: las altas mansiones y avenidas infinitas diseñadas por el barón Haussmann.

Regreso a un fragmento de *Los miserables*: "... más tarde, cuando ya no estamos ahí, uno se da cuenta de que las calles nos son queridas, que los techos, las ventanas y las puertas nos hacen falta, que las murallas nos son necesarias, que los árboles nos son bien amados, que las casas a las que no entrábamos, entrábamos todos los días; que dejamos las entrañas, la sangre y nuestro corazón en esos adoquines".

Gracias al París tantas veces descrito en su grandiosa novela —¡hace ya siete años fue publicada, qué rápido pasa el tiempo! —, mi querido Hugo pudo seguir paseando por estas calles a pesar de la distancia, pudo continuar recorriendo cada parque, cada callejuela, cada recoveco. Ciudad en la que, sobre el Arco del Triunfo, reposa el nombre olvidado de su padre. Su París logaritmo de tres civilizaciones donde —¡cuántas veces me lo ha dicho!— confluyen Jerusalén, Atenas y Roma. "París, lugar de la revelación revolucionaria".

Pero este regreso es extraño, tal vez porque llevamos aquí menos de dos semanas. Siento, he de decirlo, que estoy de visita, de paso, y mi espíritu todavía no asimila que le pertenezco a Francia y que Francia nos pertenece a ambos. Sí, me creo en un viaje más con mi amado, como tantas aventuras que emprendimos juntos, cada verano, subidos en barcos, diligencias, *cabriolets* y berlinas peregrinando por nuestra nación, Alemania, Italia, España. ¿Cuántos viajes hemos hecho? ¿Quince, veinte? Debería anotar uno por uno y contarlos. Para mí, ha sido un verdadero privilegio recorrer nuestra nación y otros países europeos con él; que me haya convertido en su fiel compañera de viajes es de lo mejor que me ha pasado.

Tal vez el recorrido que tengo más presente es el inicial; la primera vez que compartimos lecho, alimentos, caminatas las veinticuatro horas del día, sin prisas, sin tener que esconderme. Fueron tres deliciosas semanas de Carnac a Nantes y de Tours a Orléans, para terminar en Metz. O aquél de 1840 por Bretaña, Normandía, Bélgica y el río Rin. Ahí se inspiró para su libro, *Le Rhin*. ¡Cuánto amaba verlo pintar las aguas desde las orillas mientras, a su lado, yo le escribía cartas a mi familia! En mi nueva habitación colgaré, mañana mismo, el dibujo que hizo del Rin, en Bingen, con una pequeña barca en primer plano y los reflejos sobre el agua, que parecen más reales que la iglesia misma. Es un cuadro que me ha acompañado siempre, aunque es Hugo quien acostumbra decorar mis apartamentos y decide hasta en dónde colocar cada pintura.

Sus motivos son ríos, pueblecillos, torres en ruinas, castillos derruidos; algunas colinas, montañas y cielos invadidos de nubes que a veces parecen ligeras y, otras, muy pesadas. Con cierta frecuencia incluye seres extrañísimos, surreales; por ejemplo, un enorme champiñón que, ése sí, me parece horroroso. O agrega su caligrafía en tinta china color sepia, casi encima de una ciudadela; incluye manchas, borrones, pinceladas. Hubo ocasiones cuando, caminando, se detenía impresionado con un paisaje o una fuente al centro de un pueblito, y al no tener a la mano sus colores, pintaba con el poso del café o con un poco de polvo o tierra a la que agregaba agua. ¿Cómo es posible que un hombre reúna tantas cualidades? Una gran pluma y una habilidad deliciosa para manipular los pinceles y plasmar aquello que admiran sus ojos. Algunas de esas pinturas me recuerdan a las de Durero. A las de Goya. ¿Será que la admiración y el amor me ciegan?

¿Pero qué digo? ¡Qué equivocada estoy! El viaje anual que más guardo en la memoria es el que hicimos en 1843. ¡Qué traicionera es la capacidad de retentiva! ¡Lástima que lo recuerde por razones tan tristes! En esa época no pude escribir sobre el tema, ya que fue demasiado doloroso. Mi gran hombre pasó un dichoso día en Le Havre con su hija Léopoldine, marido y familia, y enseguida regresó a París para irnos, juntos, hacia los Pirineos y España: Bayona, Irún, San Sebastián. ¡Su España amada, siempre llena de sol! "Toda la España que vi en mi infancia, me aparece en estas calles…, país de poetas y contrabandistas", decía.

Salimos a principios de julio y regresaríamos después de casi tres meses, pero el 9 de septiembre —imposible olvidar la fecha precisa—, haciendo una escala en Rochefort, entramos a descansar y a refrescarnos en el Café de l'Europe. Pedimos dos cervezas y mientras Victor daba el primer trago a la suya, hojeaba un ejemplar del periódico *Le Siècle*. De pronto, gritó: "¡Qué horrorosa tragedia!". La terrible noticia: en el pueblo de Villequier, su hija había muerto ahogada en el río Sena al volcar su barca, junto con su querido esposo, cinco días atrás. Apenas llevaban unos meses de casados y lo poseía todo: la belleza de cuerpo y alma, la juventud, el amor, la esperanza. Didine tenía diecinueve años, no sabía nadar y estaba esperando a un nieto de mi Toto; el peso de sus faldas mojadas muy pronto la llevó hacia abajo. Los llevó hacia abajo a los tres: Charles, aunque era un buen nadador, falleció tratando de salvarla. O decidió dejarse morir, abrazándola, al no haber podido sacarla a la superficie.

Cuando Toto, con la mirada descompuesta, me extendió el diario, la impresión y las lágrimas me quitaron el habla. *Mon homme adoré* parecía a punto del desmayo; si no hubiéramos estado en un lugar público, hubiese caído al suelo, derrumbado y adolorido. ¿Cómo conservar la calma ante la peor noticia que cualquier padre puede recibir? Su Didine, su hija favorita, muerta. Yo me quedé paralizada, sin saber cómo reaccionar, de qué forma consolarlo. Sólo logré expresar algo parecido a "Resignémonos. Era un ángel y su lugar es al lado del Dios". ¿O fue él quien lo dijo?

¿Acaso presintió esta tragedia?, me sigo preguntando. Un día antes había asentado en su libreta de viajes: "Tengo a la muerte en el alma. Esta noche, todo para mí es fúnebre y melancólico. Me parece que esa isla es un gran ataúd recostado sobre el mar y que la luna es la flama…".

La bautizaron como Léopoldine en honor de su abuelo paterno y de su hermano, el mayor, fallecido antes de cumplir, siquiera, los cuatro meses. ¿Acaso llevar el nombre de su malogrado pariente la predispuso a la desgracia? ¡Mi bien amado estuvo a punto de enloquecer al enterarse de la noticia! *Bon Dieu*! Ni a mi peor enemigo le deseo un dolor así; un dolor que asesina, que paraliza, que vacía, que te roba todas las ganas, la energía, los motivos.

"¡Dédé! ¡Mi Didine amada!", murmuraba, con los labios blancos, transparentes. "¿Será un castigo divino y merecido?", exclamaba, sumido en la culpa. Se levantó como pudo e inmediatamente buscó la manera más veloz de regresar. De posada en posada, tardamos tres días infernales y dos noches mortuorias en llegar a París.

El viaje fue peor todavía, pues mi *gros lion* quiso mantener la distancia conmigo; como buen cristiano, seguro pensó que el accidente de su hija había sido un merecido castigo. ¿Acaso no paseaba y se divertía, pecando, con una mujer que no era su verdadera esposa? Desde ese momento dejó de visitarme con la frecuencia y el entusiasmo con que lo hacía antes del duelo.

Mi querido gran hombre, ante el horror de Adèle y el mío, dejó de dormir y de comer durante una larga temporada. Ambos —¿quién lo habrá decidido?— guardaron el vestido violeta con pequeños cuadros blancos, con el que falleció Léopoldine. Su esposa escribió una nota que decía: "Vestido en el que murió mi hija. Reliquia sagrada". De vez en cuando Victor lo saca del bolso bordado en el que lo aprisionaron y aspira su aroma, acariciando las telas. Pierde la mirada; en realidad, no sé a dónde la lleva, en qué lugar de la agonía la coloca. "Oh, interior de una fosa, triste como una cuna vacía".

Observar el agudísimo dolor experimentado por mi amado poeta, no me prepararía para lo que yo tuve que vivir tres años más tarde, con el fallecimiento, después de una larga enfermedad, de mi bellísima Claire; infeliz hijita mía. Si bien desde los quince años tenía una tos rara y a los dieciséis, la palidez de su tez y sus ojos hundidos hablaban por sí mismos, el golpe final se lo dio su propio padre. Ella lo buscaba, decía necesitarlo, le enviaba cartas… hasta que el perverso escultor le respondió, de manera helada, que hiciera el favor de no firmar más con su apellido, Pradier, y que evitara dirigirse a él como "padre adorado".

Ante el rechazo tan contundente, la pobrecita se fue apagando poco a poco. Al final, escupía tanta sangre que hubiera podido llenar varios recipientes. Yo no me separé ni un segundo de su cabecera, tomándole la mano, limpiando el constante sudor de su frente, susurrándole palabras amorosas cuando recuperaba la conciencia. Ni las sangrías ni los cataplasmas del doctor Triger, a quien Victor mandó llamar, pudieron salvarla. Antes de morir dejó su testamento y varias cartas de despedida. "Le entrego mi alma a Dios, que la creó, y a quien amo por sobre todas las cosas". "Adiós, señor Toto, cuide siempre de mi querida madre que es tan buena y tan preciosa".

Aflicción, congoja, desconsuelo, suplicio, tormento… son palabras vacías al lado de lo que se siente perder a un hijo. ¡Si no hubiera sido por la presencia y el consuelo de mi amado, habría quedado perturbada para siempre! ¿Acaso Dios nos castigó por nuestra relación pecaminosa, o qué señal quiso mandarnos al llamar a su lado a nuestras hijas, ambas de diecinueve años al desaparecer de este mundo? ¿El Señor me condenó por haber preferido a mi amante y no a quien era carne de mi carne? No hay forma de explicar ni justificar la extinción de un alma tan joven. Algo en mis entrañas se desgarró para siempre, se murió, se fracturó de manera irremediable. Ni siquiera tuve las fuerzas para asistir al entierro en Saint-Mandé. Ante mi ausencia, Pradier, sí, el maldito se mostraba arrepentido, y Hugo, escoltaron el ataúd cubierto de flores blancas.

¡Cómo lamento ahora no haber sido una madre más presente! Claire casi no contó en mi vida. No ocupó espacio ni en mis diarios ni en mi pensamiento cotidiano. Me empeñé en apartarla y, ay, la desventura la apartó para siempre.

La tercera en la lista de nuestras pérdidas fue la propia esposa de mi amante, la santa y noble Adèle, fallecida en Bruselas hace siete años de una congestión cerebral. Una muerte que llegué a desear cuando éramos jóvenes, para mi sorpresa, me produjo un gran pesar. Era una buena mujer, buena madre y buena esposa que se convirtió, también, en buena amiga mía. A sus ojos, pasé de ser la abominable amante a la noble compañera de su marido. Cuando sus cansados ojos se fueron debilitando, yo le leía en voz alta pasajes de alguna novela y, en agradecimiento, me invitó a compartir la venda de Navidad en familia, aunque evidentemente no acepté; después de treinta años en la penumbra, me hubiera sentido muy incómoda. Es cierto que, frente a la evidencia de su doloroso envejecimiento, Adèle me permitió estar en la luz; así, mi nombre poco a poco se fue rehabilitando. Aunque imagino que si me cedió espacio fue porque ella ya estaba imposibilitada para ejercer las funciones de ama de casa y necesitaba de quien cuidara a su esposo con más dedicación y amor que el que ella misma le profesaba. Lo cierto es que yo siempre supe atender mejor a mi Cristo bien amado: en mis apartamentos lavaba y planchaba sus vestimentas, cosía lo roto, ordenaba manuscritos, pertenencias y sus platillos preferidos quedaban mucho mejor guisados y condimentados en mis manos o en los de Suzanne.

¡Con qué cariño me dedicó un ejemplar de su libro *Victor Hugo contado por un testigo de su vida*!

> *A Madame Drouet, écrit dans l'exil, donné par l'exil.*
> ADÈLE VICTOR-HUGO
> Hauteville House, 1863

Podría decir que, en sus últimos días sobre esta tierra, me convertí en su dama de compañía; de ella y del *petit* Georges, cuando apenas tenía cuatro meses, por eso somos tan unidos. Ahora la amable esposa de mi Toto yace enterrada junto a la tumba de Léopoldine. Hugo aún guarda esa foto que mandó hacer de Adèle, recién fallecida, sobre el pesaroso lecho que la sintió apagarse.

Yo, por lo pronto, he instruido que mis restos deberán descansar en el mismo sepulcro de mi hija; si no pude estar cerca de la *belle* Claire en vida, si no logré ser una madre presente y cariñosa, al menos compartiremos la eternidad de la muerte.

Sobre su lápida de piedra gris, ¡qué terriblemente frías son las lápidas!, hay un epitafio que Hugo le escribió. No quiero recordar las palabras exactas, pero sí las lágrimas que derramó por mi preciosa hija cuando redactaba cada línea. En sus *Contemplaciones* publicó dos espléndidos cantos fúnebres en la memoria de mi Claire queridísima. ¡Ay!, el llanto me impide seguir escribiendo. Voy a recostarme con la esperanza de quedarme dormida… y olvidar.

Todo se transfigura con tu sonrisa (1986)

En la mansión *style Empire* de Souzy-la-Briche, a cuarenta kilómetros de París, acostumbran pasar los fines de semana François, Anne y Mazarine, escoltados por Báltico, el labrador negro del presidente, a quien disfruta darle pequeños terrones de azúcar para consentirlo. Este fin de semana, a Zaza la acompaña una de sus dos mejores amigas, Virginie, con su peculiar humor chispeante.

Aquí, además de largos paseos por la campiña, disfrutan la privacidad. Poder estar en familia sin la tensión continua de ver expuesta, públicamente, la existencia de su hija ilegítima. Con una población de unos trescientos quince habitantes, todos parecen haberse puesto de acuerdo para mantener la secrecía. Y la propiedad está rodeada por altos muros que dificultan cualquier tipo de espionaje.

El antiguo dueño del castillo, dentro de un terreno de veinte hectáreas, el banquero Jean-Jacques Simon, se lo regaló al Estado para uso de los gobernantes en turno. Ahora la finca ha sido mejorada por el actual presidente, quien hizo agregar una cancha de tenis e instalaciones para equitación: Mazarine ama los caballos.

Anne se encuentra en la casa haciendo algo; imposible quedarse quieta. Es probable que lea la poesía del nigeriano Wole Soyinka, revise el ensayo que escribió para un catálogo de esculturas o dé las últimas instrucciones sobre el menú y el color de las flores para la mesa; le gustan los arreglos que conjuntan diversas y alegres tonalidades. A medio día llegará una querida visita. Mientras tanto, Virginie recorre los jardines, paseando entre los árboles frutales hasta llegar a la puerta blanca, en espera de que la clase de su amiga termine. El lugar que más le gusta es el estanque y la pequeña isla a la que se accede a través de un puente de madera; lo cruza una y otra vez, buscando patitos recién nacidos.

Mitterrand, junto al entrenador de su hija, Alexandre Gros, observa montar a la adolescente de doce años. Adora a su pura sangre de Turkmenistán, al que ha bautizado con el complicado nombre The Best of Ruère. Los dos hombres la miran sin emitir ruido alguno, fascinados. Gros anota aspectos en los que Mazarine debe mejorar o poner mayor esfuerzo. Para el mandatario, Zaza combina una natural elegancia con una firme manera de conducir. Domina al caballo, pero con la tranquilidad que se requiere.

De pronto, François se queda pensativo, pone su mano sobre el antebrazo del jinete experto y le pregunta algo que nada tiene que ver con la hípica:

—¿Cree usted, *monsieur*, que ella me quiere… mi hija?

—No lo quiere, ¡lo adora! —responde, sin dudar un instante.

Mitterrand sonríe, momentáneamente aliviado. ¿Cuántas veces se ha preguntado, en absoluto silencio, qué tanto daño le ha hecho a su hija vivir, junto con su madre, en un mundo de aislamiento y clandestinidad? ¿De qué manera le afecta no poder decir quién es su padre? A veces percibe su dolor, la confusión de Mazarine, pero prefiere no tocar el tema con ella… ni con nadie. Bien sabe que no habría solución posible: la política sigue siendo su prioridad.

Años después, el mandatario ya muerto, Mazarine afirmará en una entrevista: "No hay nada peor que ser un agente secreto, sin identidad. Esto crea una gran cantidad de neurosis. Inconscientemente, tener que callar se asocia con esconder algo vergonzoso". Y escribirá en alguna de sus novelas: "Yo misma soy una pequeña mentira corriendo por el patio de la escuela".

Un guardia de seguridad aparece de la nada, anunciando que llegó el invitado. El presidente ni siquiera se mueve.

"Avísenle a *madame* Pingeot", aclara. "Es su comensal, no el mío".

Dos minutos después, Anne recibe a su amigo de tantos años, *monsieur* Clavel, quien entra al castillo cargando una botella de Chateaux Lascombes Margaux. Con algunos años de más, conserva el destello de sus insondables ojos verdes, casi azules, que siempre cuestionan.

—*Merci, mon cher* —le dice ella, entregando la botella a un asistente y señalándole la terraza, donde dos copas de *champagne* bien frío, los esperan—. ¿Vienes?

—¿Y *monsieur le président* nos acompañará? —pregunta Alexis.

—*Mais oui* —aclara—, pero está con Zaza, supervisando las lecciones de equitación. Le encanta acompañarla cada vez que puede. Ya sabes, continúan con su ritual nocturno, con su momento sagrado. De muy pequeña le leía cuentos infantiles, ahora les ha dado por cantar o por darle las gracias al sol, a la luna, a los árboles…

—Por cierto, también le traje un regalo a tu hija: un par de libros. ¿Dónde los dejo?

—Le van a encantar —responde Anne, recibiendo el paquete.

—Lo sé. Te he extrañado —afirma, sentándose al lado de la anfitriona—. Antes nos separaba algo que no sé definir. Ahora nos distancia el poder del padre de tu hija. La manera en la que maneja su vida privada. Cómo te controla… —no acaba de decir esa palabra, cuando ya está arrepentido.

—No me controla. Bueno… —lo defiende—. En todo caso, la responsabilidad es mía.

—*Oui, je sais*. Dime, ¿eres feliz? En realidad, es lo único que importa —le da un primer trago al Brut Imperial—. ¡Salud, *ma chérie*!

—Sí que vas al grano… —afirma ella, levantando su copa.

—Aprovecho el poco tiempo en que nadie nos escucha.

—Suficientemente feliz —confiesa Anne, poniéndose sus lentes oscuros. El sol acaba de asomarse, burlando a las nubes—. Aunque primero habría que definir qué es la felicidad. No soy idiota y él nunca me ha engañado: siempre supe que no se divorciaría pues, aunque ha querido ocultarlo, es un verdadero burgués educado por jesuitas, para quien el divorcio es un sacrilegio. Hugo, ya sabes, mi eterno tema de Hugo y Juliette siempre me acosa, no dejó a su esposa pues el divorcio se abolió en 1816. François no dejará a la suya porque fue formado por una familia conservadora. ¡Con decirte que el libro de cabecera de su mamá era la Biblia! Y eligieron su nombre en honor de san Francisco de Asís.

—*Incroyable*! Pero sí, hay rumores de que nuestro presidente, que presume ser de izquierda, viene de una familia de derecha, católica…

Alexis omite las sospechas de que, incluso, colaboró con Pétain; de ahí la famosa foto que sus enemigos sacaron a la luz, en la que se estrechan la mano. Y de su amistad con René Bousquet, el antiguo jefe de policía del régimen de Vichy y principal acusado por la redada del Velódromo de Invierno. Más reclamos todavía: acomodar sus ideales a conveniencia, su indeterminación durante la guerra, haber dejado que los independentistas argelinos fuesen guillotinados y que su postura política más clara haya sido el oportunismo. Eso sí, le reconocen una tenacidad a prueba de cualquier derrota (tuvo muchas durante su recorrido hacia la presidencia, incluso, un atentado del que salió indemne), su capacidad de orador (cuando toma la palabra, es imposible no dejarse llevar por su elocuencia, su pasión; difícil no creerle y no dejarse convencer), el hecho de que jamás juzga con severidad y que es un hombre que aprovecha la adversidad para nutrirse.

—Como yo. En el fondo, su pasado lo une más a mí que a Danielle, quien es realmente liberal y laica. En la casa familiar de François, y en la mía, en la mesa no se podía hablar de dinero ni criticar a nadie. Había temas vetados… *Bon*! A las mujeres nos prohibían usar pantalones… Ya sabes, igual que todas las familias de la burguesía provincial.

—Tú hubieses sido su esposa ideal.

—Hubiese… Pero para que te quedes tranquilo, *mon ami*, mi elección ha sido libre y razonada.

—¿Crees posible razonar la pasión? —pregunta Alexis. Enseguida, propone—: No entremos en temas filosóficos, querida. Tu hombre es un "encantador" profesional; nos ha seducido a todos los franceses, así que no te culpo. Respeto tu vida. Sólo te extraño. Estar cerca de ti se ha convertido en misión imposible. Si no me hubieras invitado hoy…

—¡Falso! Simplemente no te da la gana buscarme.

—Acercarse al edificio de Quai Branly no es tarea sencilla. Los franceses somos maravillosos: se murmura que el verdadero domicilio familiar de nuestro presidente no está en el Palais de l'Élysée ni en la *rue* de Bièvre, que a donde llega a dormir a diario, es a tu lado y, sin embargo, nadie lo dice en voz alta, nadie lo juzga. ¡No cabe duda de que Francia es elástica! Además, el otro día fui a verte…

—¿Cuándo? —interrumpe—. ¿Por qué no me avisaste?

—Olvidé decirte. Toqué, pregunté por ti y me dijeron que ahí no vivía nadie de apellido Pingeot.

—¡Siempre andas en la luna! Te dije que el nombre que aparece en mi buzón es el de Laurence Soudet, la colaboradora de François, pero todo se te olvida.

—Lo que sí no puedo creer, por favor dime que no es cierto, es que *monsieur le président*, a quien considero un hombre inteligente, consulta a esta astróloga, la que salía en ese programa de Antenne 2 y que antes fue actriz y modelo. ¿Cómo se llama?

—Élizabeth Teissier. ¡Ni me hables de ella! Pues sí, *merde*. A veces la manda llamar al Elíseo. Me parece una estupidez y se lo he dicho, pero insiste en consultarla para asuntos de su salud, fechas convenientes para dar discursos, firmar tratados

174

y esas cosas. Es una tontería. Y no me hace caso, ya sabes: es un hombre tan necio…

El mesero se ha detenido junto a la puerta. Al escuchar la conversación, no se ha atrevido a entrar, pero en cuanto los amigos se callan, da unos pasos hacia delante con una charola de plata que les obsequia dátiles rellenos de queso de cabra y canapés de *foie* y uvas.

—¡Uy! Sí que has evolucionado. Antes, lo que más gozabas era un simple *croque monsieur* —exclama Alexis, guiñándole el ojo al tiempo que degusta un dátil.

Anne ríe con una risa fresca, espontánea, sin compromisos. Por eso ama a su amigo: la confronta, la hace aterrizar una y otra vez. Le impide olvidar lo que de verdad importa: el amor, el arte, la familia, la vida sencilla. Aunque siempre llega ese momento de la conversación en el que ella trata de huir, de discutir mejor sobre el tema que los une: su pasión por la escultura y la pintura. La mujer, entonces, le platica detalles del nuevo museo que, si todo sale como debe, será inaugurado en diciembre de este año. Alexis forma parte de los curadores, pero no está enterado de la totalidad de la obra.

—Una locura transformar la enorme estación de ferrocarriles para recibir cuadros y esculturas. Ese proyecto existe, en gran parte, gracias a ti —reconoce él, probando el *foie gras* no sin antes quitarle la uva. Las uvas sólo le gustan encerradas en una botella, formando parte de un buen vino.

—Adaptarlo fue el más grande desafío, ¡y respetando la arquitectura original de Laloux! Ahora, poco a poco las piezas están siendo trasladadas desde el Louvre. Parece que no terminaremos nunca. Llevo metida en esto casi trece años.

Cuando termina su copa de *champagne*, el viejo amigo insiste en desafiarla:

—Dime le verdad, Anne *chérie*, ¿en serio eres feliz en la sombra, medio borrada, escondida?

—Nunca quise, y lo sabes, estar en los reflectores. ¡Cuánto me gustaría ser transparente! Me enamoré igual que todas las mujeres del mundo que se enamoran de manera sincera. No busco ni la fama ni el dinero ni el poder. Si por mí fuera, François y yo viviríamos en santa paz, aislados, tal vez en algún pequeño pueblo de Normandie.

—¿Como cuando Juliette huyó con Victor Hugo a esa isla inglesa? ¿Ves?, a mí tampoco se me olvida tu obsesión por esa historia.

—¡Exacto! En Guernesey fueron muy felices, sobre todo los últimos años pues Adèle ya había muerto y Hugo era un habitante más del pueblo costero, célebre, eso sí, pero casi ignorado, que adoraba dar grandes paseos en la playa acompañado por sus perros Cassis o Sénat, bañarse en el mar y hasta montar a caballo —responde Anne—. ¿Quieres otra copa de *champagne*? —pregunta, tratando de cambiar de tema.

—¿Te sabes hasta el nombre del perro? *Mon Dieu*. Quiero todas las copas disponibles. Estoy de luto, recuerda.

—Cierto, querido. No sabes cuánto lamento la muerte de Dominique. La única mujer con la que quisiste comprometerte —asiente, quitándose los lentes oscuros para que Alexis pueda ver sus ojos.

—La vida es irónica, por eso hay que ser flexible, recibir las cosas como vienen, vivir el momento. Yo creo que el día en que dije: "¡Ésta es la mujer de mi vida!", Dios me estaba escuchando y decidió castigarme.

—Acepta que te lo merecías un poco. Hiciste pedazos a todas las mujeres que pasaron por tu existencia —afirma la amante del presidente, recurriendo a su cuota de humor negro del día.

—Menos a ella…

—Dominique se hizo mierda sola: exceso de tabaco y alcohol no fue una sabia decisión.

—¿Y tu decisión, ser la amada de un hombre casado, tan famoso que "solamente" dirige el destino de este país, ha sido más inteligente? Eres la mujer mejor escondida de Francia… —sentencia Alexis bajando la voz, aunque antes de terminar la frase, comienza a arrepentirse. No se explica por qué la noticia de que el mandatario tiene una amante permanente no ha salido en todos lados. Supone que hay un tipo de pacto tácito entre los medios de difusión y la presidencia de la República. Una tolerancia conveniente para ambas partes. Además, es cierto que los ciudadanos franceses siempre han sido respetuosos de la vida íntima de los demás. En realidad, a nadie le importa quién se acuesta con quién. Y sí, tal vez haya algunos rumores, pero en eso se quedan.

Anne toma un trago del *champagne* que acaba de servir, respira profundo y responde:

—No sabes cuántas veces hemos discutido el tema de nuestra relación. Fácil... no ha sido. Nada fácil. No sabes en cuántas ocasiones he tratado de dejarlo ni cuántas he tenido que ocultarme, a mí misma, una enorme frustración. Cuántas veces nuestros puntos de vista han terminado en un intercambio de gritos. De intolerancia. De acusaciones. De "ya no puedo más".

Recuerda que hace apenas un mes, debatieron de manera bastante violenta en la casa familiar de los Pingeot, en Hossegor. Cecchino leía, muy cómodo, recostado en una *chaise-longue* con vista al lago. Anne ni siquiera se acuerda del motivo de la pelea, pero sí le queda claro que se levantó furiosa en el momento en que su hermano llegaba. Se subió al coche y le dijo: "¡Arranca! ¡Vámonos!". Atrás del auto corría el presidente de Francia, tratando de alcanzarlos y dando manotazos en la cajuela. El pobre hermano estaba nerviosísimo, sin saber si hacerle caso a Anne y acelerar, u obedecer al mandatario y frenar. "*Arretez-vous!*", oía la voz que tantas veces había escuchado en los discursos oficiales.

—Imagino que el "ya no puedo más" siempre es tuyo —la voz de Alexis la regresa al aquí y ahora.

—La verdad es que por más que me enoje, **todo se transfigura cuando me sonríe** o cuando veo cómo mira a Mazarine y de qué manera mi hija le regresa la mirada. Para Zaza, su padre lo es todo. ¡No sabes lo bien que se llevan, lo mucho que se complementan! Lo simplifico: a mi vida nunca ha llegado nadie tan interesante, tan fascinante. A quien admire como lo admiro a él.

—¿Recuerdas cuando casi te casas con ese ingeniero…? ¿Cómo se llamaba?

—No quiero ni pensarlo. A quien necesito a mi lado el resto de mi vida es a Cecchino. Me queda muy claro.

—Y él te adora. Además, está en la posición privilegiada: tiene lo mejor de todos los mundos. No sacrifica nada…

—¿Quién sacrifica qué? —pregunta Mitterrand al llegar repentinamente a la terraza. Y, sin esperar respuesta, agrega de manera bastante fría—: Bienvenido, *monsieur* Clavel; es un placer recibirlo. Querida, Zaza se está duchando y Virginie la espera en su habitación, pero no creo que se molesten si comenzamos a comer. ¡Muero de hambre! ¿Le encargaste a *madame* Delpeuch mis ostras de Marennes y la col rellena de salmón? Creo que tengo más antojo que otra cosa. ¿Pasamos?

Anne asiente con un movimiento de cabeza al tiempo que se levanta y se acerca a Cecchino. Se toman de la mano y juntos, después de indicarle a Alexis que los siga, entran al comedor donde la mesa, sencilla pero elegante, con un arreglo de flores naranjas, violetas y amarillas, ya los espera.

Juliette y Hugo también discutieron muchas veces. Más de las que podían contar. Ella intentó dejarlo otras tantas. Ambos sufrían de celos patológicos. Cuántas veces Hugo le gritó: "¡Me perteneces!". Cuando las peleas eran incontrolables, la mujer se refugiaba en casa de su hermana, en Bretaña. Su amante le enviaba una carta y la convencía de volver: "Mi Juju, nuestro amor es más fuerte que todo. Regresa, te lo suplico. Si regresas, te prometo romper mi relación con Léonie". Su hermana, al pasar junto a la habitación donde la alojaba, la escuchaba rezar y se daba cuenta de que la pobre Juliette era un caso perdido: "Dios mío, no quiero ver sufrir por mi culpa al hombre que amo más que a la vida, más que a la felicidad y a las santas alegrías del paraíso. Déjalo ser feliz con otra mujer antes que infeliz conmigo, oh, mi Dios".

El poeta siempre la convencía de volver a su lado, ocasión tras ocasión, con un juramento distinto: garantizándole actuar como un verdadero padre para su hija Claire, pagando sus múltiples deudas, ofreciéndole jamás abandonarla, invitándola a cada uno de sus viajes, asegurándole que siempre sería su segunda esposa. Y tras su promesa, una nueva amante: actrices de teatro, cortesanas, *grisettes*, modistas… hasta obreras. El escritor llevaba la cuenta de cada una de sus conquistas. En castellano, para que nadie pudiera entender, escribía sus particularidades o cualquier cosa que no quisiera olvidar de la dama. A los nueve años, cuando su padre era gobernador militar de Madrid, había sido alumno del Colegio de San Antón, en la capital española, y desde ese entonces masticaba bien la lengua de Cervantes. De hecho, Esmeralda, el personaje de *Nuestra Señora de París*, canta en español. En su libreta secreta, también usaba palabras en latín, abreviaciones y claves que sólo él entendía: *campana* significaba masturbación; *las dos Suizas*, los senos; *osc*, hacer el amor; *estufa*, vello púbico.

Coqueto por naturaleza, por convicción y necesidad, una de sus últimas conquistas fue Blanche-Marie-Zélia, de tan sólo veintitrés años, a quien Hugo bautizó como Alba, para esconder su identidad. "Alba. Peligro. Aguardarse. No quiero nada malo para ella ni para la que tiene mi corazón", escribió en un defectuoso castellano. Era la "fiel" sirvienta y acompañante de Juliette quien, el día que interceptó el correo de su doméstica y se enteró de ese cruel amorío, huyó, esta vez a Bruselas. Nuevamente el escritor la convenció de volver. En cuanto Juju llegó, corrió a su protegida: la mandó de regreso a París. Hugo la vio alejarse; entristecido, sólo asentó en su cuaderno secreto: "A las once se ha *disparecido* el vapor".

179

Poco tiempo después, le escribió poemas a Marie Mercier, la criada de cámara de su nuera Alice, y a Judith, hija del escritor Théophile Gautier: "El día sin noche, es usted; el amor sin fin, eres tú".

De las domésticas que pasaron por su lecho, ni siquiera anotaba los apellidos. Sólo en Guernesey fueron Fanny, Eva, Constance, Rosalie, Julia. "Visto y tomado Julia": deja constancia, en español, sobre una de las páginas de su famoso cuaderno.

Se enloquecía con las mujeres jóvenes, vitales. Un poco hechiceras. Eso sí, jamás dejaba de pensar en Juju, a quien idolatraba: de ella, admiraba sus sabios consejos y su inteligencia. Su infinita lealtad.

Juliette se rinde. Acepta que "cada uno, por nuestro lado, tenemos un mal incurable". En junio de 1878, la mujer cree encontrar la única solución posible cuando Hugo es víctima de una congestión cerebral y el médico le recomienda: es imprescindible que renuncie a los placeres de la carne.

Sin embargo, en sus notas íntimas aparecen más nombres en la lista: Jeanne Essler, Adèle Gallois, Alice Ozy, la mismísima Sarah Bernhardt... Y ya de regreso a su querida patria, después del exilio, otra vez Blanche, a la que le renta un pequeño y encantador apartamento en el *quai* de la Tournelle.

Juju continúa adorándolo; a pesar de su salud menguada, los varios kilos de más y su edad, ejerce como ama de casa, recibiendo a diario a personas importantes a la hora de la comida o la cena. Como anfitriona, se desenvuelve de maravilla; es amable, discreta y los hace sentir en confianza. Siempre hay doce o catorce invitados, jamás trece, quienes degustan *turbot* con salsa *mousseline*, filete de res o pollo, paté de *foie gras* y helado. También, junto con Richard Lesclide, el secretario de Hugo, sigue asistiéndolo con su obra literaria.

Medio siglo duró ese amor atormentado e intenso desde que conoció al gran poeta. Sólo Juliette sabe por qué soportó tanto... y tantos años. En sus miles de cartas dirigidas a

Hugo, y en los fragmentos de un diario perdido, Anne ha ido encontrando, poco a poco, algunas de sus explicaciones.

Por su parte, *madame* Pingeot ya llegó a esa etapa de su vida en que posee una particular certeza: mientras la salud de su François lo permita, seguirá siempre a su lado.

Creo que a partir de ahora seré alérgico a tu ausencia (1990)

Anne se entera de que, desde 1927, la familia de Victor Hugo donó la casa de la isla de Guernesey a la ciudad de París. Y sí, aunque es una mujer que prefiere la discreción, mueve algunos hilos para visitarla; es obvio que el presidente hace los arreglos necesarios. Junto con la escultura del siglo XIX, la vida de Juliette Drouet ha sido un tema constante y obsesivo en su propia historia. Ha recurrido a la amante de Hugo, una y otra vez, en un intento por entenderse a sí misma. Por descifrar el misterio de un amor sin salida. De una relación que parece inclinarse solamente a un lado de la balanza.

En 2008 el gobierno galo hará una enorme restauración del inmueble que ocupa la Agencia Consular de Francia en la isla y, en 2019, el magnate François Pinault donará tres millones de euros para renovar los interiores del museo, pero eso aún no sucede; habrá que esperar veintinueve años.

Élisabeth no pudo deshacer compromisos adquiridos y a Alexis ni siquiera le llama, resulta que ahora está enamoradísimo de una joven mexicana; ya hasta la hizo gerente de su tienda más importante, la de la *rue* Saint-Honoré. Conoció a Alma en Playa del Carmen y, además de su juventud y belleza latina, tiene un doctorado en restauración. Es extraño, pero Anne sigue sintiendo celos cada vez que su mejor amigo estrena amores. Por si fuera poco, a Cecchino no le gustaría que viajara con Alexis; siempre lo ha querido mantener a distancia. Ni siquiera Mazarine se anima a acompañarla; a sus dieciséis años, su hija parece mandarse sola, así que la mujer decide ir sin más compañía que una cámara fotográfica y dos o tres libros. Elige la fecha ideal y compra un boleto de tren París-Saint-Malo. Ahí, toma un ferry.

Anne se hospeda en un simpático hotel de seis habitaciones, estilo victoriano, cerca de la casa de Victor Hugo. Está al lado del puerto y tiene magníficas vistas al mar. En cuanto termina de desempacar, siente que se quita de encima esa carga que suministra la vida cotidiana: *Dodo-boulot-dodo*. Trabajar, ser madre de una adolescente y la amada del presidente de la República ocupa todo su tiempo: la estresa, la agota.

Abre la botella de *champagne* que el consulado le envió a su *suite*, junto con una canasta de frutas, y después de tomarse una primera copa, bien fría, se deja caer sobre la enorme cama. Liberada, observa el techo, de un blanco perfecto. ¡Cuánta falta le hacían unas vacaciones, totalmente sola, aunque fuesen breves!

Juliette también está en su lecho, recostada, todavía desnuda, con la piel que aún tiembla y su mirada fija en la bóveda de su habitación. Su deseo, antes en ebullición, ahora se ha sosegado. Tuvo un orgasmo tan placentero que, cuando se acuerda, un halo de electricidad recorre la columna vertebral, partiendo de su nuca hacia abajo. Abrir las piernas, aceptar el peso de su amante, sentir el miembro de Hugo penetrándola, saberse poseída, percibir el momento exacto en que él se vacía en ella, es el culmen de cada deseo. De cada sueño.

Toto acaba de despedirse. Se vistió sin prisas, le dio un beso en la frente y salió, cerrando la puerta con mucho cuidado; los vientos de esta isla suelen azotarla. Alguna vez tuvieron una agria discusión cuando la mujer pensó que Victor salía furioso, por quién sabe qué estúpida razón o sospecha.

Antes, los amantes hacían el amor con un apremio receloso. Con un ardor que no permitía pausas. A veces, Juju se sentía violada… pero eso le gustaba, alimentaba sus fantasías.

"*Mais, monsieur*, ¿qué hace? Si no lo conozco. No, por favor no me toque ahí. No, no. Su lengua. Ay…". Conseguía orgasmos de enorme intensidad. Ahora, la edad y los años que llevan juntos los han convertido en amantes que saben disfrutar la quietud, la tardanza del clímax que siempre llega, pero a su tiempo; dándose a desear.

Hugo, con la energía que inyecta el sexo, regresa a Hauteville House y sube al tercer piso de la casa que compró en mayo de 1856. En ese nivel, se construyó un *belvédère* con paredes y techo de cristal, así que la imponencia del mar a sus pies es magnética. Desde que llegó, contemplar el océano se ha convertido en una de sus actividades más frecuentes. Ya lo decía Shakespeare en alguna de sus obras.

—¿Qué piensa del exilio?
—Que será muy largo.
—¿Cómo planea llenarlo?
—Contemplaré el océano.

Frente al alto escritorio que se mandó fabricar para escribir de pie, como acostumbra, y junto a la estufa Louis XV de azulejos blancos que sólo enciende en los días muy fríos, redacta. Es lo que más disfruta: deslizar su pluma sobre una página nívea, tachonear, rayar. Crear. Imaginar mundos posibles e imposibles. Elegir personajes que hablen por él; que pronuncien en voz alta todo aquello de lo que está convencido. Usar la ficción para dejar por escrito sus más profundas certidumbres; sus más íntimas certezas. También dudas, miedos. Estremecimientos. Deseos inconfesables.

Suficientemente cerca, desde la casa La Fallue que Hugo paga para ella, Juliette logra observarlo a través de las paredes transparentes. Incluso, puede verlo desnudo cada mañana a la hora de su *toilette*, una vez que el hombre se despoja de su vestimenta roja, de noche. Le escribe: "Te acabo de observar en tu gran uniforme de Adán, y debo confesarte que ese atuendo te queda de maravilla", o bien: "Hoy no te he visto en tu *négligé* de Tritón".

De hecho, cualquiera que pase por ahí logra percibirlo sin ropa y el escritor hasta parece disfrutar ese exhibicionismo. El novelista se echa una cubeta de agua fría y se fricciona de manera enérgica con un guante de crin. Terminando, se pone una bata, bebe una taza de café y se traga dos huevos crudos. Mientras el ilustre exiliado se muestra al pueblo entero, Juliette sigue las órdenes eternas de pasar desapercibida. Mientras ella envejece, él parece tener cada vez más fuerza. Mientras el rostro femenino gana en palidez marmórea, el de Hugo continúa rozagante. Ni el paso del tiempo lo ha hecho prescindir de su natural galanura. Se perfuma a diario y acostumbra a vestirse como la moda sugiere. ¡Y continúa siendo un comedor insaciable!

La cita en la casa del laureado escritor es al día siguiente y Anne se siente exhausta. Aun así, está emocionada. Lleva tantos años leyendo sobre la pareja, sobre su vida cotidiana en Guernesey, entre otros pasajes, que ya le urge recorrer las habitaciones, imaginar sus pláticas, cada escena.

Al *room service* ordena un simple sándwich de jamón, queso y tomates junto con una jarra de infusión: *nightly calm*, le proponen; tiene pasiflora y valeriana.

En cuanto amanece, después de una ducha tibia, casi fría, que le contagia vigor, *madame* Pingeot se viste de manera cómoda, con ropa holgada, zapatos bajos, y sale hacia su reunión con la cónsul francesa, encargada de recibirla en el número 38 de Hauteville *street*.

Las empinadas calles de la isla son de adoquines. Las paredes, de piedra. Los escalones, muchos escalones, de pedruscos o guijarros. Hay algunos invadidos de líquenes, por lo que se obliga a pisar con precaución. El paisaje la regresa cien años en la historia; hasta los habitantes parecen pertenecer al siglo pasado. Muchos hablan inglés, pero también una extraña variante del normando. El particular graznido de las gaviotas junto con el golpeteo de las olas en las embarcaciones es lo único que escucha durante su paso frente a los muelles.

Llega: un atrio con dos medallones de Victor Hugo y su hija Adèle le da la bienvenida. Recuerda los retratos de François y Mazarine, de un pintor checo, que adornan el salón de su casa de Gordes. ¡Es impresionante la manera en la que su hija y su amante se parecen! Pero ahora Anne está parada en un porche gótico, inspirado en la novela *Notre-Dame de Paris*. Siente un palpitar más emocionado de lo normal, como en otra frecuencia. Diecinueve años pasó el famoso exiliado en este lugar, piensa. Aquí sufrió, gozó, amó, escribió cientos de páginas.

Entra. La recibe un *hall* donde el tapiz de sedas chinas, con flores exóticas, ramas y pájaros, que cubre las paredes, se extiende al techo. También la sonrisa comprometida de su anfitriona que no deja de hablar: este corredor, llamado Faïence, da al jardín. Sea tan amable en observar la colección de *platters, plates and pots* que decoran o, más bien, abarrotan el pasillo, dice en inglés, emitiendo una risilla ridícula. Como puede ver, hay varias inscripciones en latín en paredes y techos; por ejemplo, ésta: *Absentes adsunt* siginifica "Los ausentes están presentes"; es un homenaje a todos sus muertos. Un aroma a madera húmeda pasea por las habitaciones. Y también un ligero, casi imperceptible, tufo ahumado. Por favor no toque esa tapicería, es de Aubusson, muy delicada.

Diez minutos después, al darse cuenta de que su importante visita, la reconocida museógrafa, ni siquiera la escucha, la cónsul honoraria le propone quedarse en silencio y sólo guiarla a través de las diferentes instalaciones. *Dear madame*, pregúnteme lo que guste y le contestaré; mientras tanto, la dejo hacer el recorrido a su ritmo, ofrece. O si prefiere quedarse sola… insinúa. Anne acepta enseguida, aliviada. La compañía de esta mujer demasiado alta, cuya boca parece escupir frases a dos mil kilómetros por hora, la mitad de ellas en inglés, la ha puesto un poco tensa. Además, sin su presencia, podrá atreverse a tocar lo que, bien sabe, fue tantas veces tocado por Hugo y por la propia Juliette: gobelinos, paredes, sábanas, mesas, adornos. ¡Si los objetos pudieran contar aquello que escucharon, que presenciaron desde su quietud ineludible!

En contraste con la luminosidad de afuera, los interiores tienen poca luz: las paredes, las escaleras centrales y el piso son de madera oscura. A la derecha se encuentra la habitación del billar; al poeta le pareció imprescindible tener un lugar para el entretenimiento de su familia. Anne toma algunas fotografías. Aunque es una mujer que controla sus emociones, siente su corazón jubiloso: el contacto tan cercano con sus personajes favoritos de la historia, la conmueve.

Justo después, camina hacia el estudio que el escritor tenía en la planta baja, para admirar una enorme chimenea que preside el cuarto de los gobelinos; cuando los Hugo compraron la casa, esta habitación solía ser una cocina. La mujer se acerca a la chimenea como si se estuviera aproximando a un objeto sagrado: madera de piso a techo, labrada con un exquisito trabajo. Piensa en Alexis: le encantaría. Mira sobre su hombro para garantizarse que nadie la observe, entonces, toca cada veta con sus dedos entusiasmados. Un ligero polvillo pinta sus yemas. También hay un largo sofá cubierto por tapetes turcos y, de las paredes, cuelgan tapices con motivos de la naturaleza: álamos, robles, palmeras. Un pavorreal albino, grullas y cotorras multicolores. Sus hijos se burlaron: ¡*Mon Dieu*, querido padre, parece que estamos en la selva! Aquí instalan a los recién llegados, en espera de que el escritor los reciba. Lo han visitado desde el continente, entre otros, sus grandes amigos Dumas y Vacquerie.

¡Cómo le gustaría a Anne escuchar sus conversaciones, ser testigo de alguna escena de amor entre el poeta y su amante, presenciar los mejores trazos de su vida cotidiana!

Ahora mismo, mientras la museógrafa recorre el comedor con las paredes cubiertas de interesantes azulejos, Hugo está en el estudio de abajo, a puerta cerrada, redactando una carta que le hará llegar a Juliette. Sabe bien que su querida no puede pasar mucho tiempo sin recibir noticias.

Cada vez que su mirada va de la página hacia las ventanas, Victor disfruta lo que el paisaje ofrece: en un primer plano, su jardín repleto de verdes: árboles frutales, setos de camelias, un par de exóticos magueyes. Al centro, la fuente que mandó traer de París. También brotan lilas y azaleas. Un jardín con idéntica flora aparece en la *rue* Plumet, en *Los miserables*. En segundo plano, está el océano que parece infinito, salpicado de pequeños islotes. Durante los días muy claros, la costa francesa se vislumbra a la distancia. ¡Su patria adorada!

"Te amo, mi pobre angelito, bien lo sabes, y sin embargo quieres que te lo escriba. Tienes razón. Hay que amarse y luego hay que decírselo, y luego hay que escribírselo, y luego hay que besarse en los labios, en los ojos, en todas partes. Tú eres mi adorada Juju…", redacta, pero las risas de sus hijos al entrar a la habitación del billar lo sacan de su ensimismamiento. Llegaron acompañados de amigos y ya vienen con algunas copas. Aunque lo interrumpan, se alegra. Le gusta saber a Charles y a François-Victor felices. Hace pocos meses perdieron a su madre y si bien los dos rozan la cuarentena, la presencia de Adèle todavía les hace falta. ¡En cambio a él la ausencia de su esposa le ha dado tanta paz! Por lo pronto, ha podido ofrecerle a Juliette un rol que ella siempre quiso, más oficial, más presente.

"Cuando estoy triste pienso en ti, como en invierno se piensa en el sol, y cuando estoy alegre pienso en ti, como a pleno sol se piensa en la sombra". Hugo hace una pausa. Vuelve a observar el mar. Cuánta inspiración encuentra en la constante oscilación de sus olas, en los cambiantes tonos que van de un turquesa muy claro hasta un azul tan profundo, que se asemeja al negro. "Bien puedes ver que te quiero con toda mi alma. Tienes el aire juvenil de una niña, y el aire sabio de una madre, y así te envuelvo con todos estos amores a un tiempo".

De pronto, sus ansias de gozo lo hacen atreverse a escribir: "Cógeme, ahorita, en toda la acepción de la palabra".

Después de terminar la carta a Juliette, responderá aquéllas de agradecimiento. Aún en territorio británico, continúa sus luchas. Gracias a su intervención, logró salvar la vida de seis nacionalistas irlandeses condenados a muerte. Hugo también intentó salvar la vida del bélico abolicionista John Brown, que buscaba la libertad de los esclavos de Estados Unidos, pero no lo consiguió: Brown fue colgado. El escritor vio, en este injusto hecho, la cercanía de una guerra civil: no estaba equivocado.

¿Otro ejemplo? Desde Jersey lanzó un apasionante discurso en apoyo a Garibaldi, a quien consideraba un héroe. Asimismo, manifestó su amplio apoyo a los habitantes de la lejana ciudad de Puebla, en México, que fue sitiada por la Armada Imperial francesa. A su Juju le confesó que en realidad la causa no le procuraba mayor simpatía, pero era la excusa para mostrar, una vez más, su oposición a Napoleón III.

También suplicó por la vida del archiduque Maximiliano de Habsburgo. Desde este mismo escritorio redactó una carta al ciudadano Presidente de la República Mexicana, Benito Juárez. "Acabáis de abatir las monarquías con la democracia. Les habéis demostrado su poder, ahora mostrad su belleza. Después del rayo mostrad la aurora. Al cesarismo que masacra, oponed la República que deja vivir. A las monarquías que usurpan y exterminan, oponed al pueblo que reina y se modera. A los bárbaros, mostrad la civilización. A los déspotas, mostrad los principios". Continuaba: "Que el mundo vea esta cosa prodigiosa: la República tiene en su poder a su asesino, un emperador; en el momento de aniquilarlo, descubre que es un hombre, lo deja en libertad y le dice: Eres del pueblo como los otros. ¡Vete!".

Más de tres páginas que fueron ignoradas o, según insinúa la historia, no llegaron a tiempo a su destinatario. La pluma de Hugo, apasionada, insistía: "Que el violador de los principios sea salvaguardado por un principio. Que tenga esta dicha y esta vergüenza. Que el perseguidor del derecho sea protegido por el derecho". Sin embargo, los argumentos, vestidos por una bella y enérgica prosa, no consiguieron su objetivo: Maximiliano fue fusilado en el Cerro de las Campanas el 19 de junio de 1867.

Ahora las voces masculinas canturrean. Victor abre la puerta para unirse a la diversión. Sólo está Charles acompañado por tres amigos: un escocés, un inglés y un belga. Es el nacido en Inverness quien, sentado frente al piano que el escritor mandó traer especialmente para su atormentada hija Adèle, toca una melodía gaélica de moda. Los demás intentan cantar, aunque no conocen bien la letra. Se dice: "*An ataireachd ard*", los regaña. "Si no saben mi idioma, mejor quédense callados: *Dùn do chab!*". El belga no se deja intimidar: "No ladres. *English, please, ou français*", exige, golpeando el piano con la palma abierta. Ríen. En la mesa hay una caja de puros y dos o tres licoreras. El poeta saluda, se sirve un *armagnac*, enciende su pipa y se acerca al cuarteto musical. Charles le da dos besos en cada mejilla. ¡Cuánto quiere y admira a su viejo padre!

¡Ay, el piano de Adèle! Hugo no ha querido quitarlo pero, cada vez que lo ve, recuerda a su querida hija a quien la locura cegó. Siempre fue un ser sensible, frágil. Demasiado nerviosa que, mientras vivió aquí, no hacía más que apagarse. Sí, se entretenía componiendo melodías en el piano, varias inspiradas en la obra de su padre; cantos del *Crepúsculo* e incluso, una en honor al pequeño Gavroche Thénardier, aquel personaje de la novela que redactaba. En algún lado guardó las partituras. Habrá que buscarlas, piensa el novelista. También bordaba, aprendía inglés o cuidaba las flores del jardín, pero siempre con una mirada ausente, quebrantada.

Juliette se lo advirtió varias veces: "La menor de tus hijas no es feliz, es demasiado melancólica. Tienes que ocuparte de ella. No puede con el peso de ser la hijita del ilustre poeta". No la escuchó y ya es demasiado tarde: hace un tiempo se escapó de esta casa, robándose las joyas de su madre. Huyó a Halifax. A los treinta y tres años se había enamorado ciegamente, sí, de manera estúpida, del teniente Alfred Andrew Pinson, un imbécil soldado inglés que jamás le correspondió y a quien la hija del escritor acosaba. Cuando mandaron al militar a Canadá, fue tras él y allá vive sola, casi siempre encerrada en un cuarto que renta gracias a la manutención mensual que le envía el renombrado intelectual. La única actividad: escribir en su diario e imaginar una historia de amor imposible. ¿Será que los amores imposibles son los únicos que valen la pena?

El primer encuentro del escritor con la demencia fue a través de su propio hermano. El pobre Eugène también estaba enamorado de Adèle Foucher y el día en que Victor se "la robó", para casarse con ella, fue tan grande su desesperación, que acabó desquiciado. El trastorno ameritó que lo internaran en Charenton. A él le dedica Victor *Las voces interiores*.

"¿Qué tal una partida de billar o un juego de cartas?", propone *monsieur* Hugo, para espantarse los fantasmas que lo acosan. Además, resulta evidente que el escocés no tiene idea de las notas y los otros únicamente desafinan.

La señorita cónsul despide a la mujer con una amable sonrisa. *Madame* Pingeot se quedó en la casa casi cuatro horas tomando notas y algunas fotografías; no demasiadas. Muchas horas de tensión para la anfitriona mitad inglesa y mitad francesa. ¡Qué mujer tan seria, fría y lejana!, piensa. Pero cuando ya casi respira, aliviada, a punto de cerrar la puerta, Anne le hace una pregunta:

—¿Todavía existe el famoso árbol, "el roble republicano"?

—Sabe usted bastante de la vida del poeta.

—*En effet*. He leído mucho sobre Victor Hugo —responde, un tanto seca pero, en el fondo, estremecida por la profunda emoción de haber recorrido los pasajes de la historia que desde hace años la han conmovido e intrigado.

—Acompáñeme, *please* —le pide, dirigiéndose al fondo del jardín.

Ahí, sobre un césped que crece de manera un tanto salvaje, se encumbra un enorme árbol plantado en una ceremonia que Hugo ideó. El 14 de julio de 1870, el célebre escritor invitó a amigos y familiares. Compró varias botellas del mejor *champagne* disponible en Guernesey y mandó preparar bocadillos. Su idea: que el roble simbolizara la Unión de Estados de Europa. El árbol crecería a la par que la ruta hacia la unión de las naciones europeas: de manera lenta pero firme. Esta idea ya la había expresado en su obra *Le Rhin* y en el prefacio de su pieza de teatro, *Les Burgraves*.

Hugo viste un traje de tres piezas de un gris que acaricia al color negro. No lleva corbatín. El chaleco casi le llega a la garganta; por lo tanto, de su camisa impoluta sólo se distingue el cuello recién planchado. La camisa también se asoma por las mangas de su saco, curiosa, desde una franja de cuatro centímetros. La blancura refleja la luz de un sol que hoy decidió salir, pleno.

El poeta, con su pañuelo, se quita unas ligeras gotas de sudor que emanaron hace rato en su frente, cuando hizo el esfuerzo de cavar un hoyo con la pala para, enseguida, plantar el árbol. Sus hijos tuvieron que ayudarle; él ya no tiene la fortaleza que antes poseía. ¡Y eso que de vez en vez acostumbra nadar en el mar, venciendo la fuerza de las olas y la fría temperatura de sus aguas! Ahora levanta la copa de *champagne*, mientras todos lo imitan.

—Brindemos para que muy pronto no existan más fronteras en Europa. No más aduanas.

—¡Salud!

—Por una sola moneda continental que reemplace las absurdas variedades monetarias de hoy.

—¡Salud!

—Porque los europeos podamos ir y venir libremente.

—¡Salud!

—Por la libertad de asociación, libertad de poseer, libertad de enseñar, libertad de expresarse, libertad de escribir, libertad de pensar, libertad de creer… libertad de amar —asevera, con la mirada fija en el rostro de Juliette.

—¡Salud!

—En fin, por una Europa amalgamada. Por un continente en el que todos los países marchen hacia los mismos objetivos. Por una Europa grandiosa con una asamblea continental electa por sufragio universal… eso sí, cuya sede esté en París —guiña un ojo.

—¡Salud!

—Y llegó el momento anhelado —ordena—: Que circule la comida, también unida. ¡Prueben de todo! No le hagan el feo a ninguna nación.

Dos meseros, y la propia gente de servicio de la casa, pasan ofreciendo bocadillos alemanes, italianos, ingleses, españoles y, claro, galos. Cada charola está decorada con una pequeña bandera. Hay vino del Rin y del Véneto. Cerveza hecha en Gante y sidra de Galicia. Los invitados se agrupan en torno a Victor Hugo; el centro de atención. A Juliette se le ocurre pedir agua para regar el árbol recién plantado; si no crece frondoso y fuerte, tal vez la unión europea que tanto desea su amado, no se consiga nunca.

Anne se sienta en una banca para contemplar el árbol; para sentirlo. Quiere respirar el mismo aroma que sus cientos de hojas. Imposible no recordar al gigantesco encino de Latche a cuya sombra se refugiaban, hace mucho tiempo, François y ella. Enamorados. Le hace falta su Cecchino. ¡Ojalá hubiera podido acompañarla! Visitar, juntos, la casa de Hugo y después elegir un discreto restaurante con vista al mar. Brindar con vino blanco y, tal vez, probar el *ormer*, platillo local, o mejor irse a lo seguro: para él, la cubeta de mejillones; para ella, una buena sopa de cangrejos araña. Y después de admirar, tomados de la mano, la puesta de sol, compartir, como sólo ellos saben hacerlo, el lecho. Risas, bromas, saliva, lenguas que no pueden estar quietas, mordidas en el lugar preciso, caricias que prometen ser eternas. Guarecerse en un orgasmo que los conduce a un sitio indescriptible; el verdadero amor no puede ser retratado por un conjunto de palabras.

Dentro de dos años, su amante viajará a los Países Bajos en calidad de presidente de Francia, a la firma del Tratado de Maastricht, que marcará el inicio de la Unión Europea; su ambición desde 1982. ¡Si Victor Hugo hubiese podido asistir a la ceremonia, qué feliz habría sido! En la foto oficial aparecerá Mitterrand en primera fila, junto a la reina de los Países Bajos, justo al centro, portando un elegante traje gris Oxford que Anne eligió para él.

Pero eso *madame* Pingeot todavía no lo sabe, así que arropada por la sombra del árbol, saca de su bolsa una carta con las palabras que Cecchino le escribió antes de su partida: **"Creo que a partir de ahora seré alérgico a tu ausencia** y jamás me acostumbraré. Tú ausente y todo, siempre será un pretexto para sufrir. Me encuentro solo, como una repentina falta de aire. Mi Anne, mañana no te veré. ¿Lo puedes creer? Necesito fuerza para creerlo yo mismo. El amor se parece a una enfermedad: una mutación formidable. Sí, una revolución que se lleva consigo al ser mismo. La ausencia, para aquellos que se aman, —y yo te amo— es como una bestia viviente, con sus rabias y sus descansos, con sus hambres y sus angustias".

"Estaré triste sin ti. No he querido ver las fotos que me dejaste; mientras escribo esto todavía no estás ausente. Siempre me ahogo sin ti, sin *nosotros*. El cuerpo, el alma: ¿por cuál de los dos sube la asfixia? Nos veremos en cuatro días: ¡una eternidad! *Anne, mon amour, Nanour, Animour*".

Diario perdido (fragmento, 1878)

Ayer el pequeño Georges y la pequeña Jeanne bajaron corriendo, agitados, a pedirme que subiera al apartamento para visitar al abuelo, pues estaba en cama con un fuerte resfriado. Tú lo haces sonreír, dijeron. Mi corazón palpitó de emoción ante esas dulces palabras pues es precioso saberme necesitada. Lo que no comenté fue la razón de su enfermedad súbita: ayer su querido hijo Charles cumplió siete años de muerto. ¡Ya siete, aunque el tiempo no acaba de curar el dolor que su ausencia le provoca! Una apoplejía lo arrancó de nuestro lado y de los brazos de Alice, su esposa. Una noche lo esperábamos para cenar en el Café Bordeaux, cuando un hombre sin aliento y más pálido que esta hoja en la que ahora escribo, entró al restaurante para anunciarnos la tragedia. Mi *cher adoré* se refugió conmigo. "Amémonos frente a esta nueva y cruel prueba como ante el paraíso entreabierto", propuse. "Comprobemos la indisolubilidad de nuestras almas".

El fallecimiento de Charles dejó una joven viuda y dos inocentes huérfanos. Ella se convirtió en una tierna y encantadora hija para mi Toto. Bueno, desde que volvió a casarse hace apenas un año, la relación se ha enfriado. ¡Qué bien que mi pequeño gran hombre se quedó con la custodia de los niños! Son quienes iluminan su apartamento y su vida, *nuestra* vida. Hugo reprueba ese matrimonio; yo, como mujer, la entiendo, pues resulta tan difícil vivir con un lecho vacío.

Cuando nos trajeron el cadáver de Charles, justo el día de la insurrección de la Comuna de París, mi amado se dejó caer sobre él y lo llenó de besos, ante los desesperados sollozos de Alice. ¡Qué escena más triste y conmovedora! Y en ese momento no podíamos vaticinar que dos años después, la tuberculosis, agravada por una neumonía, también se llevaría al único hijo que le quedaba a mi pobre Hugo: François-Victor.

A pesar de su corazón roto, mi poeta se ha transformado en un amoroso padre para sus nietos. ¡Cómo consiente a esos simpáticos chiquillos! Es tan tierno: toma sus manos y las aprieta con cariño, toca sus cabellos, les inventa juegos y adivinanzas, está ahí siempre que lo necesitan, los colma de regalos el día de Navidad, de Año Nuevo y es un gran contador de historias. Se pone a cuatro patas para jugar con los soldados de plomo, reproduciendo la batalla de Austerlitz, y los enseña a pintar, con carbón y la ceniza de su puro, querubines gordinflones o fantasmagóricas aves.

El domingo de hace unos quince días los llevamos a un parque y mientras yo me senté en una banca, ellos se escondían de árbol en árbol. ¡Qué risa me dio ver al "insigne Victor Hugo" corriendo como chiquillo, buscándolos y haciéndoles cosquillas cada vez que los encontraba!

"Mis nietos aún están ebrios de paraíso", me dice. Les explica, con palabras sencillas, que él cree en una sociedad sin rey, en una humanidad sin fronteras, en una religión sin libro: "Una sociedad que admite la miseria, una religión que admite el infierno y una humanidad que admite la guerra, me parecen una sociedad, una religión y una humanidad inferiores". Los niños aplauden sus palabras. Les habla de Dios, aunque los educa contra los dogmas. Les recita, para que aprendan, trozos de su poesía: "Pero... abusado han de tal manera, las religiones de la idea divina, que el vulgo adora dioses de madera, de piedra, de metal y hasta de harina". Ya le he dicho que están muy pequeños para los conceptos que plantea, aunque poco le importa. ¡Algo les quedará! Mi meta es hacerlos pensar, poner en duda lo que otros dan por sentado, me explica.

Cuando se dirige a ellos, ni Jeanne ni Georges quitan la vista de los ojos de mi Toto, ya sea a la hora de la comida o por las noches, antes de llevarlos a la cama. Tal vez mientras los tiene enfrente, recuerda su propia infancia en el callejón de los Feuillantines, cuando vivía con Sophie, su queridísima madre, en un apartamento de la planta baja que daba a un jardín encantado, lleno de pájaros y cubierto de flores. Regresa a la edad en que todo era magia. A Sophie la amaba, para comenzar, porque luchó por su vida puesto que cuando Victor nació, la partera aseguró que no sobreviviría. "Entonces en Besançon / vieja ciudad española / nació de madre bretona y lorena a la vez / un niño sin color, sin mirada y sin voz". "Nació en tan débil y alarmante estado, que fue necesario hacer al mismo tiempo la cuna y el ataúd".

¡Cuánto quieren a su Papapa! Ha hecho lo posible para educarlos como lo habría hecho su hijo. Les enseña las grandes virtudes, los grandes deberes y las grandes alegrías de la vida. La semana pasada los llevamos al teatro guignol. Con qué entusiasmo agitaban sus manitas para saludar a Polichinelle. A veces, mi dulce adorado también les exige buen comportamiento. Entonces, la *petite* Jeanne, orgullosa, le muestra sus notas: lectura, muy bien; versos, muy bien; cálculo, muy bien. De premio, elige una caja con bombones.

Hace unos meses, el pequeño Georges-Victor cumplió diez años y para celebrarlo, le pidió a Papapa ir al circo. ¡Qué niño tan bien portado y sensible! Se nota que elegirá el camino de las artes. *Mon cher-bien aimé* no quiere ser obvio y, sin embargo, de sus nietos es el favorito o, al menos, en él ha puesto sus esperanzas. Le escribió una carta que leerá cuando sea mayor y la entienda cabalmente. El legado puede resumirse en esta frase: "El amor… busca el amor… otorga felicidad y tómala, amando tanto como puedas".

Es tan buen abuelo *mon pauvre adoré*, que decidió juntar los poemas que ha escrito, y el año pasado los publicó en un tomo al que tituló: *El arte de ser abuelo*. "Duerme, sus bellos ojos se reabrirán mañana; mientras toma mi dedo con su mano en la sombra yo leo, procurando que nada la despierte. […] Pero mi niña duerme y como si su sueño me dijera: ¡Tranquilo, padre, y sea clemente!, su mano dulcemente apretuja la mía".

En fin, tuve que subir del tercer al cuarto piso, si bien mis patas de mosca anquilosada cada vez me dan más problemas. Mi corazón y mi alma se han conservado jóvenes y adoro a mi querido poeta como el primer día en que me entregué a él, pero, ¡ay!, el resto de mi cuerpo me traiciona. Sentada sobre su cama, lo obligué a beber té de pino muy caliente y lo alenté a mejorarse para que la *petite* Jeanne y el *petit* Georges no siguieran preocupados.

Mi cuerpo envejece, envejece. A pesar de los seis domésticos que me ayudan, atender a los invitados que Toto recibe a diario en mi salón rojo me está acabando. Ayudarlo con sus nietos, ser secretaria, ama de casa y administradora, es demasiado para mis adoloridos músculos. En cuanto a él, se sigue sintiendo joven; no sabe el ridículo que hace rodeado de esas *cocottes* de plumas y picos, de esas mujeres que se le acercan a mi Cristo adorado y besan sus pies con fingida veneración. Yo, que lo amo desde la virtud, desde la admiración, desde la castidad, sé distinguir la falsedad de sus intenciones. Son amores inferiores, mujerzuelas que corren tras mi poeta como perras insaciables. Pero mis celos ya se han cansado; creo que terminaré por aceptar mi agotamiento y decirle que se busque a una auxiliar eficaz y joven que pueda darle todos los servicios que necesita. Y si *madame* Judith Gautier lo quiere en su cama, ¡pues que se acueste con ella! Si le escribe poemas, pues que se los mande. Ya no quiero acotarlo. Sus alegrías serán mis alegrías; su satisfacción, mi satisfacción. La aceptación me dará la paz de espíritu que necesito. No saldré huyendo, si bien ha prometido ir a buscarme hasta Prusia en caso de que me vaya de su lado. Prefiero evitar que pasen más nubes entre nosotros y que cubran de sombra nuestra felicidad.

La libertad… ¿acaso sólo la podemos obtener con la ausencia del deseo? (1994)

Muero en paz, doy mi vida por la eterna
salvación de mi hijo François que, yo sé,
tendrá un destino excepcional para Francia.
YVONNE MITTERRAND

—Me siento como si tuviera un champiñón atómico adentro— confiesa, con un gesto de tormento en el rostro.

Mitterrand ya bajó varios kilos, por lo tanto, la nariz ha ganado terreno y presume un extraño protagonismo. En su cabeza, cada vez más calva, el escaso cabello negro le ha cedido espacio al blanco. Anne, testigo muda de un deterioro que a ambos les duele, está a su lado, acariciando una mano manchada por el paso del tiempo. ¿Acaso el cáncer va a ganar la batalla? Llevan doce años luchando. Hace apenas quince días, el gobernante presidió la última ceremonia del 14 de julio de su mandato. En su discurso, tuvo un terrible lapsus, dijo *cancer* en lugar de *casseur*. Él no ha mencionado el tema y Anne, como no asistió a la celebración, no se enteró.

Ocho mil cuatrocientos invitados abarrotaban los jardines del Elíseo, donde competía el aroma de los bocadillos con el de la naturaleza. Mientras los funcionarios públicos, empresarios, embajadores, intelectuales, aristócratas y famosos, incluyendo a Alain Delon, lo esperaban con ganas de verlo, tocarlo, tomarse fotos o hablar con él, el presidente, refugiado en la cocina, tendía la mano a sus empleados, genuinamente agradecido por haberlo apoyado y servido durante dos septenatos.

¿Por qué rehuir? ¿Por qué llegó tarde a ese festejo? A uno de sus colaboradores le confesó, en el más absoluto secreto, que dos días más tarde tendría que ingresar al quirófano del hospital Cochin y que le daba terror no despertarse de la anestesia. No le dijo, en cambio, que Danielle, su esposa, también sería intervenida para tratar de solucionar un problema cardiovascular. Obstáculo tras obstáculo.

El mandatario, únicamente en el último año y medio, ha padecido dos terribles golpes. Primero, la derrota de los socialistas en las elecciones del 28 de marzo del 93. "Algunos dicen que me quedaré solo frente a la derecha, pero uno nunca está solo en la vida, salvo cuando viene la muerte". Después, el suicidio del ex primer ministro y gran amigo, Pierre Bérégovoy.

—Por más que traté de convencerlo de que el fracaso de la izquierda no era responsabilidad suya, no me escuchó.

Anne lo mira desde esos ojos azules que, con el paso del tiempo, se han hecho más profundos y comprensivos. Empáticos. Sabe que su amante no ha podido aceptar que la izquierda perdió; los medios calificaron el hecho como "una muerte inminente" de los socialistas. La última asamblea del partido parecía, en realidad, un funeral laico: la derecha ganó 480 diputaciones frente al Partido Socialista que, de 275 asientos en la legislatura anterior, pasó a 67. ¡Una brutalidad! Y la mujer también sabe que cada golpe político lo acerca a su propia muerte.

A veces se pregunta qué fue de su personalidad cautivadora, de todos sus encantos. De aquello que los franceses vieron en él cuando lo eligieron por primera vez. Lo que más admiraban era su inteligencia, su enorme cultura. Trabajaba sin cansancio y con una determinación inmensa; lo sigue haciendo. Su tenacidad no admite réplicas. Además, llegó empujado por un viento nuevo, por una gran esperanza en un socialismo que cambiaría, para bien, el destino de Francia. "Al gaullismo debemos oponer una idea, no intrigas; una esperanza, no segundas intenciones". "Una civilización debe crear sin detenerse, pues la barbarie no cesa de destruir", repetía en los discursos.

Sí, Mitterrand está consciente de que supo elegir a grandes colaboradores junto con quienes, por cierto, hace una peregrinaje anual para alcanzar la cima de la Roche de Solutré, cada domingo de Pentecostés. Desde ahí, juntos y rodeados de periodistas, admiran el paisaje de la Borgoña. Era un verdadero político: profesional, entregado, calculador, auténticamente preocupado por el bienestar de su pueblo. Fiel a su país, a sus convicciones. Lo soy todavía: sólo estoy enfermo y ya un poco cansado, se dice.

Anne le hace algunas preguntas que él prefiere no contestar. Para evadir el tema, Cecchino insiste en que, terminando su mandato, planea vivir lo suficiente para dedicarse a lo que siempre ha querido hacer de manera profesional: escribir. ¡Desde su juventud, cuánto deseaba convertirse en un reconocido autor!

—Sí, un libro sobre las relaciones franco-alemanas.

—¿Por qué no algo más completo, como tus memorias?

—¿No es caer en el lugar común? —se defiende él.

—¿De cuándo a acá le temes a algo? Ni siquiera a los *clichés*.

—Tienes razón. Además, sigo siendo presidente y, como bien sabes, *ma belle*, en política a veces se gana, a veces se pierde, después se vuelve a ganar… La lucha continúa. Debo seguir trabajando como si no tuviera un plazo de vencimiento. Mis funciones y mis deberes no tienen por qué cambiar.

François abre el libro que reposa sobre sus muslos, *Los orígenes del cristianismo*, de Ernest Renan. Intenta concentrarse, pero después de unos minutos, acepta que no logra mantener la atención y regresa al tema:

—¡Cuánto traté de demostrarle a Pierre que no era culpa suya que la izquierda se hubiese desbarrancado! En todo caso es mi responsabilidad, le dije. *Merde*! No puedo olvidar cuando el helicóptero lo llevó, todavía en coma, al hospital de Val-de-Grâce. Trataron de mantenerlo con vida, pero fue inútil. ¿Te imaginas el trabajo que me costó escribir el elogio fúnebre?

—No hubiera querido estar en tu lugar —Anne comprueba que su amante se repite. Me lo acaba de dejar en claro, piensa.

—Lo echamos a los perros. Y me ha sido difícil vivir con esa certeza...

—¿Ya vas a decirme a quién te referías cuando dijiste eso? —lo interrumpe—. ¿Quiénes son los perros?

—Todos. El partido, ellos, yo. De alguna manera, cada uno participamos en su suicidio. Todos tuvimos que ver con su muerte. Es lamentable —sus delgados labios tiemblan.

Mitterrand se levanta. El sillón conserva la marca de su peso. Como siempre lo hace cuando está nervioso, afligido o a punto de tomar una decisión importante, camina en círculos en la habitación, con las manos entrelazadas en su espalda.

Anne lo conoce tan bien que, sin preguntarle, se dirige al refrigerador para servirle una copa de *champagne*; la necesita. Ella se sirve otra. ¡Qué difícil ser testigo del declive del hombre que siempre has amado y admirado!

Brindan en silencio. Cecchino se sienta para continuar su lectura. Anne observa los cuadros que decoran el departamento pues, de momento, no puede concentrarse en nada más. Recuerda su vida cotidiana al lado del mandatario: un cuarto de siglo ya. Han vivido lo bueno, lo malo y, ahora, lo peor. A veces, también han tocado el paraíso. Aunque ha dejado de escribirle con tanta asiduidad, en su reciente cumpleaños François le mandó una nota: "Pienso en ti sin parar. Lo que me conduce a decirte, con el riesgo de ser monótono, que te amo como te he amado desde el primer día, con algo más, con la fuerza y la riqueza del tiempo que me has otorgado. Te escribo esta carta en pleno Consejo de Ministros, antes de volar hacia Lituania. Deseo tanto tu amor, a ti... y tu paz interior y me siento siempre disponible para amarte, como si tuviera toda la eternidad frente a mí".

Aunque jamás pudo acompañarlo a uno de sus múltiples viajes oficiales, tuvo la fortuna de ir, con Mazarine, claro está, a sus tradicionales vacaciones de Navidad en Gordes —qué maravilla las fechas de asueto, la libertad— o también a Egipto: el Sinaí, Asuán, El Cairo. ¡Vaya emoción la que sintieron cuando, tomados de la mano, contemplaron por primera vez la pirámide de Keops! Una gran parte de la historia universal, de la grandeza de un imperio, se les vino encima. Mitterrand temblaba. Anne derramó un par de lágrimas que él, cariñoso, le secó con el dorso de la mano. Desde entonces, Egipto se convirtió en un destino familiar obligado.

¿Y qué tal sus habituales vacaciones anuales del puente de la Toussaint, en Venecia, como huéspedes de sus amigos, los Zoran? Al hacer un balance, Anne sabe que ha sido una mujer afortunada. Sí, ha tenido que borrarse, disimularse, pero la discreción es parte de su manera de ser. Mimetizarse es una palabra que lleva en su carácter, a diferencia de Danielle, que siempre ha disfrutado destacar, salir en los noticieros ya sea como primera dama o por sus múltiples luchas en aras de conseguir avances en los derechos humanos y, últimamente, también aboga por los derechos de los animales.

—*Chérie*, cuando muera, no olvides invitar a Helmut —sentencia el presidente, cerrando su libro. Lleva tres cuartillas sin entender nada; no logra abstraerse y ya perdió la paciencia. Mejor hubiera seguido leyendo la novela de Dumas que me tenía atrapado, piensa—. Las más bellas victorias son las que uno gana sobre sí mismo; las victorias que se le arrancan al destino.

—¿Podemos hablar de otra cosa, amor?

—Podemos, pero no quisiera. Kohl y yo llevamos algo así como diez años de amistad.

—No me lo tienes que decir: su esposa y él han sido los "privilegiados huéspedes de la pareja presidencial francesa", en *su* casa de Latche. Lo sé muy bien —dice Anne, en tono irónico. Lleva años tratando de controlar su timbre de voz cuando el tema de la "esposa oficial" sale a escena.

—Prefiero no tocar ese asunto y menos de esa manera. Mi amistad con Helmut es sincera. ¡Si supieras lo que disfruto conversar con él! Y te adora.

—¿Pues de qué tanto hablan? ¿A poco creen que pueden arreglar el mundo? —Anne le da el último trago a su copa. Las vuelve a llenar.

—No te burles. Al menos, lo intentamos. Pero, aunque no lo creas, cuando coincidimos en una reunión cumbre, en lugar de conversar de política, tocamos temas de historia, arte, literatura; de hecho, cada vez que puedo le envío libros y hasta hablamos de gastronomía. Como la comida alemana no tiene ningún encanto, prometí llevarlo a los mejores restaurantes de París y lo he ido cumpliendo poco a poco. En su última visita lo invité a Le Pichet a comer una enorme fuente de mariscos y no sabes cuánto le gustó. Lo que me ha costado trabajo perdonarle —acepta— es el día en que, de manera unilateral, reconoció la independencia de Eslovenia y Croacia —el presidente francés sabía que había sido una decisión peligrosa que exacerbaría los nacionalismos.

Anne no responde. Evita hablar de la vida que Cecchino comparte con su esposa. Sus celos no tienen fundamento, pero ¿cómo controlarlos?

—Mejor cuéntame detalles de tu viaje a Sudáfrica. Con tu agenda al tope, no me has platicado casi nada. ¿Te das cuenta de la suerte que tienes? Estar frente a Mandela no es poca cosa.

—Fue la primera visita de un jefe de Estado desde que tomó posesión.

—Estuvo, ¿cuánto… algo así como treinta años encarcelado? ¡No quiero imaginar ese infierno!

—¿Sabes que durante su cautiverio a él también lo operaron de la próstata?

Anne no puede pronunciar esa desafiante palabra de dos sílabas: cáncer. No le da la gana enfrentar un futuro inevitable y cercano. Argumentando un repentino antojo, se levanta. François acepta tener un poco de hambre. La mujer saca un pedazo de Comté, otro de Bleu d'Auvergne y cuatro rebanadas de jamón de París. Los acompaña con media baguette que sobró del desayuno. La hornea, para que cruja cuando la muerdan. También pone una barra de mantequilla en la mesa de la sala. Cuando el presidente la prueba, mientras comienza a derretirse sobre el pan, dice:

—No hay nada mejor que nuestras vacas. El ganado Charolais es sobresaliente. Amo todo lo que tiene sabor y sello francés.

—Si todos amaran nuestro país como tú, viviríamos en una nación mucho mejor. Por cierto, quiero agradecerte que hayas invitado a Ali a conocer a Mandela.

—Lo hice por Mazarine. Además, fue divertido. Ya te he contado que, durante los vuelos de los viajes oficiales, mis invitados murmuran y hasta hacen apuestas, tratando de adivinar a quién voy a llamar a mi privado para compartir plática y travesía. ¿Chirac, algún periodista, cuál de mis ministros? Y esta vez todos se quedaron con las ganas. Nadie sabía quién era el joven de origen marroquí que estuvo a mi lado en el avión durante casi cuatro horas —cuando aterrizaron, Danielle fue la única que se atrevió a preguntar, pero François desvió el tema, sin haber respondido.

—Zaza me platicó. Él estaba y sigue muy emocionado. Y ella, bastante agradecida.

—Nuestra hija lo eligió; por algo será. ¿Cómo se apellida?

—Baddou. Nos lo presentó hace unos cuatro meses en Le Train Bleu. ¿No recuerdas?

—¡Cierto! —dice apresurado aunque, según él, lleva años sin ir a ese restaurante de la Gare de Lyon—. Después de conversar con él, me di cuenta de que podría convertirse en el padre de nuestros nietos. ¿Dónde se conocieron? Últimamente, todo se me olvida.

—En el liceo Henri IV. Creo que Zaza te lo ha repetido cien veces —en cuanto lo dice, se arrepiente. ¿Por qué insiste en pronunciar, en voz alta, la evidencia de su ocaso?

Lo cierto es que ambos le tienen respeto y estima, y no porque Mazarine lo ame, sino por mérito propio. En este momento no lo saben, pero dentro de unos años, antes de conducir un programa de televisión, Ali será profesor de filosofía política y, entre sus alumnos, destacará un brillante joven al que sólo le lleva tres años, llamado Emmanuel Macron.

—Cáncer con lesiones adenocarcinomatosas —dice François, con la mirada detenida en las palabras que su médico le dijo al salir de la cirugía hace dos semanas.

—*Quoi*? ¿De qué hablas?

—Del diagnóstico.

—Fui la primera en enterarme, *mon amour*. Tu esposa estaba recuperándose en otro hospital, así que pude quedarme en la sala de espera. No imaginas todo lo que pasó por mi mente mientras me anunciaban el resultado de tu cirugía. Si Zaza no hubiese estado a mi lado, habría enloquecido.

—¿Sabes qué me duele más? Morir siendo un presidente tan criticado.

—No olvides lo que te dijo Mauroy: "En algunos años hablarán de la época Mitterrand y te rendirán homenaje".

—Y tú no olvides, amada mía, lo que respondí: "Sí, pero poco importa, puesto que estaré muerto".

—Salud, amor. Es mejor que ante tus aseveraciones, me emborrache.

—¿Tú? Jamás te he visto pasada de copas. Aunque hoy ya llevas, al menos, tres flautas de *champagne*. ¿Y si abres otra botella y me das más pan con ese queso? —el aroma del Comté asedia su olfato. Comienza a salivar. Su querida nación produce más de cuatrocientos quesos; quisiera presumir de haberlos probado todos.

—¿No prefieres que vayamos a la cama? Luces cansado.

—Estoy agotado, pero me da miedo dormir. De verdad, temo no despertar.

Anne abre un Taittinger *rosé*. El corcho sale disparado hacia arriba, dejando una ostensible marca. Todavía observando la mancha en el techo, decide aceptar el tema de la muerte.

—No se te ocurra morirte ahora que nuestra hija está de viaje —lo amenaza con un tono de mofa.

—¿A dónde fue?

—A México, con Ali. Así que más te vale esperarla. Llega, si no me equivoco… mañana. Sí, mañana mismo. *Le Mexique*! Prometiste llevarme. Me urge conocer las pirámides y el Museo de Antropología, así que es otra razón para no estirar la pata.

—Justo ese término escribí en una carta que dejé sellada, antes de mi cirugía. "No abrir a menos que estire la pata". —Cecchino sonríe y, ante su sonrisa cansada, Anne se contagia. Comienzan a reír de manera desganada hasta que, contaminados por las risas que crecen y crecen, terminan en francas y abiertas carcajadas.

La pareja continúa sentada en el sillón de siempre. *Mon canapé préféré*, le llama él, quien ya terminó su tercera copa de *champagne* pero rechaza una cuarta. Qué tranquilidad estar aquí y no en mi oficina, piensa. Aunque le encanta trabajar sobre su elegante mesa Paulin, que reemplazó el escritorio estilo Louis XV del general De Gaulle, sólo con Anne se relaja, baja la guardia, se muestra como realmente es y como se siente. Estar con ella le contagia paz. ¡Qué difícil disimular todo el tiempo! Los medicamentos lo agotan, la enfermedad lo despoja de su energía.

La mujer observa a su amante: tiene una mirada fatigada que se pierde más allá del paisaje que se cuela por la ventana, los brazos enjutos, su torso consumido. Quisiera pensar que ese cuerpo le pertenece a ella, pero no, le pertenece a la nación entera. Por eso en mesas redondas de televisión, en noticieros en la radio, en columnas de la prensa, todos opinan. Jacques Chirac, incluso, insinuó que debía dimitir.

Hace poco Mitterrand hizo uso de su particular sentido del humor. Cuando un periodista, de esos que esperan a la entrada o salida de un evento para obligarte a hablar acercando el micrófono a casi un centímetro de tu boca, le preguntó si pensaba renunciar, él respondió: "*Mais non*! Que yo sepa, en la cirugía no me quitaron ningún lóbulo del cerebro".

Anne sigue acariciando la mano de su amante, lacia, y cuando va a decirle que no luche contra el sueño, que se vaya a la cama, el presidente ya se ha quedado dormido, su cabeza apoyada en el respaldo del sillón. Qué difíciles han sido los últimos dos años de su mandato. *Merde*!

Lo observa dormir igual que él amaba verla, espiando su despertar. Ella abría los ojos, desde esa lasitud que da el no querer asomarte a la vida, no todavía, diez minutos más, y encontraba el rostro de su compañero muy cerca, su mirada tierna. Se besaban y, si ninguno de los dos tenía prisa, dejaban a sus cuerpos enredarse, acoplarse; musitar. Pieles desnudas entre las sábanas de lino crudo. "Tus ojos perdidos en los míos mientras se cumple el rito del amor y del misterio".

Tres semanas sin actividad sexual fueron las órdenes de los cirujanos. **La libertad... ¿acaso sólo la podemos obtener con la ausencia del deseo?**

Anne se levanta para traer una frazada de *cashmere* con la que cubre a Cecchino. Vuelve a sentarse a su lado. El peor momento de este segundo septenato tal vez fue cuando François, necio como siempre, insistió en volar a Sarajevo justo para el aniversario del asesinato del archiduque de Austria. Los serbios amenazaron con disparar a lo que se moviera. El jefe de Estado galo voló en helicóptero desde Split, a pesar de la insistencia del ministro croata de Relaciones Exteriores de olvidar su idea. Justo el día anterior habían ametrallado otro helicóptero.

¿La finalidad? Un viaje humanitario para impedir que Sarajevo se convirtiera en un segundo Guernica. "Espero sacudir la conciencia universal para que vengan a ayudar a una población en peligro. Lo que sucede aquí es inaceptable", declaró. En su recorrido visitó al presidente bosnio, Alija

Izetbegović, fue al hospital más importante a saludar a los heridos y, al final, depositó un ramo de flores frente a la panadería donde un obús, apenas el día anterior, había matado a veinte personas.

Anne se negó a ver las noticias. No sólo estaba angustiada, sino furiosa. Sospechaba que el viaje había sido idea de Danielle. ¿Acaso a esa mujer engreída y protagónica no le importa que asesinen a su esposo? ¡Claro que no! *Elle s'en fiche!*, le decía a su adorado Alexis casi a gritos, la tarde en que le llamó por teléfono, angustiada. Con nadie más era tan sincera. Cuando su amante regresó no sólo a salvo, sino con éxito, tuvo que quedarse callada: gracias a las seis horas que pasó en la ciudad, Milošević aceptó reabrir el aeropuerto, los cascos azules pudieron aterrizar y el puente aéreo logró llevar alimentos y medicinas a los ciudadanos.

Sin embargo, algunos medios reclamaron. *Le Monde*, por ejemplo: "Alimentar y curar a la población está bien, pero impedir las masacres sería todavía mejor". Otros acusaron a Mitterrand de buscar un golpe mediático en lugar de tener una genuina preocupación.

También lo criticaron con rudeza cuando el querido Badinter le dijo que debía asistir a la clausura de la conmemoración de la Redada del Velódromo de Invierno. Se cumplían cincuenta años de ese terrible episodio en el que, por órdenes de Bousquet, la policía de Vichy detuvo a 13 150 judíos y los hacinó en el velódromo del barrio XV. Un mes y medio más tarde todos, menos veinticinco, habían sido deportados a Auschwitz. La gran mayoría nunca regresó.

—No vayas. Podrías correr peligro —le dijo Anne.

—Será la primera vez que un presidente asiste. Es histórico. Necesito ir.

—Pero tú eres un presidente acusado de haber sido cercano a Bousquet —insistió.

—¡Se equivocan! Mi mejor amigo, Georges Dayan, era judío. ¡Cuánto extraño sus atinados consejos y hasta su humor demasiado cáustico! Acuérdate de que te conté del día en que estábamos en el café Le Biarritz y un grupo de idiotas antisemitas comenzó a agredirlo…

—… y tú lo defendiste, aun poniéndote en peligro. Me lo has contado mil veces.

—Fue mi *alter ego*. Es por el único amigo por quien he llorado.

—Eso no lo sabe nadie, *chéri*.

—No tengo interés en difundirlo; pertenece a mi vida privada. Tampoco voy a andar presumiendo que fui abogado de los refugiados del Exodus y que aplaudí, frente a la ONU, no creas que encerrado en mi casa, el nacimiento de Israel.

Él no le hizo caso a su más desinteresada consejera. Cuando llegó al evento, los asistentes silbaron, gritaron y hasta lo interpelaron. Badinter, como maestro de ceremonias, tratando de controlar su enojo pidió el silencio que los muertos merecían: "Deshonran la causa que creen defender", acusó para, enseguida, darle la palabra a su amigo. Mitterrand, impasible, dio un discurso que, cosa rara, no logró conmover. El gran rabino de Lyon dijo: "No bastan las flores para honrar la memoria de las víctimas de la Shoah mientras también adornen la tumba de Pétain".

Una destacada sobreviviente del Holocausto, Simone Veil, su ministra de Asuntos Sociales y amiga cercana, después le pidió, públicamente, no un gesto político, sino un gesto espontáneo; que dejara hablar a su emoción y no al cerebro.

Mitterrand decidió instaurar, por decreto, un día conmemorativo para los hostigados en las persecuciones antisemitas durante el gobierno de Vichy y, apenas hace una semana, inauguró un monumento en un lugar privilegiado, a ochocientos metros de la Torre Eiffel, en honor a las víctimas del Velódromo de Invierno. Pero la prensa y muchos ciudadanos judíos lo han seguido criticando con dureza. Incluso, con una animosidad injustificada, según la opinión de Anne.

¿Habrá sido judeofóbico Victor Hugo? ¿Y Juliette?, se pregunta la mujer mientras, haciendo el menor ruido posible, guarda en el refrigerador las sobras de los quesos y lava platos y copas. Es probable, pero no lo sabe a ciencia cierta; en esa época muchos eran un poco antisemitas. A veces, sin siquiera ser conscientes de ello.

¿De qué habrán muerto el poeta y su amante? Ha leído bastante sobre ellos y, sin embargo, ahora mismo no lo recuerda. Las dos sílabas que la turban, que la llenan de desasosiego, vuelven a acosarla: *cán-cer*. No está preparada para perder a su Cecchino. ¿Acaso alguien puede estar preparado para quedarse sin el ser que más ha amado en su vida?

Estoy triste de tu tristeza (1997)

Yo la ayudaré a vivir y
usted me ayudará a morir.
CLEMENCEAU

El 11 de mayo de 1883, en la madrugada, el cáncer gana la batalla. Después de haber sufrido fuertes dolores de estómago y haberse instalado en una profunda agonía durante dos o tres años, Juliette Drouet muere tranquila, sin siquiera haber llamado a Victor Hugo a su cabecera para darle el último adiós. El poeta escribe en su cuaderno: "Pronto te alcanzaré, mi bien amada. ¡Mujer admirable! Cincuenta años de amor. Nos volveremos a ver en la vida futura". Desde ese día, el laureado novelista y héroe de los franceses, no vuelve a escribir una sola palabra. Se encierra a vivir en soledad, como un sonámbulo, en la casa de la refinada avenida que lleva su nombre.

Anne deja a un lado el reciente libro de Henri Troyat, miembro de la Académie Française, sobre la vida de Juliette Drouet, no sin antes ponerle un separador para no perder la página. Le duele un poco la cabeza. Mañana continuaré la lectura, decide, al levantarse a buscar un analgésico.

Juliette tuvo una ventaja sobre la amante de François Mitterrand: nunca llegó a convertirse en una "viuda no viuda", puesto que falleció primero. "El estatus social de una mujer enamorada que pierde al hombre que ama, casado con otra, es indistinto", escribirá algún día Mazarine.

¿Cuánto tiempo pasó François luchando contra la muerte, coqueteando con ella, conviviendo con esa permanente amenaza, sin siquiera esconder su enorme malestar y los dolores provocados por los diferentes tratamientos? Aun así, repetía: "Todos los días me dan por muerto. Los medios ya tienen mi obituario preparado. Podré estar enfermo, pero sigo siendo el presidente".

En la mesa del salón, Anne Pingeot todavía conserva ejemplares de algunas revistas con los reportajes ilustrados del funeral del exmandatario, el 11 de enero, precisamente en el cumpleaños número cincuenta y cinco de Alexis Clavel, su leal y querido amigo.

Hay una fotografía en la que varios militares, uniformados de gala, sacan del avión al expresidente muerto. Recuerda su angustia cuando Mazarine le anunció que volaría sin ella, acompañando el cuerpo de su padre, para trasladarlo a Jarnac, su villa natal, en la que sería enterrado. Fue la segunda vez que convivió con Jean-Christophe, pero la primera que vería a su hermanastro Gilbert. No imaginaba la incomodidad de su hija durante el vuelo. Zaza nunca le contó el episodio. ¿De qué habrán conversado los tres hermanos encerrados en un avión del ejército, ante el sencillo féretro cubierto por la bandera de Francia?

Otra foto, la que más destacan, es en la que salen Anne, con su *voilette* de tul, y Zaza, junto a la familia legítima en las exequias, al lado del ataúd: todos de negro. Ya pasó más de un año desde la muerte de su amante y todavía percibe el vacío. Todavía le duele su ausencia. No poder escuchar su voz, no sentir sus manos. "También el cáncer lo venció. ¡Maldita enfermedad!", dice Anne en voz alta, aunque es cierto que François logró retrasar su muerte unos quince años.

Y malditas revistas intrusivas, piensa. *Paris-Match* dio a conocer a Mazarine al mundo, a sus diecinueve años. Tiene la fotografía de la portada en su mente, como si estuviera viéndola: "El tierno gesto de un padre", decía el encabezado. El artículo de las páginas interiores se titulaba: "Mitterrand y su hija, el conmocionante relato de una doble vida". La propia Anne aparecía en la foto, pero en segundo plano y con la cabeza hacia abajo. Como nadie pareció notarla, continuó invisible, ignorada.

En realidad, sólo una veintena de cercanos conocían realmente la existencia de la familia "no oficial", incluida la propia Danielle y sus hijos. Cuando la noticia salió, el presidente repetía, orgulloso, sin dar explicación alguna ni justificarse: ¿A poco no es bella, mi hija? Aun cuando lo empujaban a maldecir a la prensa, mantuvo la promesa que se hizo desde 1981: respetar la libertad de expresión. Hasta Giscard d'Estaing y Sarkozy, ministro de Finanzas, se mostraban más enojados con los *paparazzi* que el propio mandatario. Y lo mejor de todo: la revelación del secreto hizo que su popularidad aumentara. Incluso, en el Elíseo comenzó a recibir cartas para su hija, felicitaciones, dibujos y hasta poemas.

A veces, Anne todavía extraña la presencia de Mazarine, que ahora vive en el sur de Francia y, finalizados los estudios de filosofía, se encuentra en plena redacción de su primera novela. Ayer conversaron por teléfono sobre el tema.

—¿*Vraiment* la quieres titular *Primera novela*, así, tan simple? —cuestionó.

—Sí, así de simple pues eso es, una primera novela —respondió Mazarine, despreocupada.

No olvida lo primero que le leyó. Un texto que escribió sobre su padre, cuando apenas tenía doce años: "Es duro imaginar que fumó, él, tan seguro de sí mismo y dueño de sí, consciente de las cosas que no hay que hacer. […] Su vida es una aventura. […] Ha visto todo: la cobardía, el dolor, la venganza, la brutalidad, la muerte, la vida, el amor a la vida, el asco, la desesperación […] Nadie sabe lo que piensa. Mamá jamás hubiera creído que se ocuparía tanto de mí."

Anne no encuentra las aspirinas. ¿Es posible que no tenga ni una? *Merde*! Deberá salir a la farmacia cercana, pero no es motivo de queja: caminar por París siempre la ha relajado. Andar sobre las baldosas que tal vez un día pisó la propia amante de Hugo; acercarse a las vitrinas de las *pâtisseries* para ver qué antojo dulce ofrecen o sentarse a leer en la banca de algún parque. Es probable que hoy pase a comprar una revista y elija el pequeño verdor que está al costado izquierdo de la iglesia Saint-Germain-des-Prés. Admirar esa abadía es una agradable tarea que quita los dolores de cabeza, piensa, al cerrar la puerta y bajar los escalones de madera; un largo rectángulo de alfombra impide que sus pasos hagan eco en el cubo de las escaleras.

Cuando llega al quiosco donde acostumbra comprar la prensa, Anne ve dos publicaciones con el tema de su amante. ¡Dios, por lo visto, 1997 es el año en el que ha renacido la pasión por el presidente muerto! Parece que Mitterrand está de moda.

A principios de año, en alguna edición de *Le Journal du Dimanche*, apareció una fotografía de Danielle, la viuda "oficial", sonriendo de manera ininteligible, mientras le ofrece una flor a Mazarine, la hija "no oficial". Pascale, la nieta de diecinueve años, concedió una larga entrevista al *Paris-Match*. Por si fuera poco, han aparecido al menos cinco o seis libros más sobre el exmandatario. ¡Hasta uno con las supuestas memorias de Báltico, el labrador negro! Se acuerda del día en que hablaban de la reencarnación y ella le dijo a Cecchino que en su otra vida había sido un perro. Ríe como ambos rieron en ese momento. Su mente la lleva a acordarse de que, incluso, una revista de gastronomía propuso recetas para preparar el manjar favorito del expresidente, un platillo, por cierto, prohibido: los ortolanes, esos exquisitos pájaros cuya captura está vetada en Francia. Anne vuelve a reír. ¿Qué opción le queda? Evidentemente no ha leído ni leerá nada, menos todavía lo que publica la prensa popular, pues no quiere ver su nombre en esas páginas: siempre ha pensado que los amores verdaderos deberían ser ignorados.

Lo bueno es que dentro de esta fiebre de fascinación por el presidente que dirigió el destino de los franceses durante catorce años, todos han olvidado a la delgada dama discreta, prudente y velada, que ocupó el puesto de amante durante tanto tiempo. Así que Anne puede seguir en su trabajo como conservadora del Museo d'Orsay, escribiendo libros o artículos sobre arte y paseando de manera anónima, a pie o en bicicleta, por las callejuelas parisinas, sin que nadie le dirija una mirada. Eso sí, jamás pasa cerca del último departamento en el que vivió con su amante; busca calles alternas, se desvía, sin importar cuánto, con tal de no volver a verlo de cerca. El ambiente que ahí respiraba, el olor a la muerte que acecha, todavía la persiguen.

La mujer continúa de pie, frente a las publicaciones. ¿Ésta, aquélla? Decide comprar un semanario sobre decoración para distraerse un poco. Sonríe al recordar que Victor Hugo, en su vejez, decía que era un decorador fallido; que negó una vocación que lo hubiera hecho muy feliz, engalanando mansiones y edificios. A Anne, es un tema que le importa un carajo. En ese momento se da cuenta de que el dolor de cabeza ha desaparecido. ¡Qué alivio! Pero ahora la molesta un vacío en el estómago: no ha comido. Se dirige al Café Bonaparte y elige una mesa con vista a la iglesia vecina. Ya sabe lo que va a pedir: trucha rellena y una pequeña ensalada.

Al sentarse, recuerda cuántas veces se sentó ante la mesa de tantos restaurantes, al lado de su amado. Recuerda que cenaban en el Lipp cuando se enteraron del fallecimiento de Pompidou. Recuerda su primer paseo juntos, en la playa de Hossegor, en agosto de 1963. Recuerda las conversaciones, mano sobre mano, mientras esperaban los platillos ordenados. Recuerda la sensación de mirarse a los ojos, sin importarles si alguien los observaba. Recuerda el perfil de su amante, sus orejas, cada arruga coronando su frente y esquinando sus ojos. Las canas que comenzaron a invadir sus cejas. Los dos lunares de la mejilla izquierda. Recuerda el alivio que sintió el día en que François perdió las elecciones del 74. Recuerda, cuando Mitterrand cruzaba la pierna, ese pedazo de piel blanca que asomaba entre el calcetín y el pantalón. Recuerda sus pronunciados pómulos, los labios finos, con las comisuras ligeramente hacia abajo. Su frente tan amplia. Recuerda su voz y la manera en que cada palabra la acariciaba. Recuerda su urgencia de revelarse ante ella: "Necesito contarte mis pensamientos y mis actos, ir hacia ti en todo momento". Recuerda con qué ganas, gozo y dificultades le arrancaban horas al tiempo, a las agendas, a los compromisos, para estar solos. Recuerda sus primeros viajes juntos: Estambul, Venecia, Chicago, las fotos que se tomaron: era fácil adivinar, al verlas, lo enamorados que se sentían.

Recuerda su promesa pronunciada tantas veces: "*Je t'aimerai jusqu'à mon dernier souffle*... Te amaré hasta mi último aliento". Recuerda la dulzura de sus palabras: "Estoy enamorado de tus pechos sobre los que se redondea mi mano". Qué vacía se siente desde que su Cecchino se fue, dejándola a la deriva. Con un futuro que deberá planear y escribir a solas. ¡Qué desesperante saber que su cuerpo, su piel, nunca volverá a ser tocado, acariciado, recorrido! ¿Realmente ya le dijo un adiós definitivo al gozo?

Anne fue la primera que conoció sus ganas, más que ganas, su decisión de postularse para la presidencia de Francia. El 9 de septiembre de 1965 le escribió diciéndole que daría una conferencia de prensa anunciando su candidatura por la izquierda y confesándole que había tenido que pedir el apoyo del Partido Comunista.

La mujer llegó a saber casi todo de su amante pues era su confidente, pero también la receptora de más de setecientas páginas del diario que le escribía y dos mil doscientas cartas; la última, fechada el 22 de septiembre de 1995. Leía, antes que nadie, el contenido de sus famosos discursos pues a veces se los pasaba a máquina. Festejaban sus cumpleaños y cada Navidad juntos; el Año Nuevo, Mitterrand lo celebraba con su familia legítima.

La trucha está deliciosa. A la ensalada le añade un chorrito más de aceite de oliva. Después de limpiarse la boca con la servilleta, da un trago al vino rosado, frío. La silueta de la iglesia está ahí, muy cerca. El puesto de crepas, también, en su lugar de siempre, emitiendo ese aroma a mantequilla, azúcar y canela. ¡Cuántas veces pasearon juntos, él y ella, por estas calles! Extrañó mucho este barrio cuando François llegó a la presidencia y se cambiaron de casa, pero no hubo queja alguna: vivían como una familia normal. Dormían y se despertaban juntos todos los días. Sólo los domingos él cenaba con Danielle y sus hijos en la *rue* de Bièvre, a veces acompañados por su cuñada Christine y su concuño, el conocido actor Roger Hanin.

Anne amaba la vida cotidiana al lado de su amante. Sí, disfrutó mucho la convivencia diaria. Sólo los últimos meses fueron difíciles. Era tal la intensidad de los dolores, que Jean-Pierre Tarot, el médico de cabecera, se mudó con ellos a su última morada de la calle Frédéric-Le-Play, en el barrio séptimo, muy cerca de Champ-de-Mars. Entre eso y las constantes visitas de hijos o amigos, perdieron la privacidad. Aunque lo peor era ver cómo ese hombre lleno de energía, de vitalidad, iba extraviando el brillo. Se transformó su mirada, el color de su piel, el olor que despedía ese cuerpo agotado. Amargo. Ácimo. Irritable. La enfermedad, a sus ojos, era una humillación constante.

Unos meses antes, el expresidente comenzó a decir adiós en silencio. Pasó un último fin de semana en Gordes, el lugar donde construyeron su historia de pareja. Para Navidad, fueron al tradicional viaje a Egipto y se hospedaron, como siempre, en el hotel Old Cataract: habitación 237, la favorita de Churchill y de Clemenceau. Ese balcón de madera oscura recién encerada, con vista al Nilo, retuvo los adioses del Mitterrand al mundo de los vivos.

También visitaron la propiedad de los abuelos en Touvent, el lugar donde François pasó su infancia. Anne conserva las fotos: un sombrero de paja cubriendo la cabeza calva, sus eternos pantalones beige, camisa verde y ese bastón que lo ayudaba a dar los pocos pasos que su minada fuerza le permitía. Ella aparece a su lado, delgada como siempre, con un sobrio vestido negro sin mangas. En el cuello, su perla gris, la única joya que le regaló Cecchino; la que sustituyó a la eterna cadena con un pequeño crucifijo de oro.

Después, el exmandatario difícilmente dejaba la cama. A su lado, día y noche, estaba Anne. Cuidándolo, consintiéndolo, dándole los medicamentos prescritos. Enfermera devota. Acercándole un poco de agua, ofreciéndole caldo de mariscos. Leyendo en voz alta algún pasaje de sus libros favoritos o poniéndole música: ya fuera el concierto para piano número 21 de Mozart, a Léo Ferré cantando los poemas de Aragón o su sinfonía favorita, aquélla de Dvořák que escuchaban el día en que hicieron el amor y concibieron a Mazarine. Sí, siempre estuvieron seguros de que fue justo esa noche.

La mujer de cincuenta y cuatro años ordena el postre y se da cuenta de que ni siquiera ha abierto la revista que compró hace rato. Sus recuerdos, aunque tristes, han sido una mejor compañía. Cuando termina los profiteroles, pide la cuenta. ¿Café? No le gusta y, además, rechaza estimulantes a estas horas. Mañana debe amanecer descansada pues se inaugura la exposición en el Grand Palais que lleva planeando tantos meses. Es sobre los vínculos artísticos entre Francia y Bélgica en el siglo XIX.

De regreso hacia su departamento, ve un cartel en la ventana de un edificio. Se detiene; algo intangible llama su atención. Lo firma alguna asociación religiosa, contra la eutanasia. Sí, su querido amante decidió el momento ideal para morirse. Ya estaba exhausto y, sobre todo, tenía terror de quedarse paralizado; el doctor le había explicado que si la metástasis llegaba a los huesos, en cualquier instante podían romperse las vértebras.

El paciente había probado de todo: desde tratamientos naturales hasta quimioterapia. No era un hombre que se diera por vencido a la primera. Nunca lo fue. En su juventud, todavía estudiante, en septiembre de 1939 partió al frente como sargento del vigésimo tercer regimiento de infantería colonial y, muy pronto, fue detenido y enviado a un campo de prisioneros en Alemania.

El destino, ese que a veces quisiéramos evadir, lo llevó a una cárcel en Turingia con doscientos sesenta presos, clasificados como "intelectuales". Durante siete meses planificó su escape. Lo atraparon. Volvió a evadirse. Lo regresaron a las galeras. La tercera vez, como dice el lugar común, fue la vencida, ganó su obstinación y su rechazo a resignarse: logró escapar en diciembre de 1941. También tres veces contendió por la presidencia de Francia. Y en doce ocasiones ocupó el cargo de ministro; a los treinta años se convirtió en el ministro más joven de la historia de la V República.

Anne lo sabe bien, lo constató durante los más de treinta años que se mantuvo a su lado: Mitterrand entendía cuál era la mejor forma de llegar a sus metas. Y su deseo, en esos momentos, fue dejar la vida sin hacer demasiado ruido.

La muerte le obsesionaba. A diario, antes de meterse a la cama, hacía la lista de sus muertos, de aquellos seres queridos a quienes había perdido, comenzando por su queridísima madre y su abuela. "La gran derrota es el olvido", esta frase de Céline lo había marcado. Por eso, con su eterna tinta azul, iba anotando, al deslizar la pluma Waterman, cada nombre. Recordándolos letra a letra cada noche. Extrañándolos.

Al final de sus días, la lista era tan numerosa que hasta se reía, nervioso. Con el tiempo, había incorporado a su querido compañero y sabio consejero, François de Grossouvre, quien, aislado del poder y frustrado, se dio un tiro con una Magnum .357 volándose la mitad del cráneo, en su oficina del Elíseo. A Bérégovoy, que eligió el mismo camino. A su propio hermano, Phillipe, derrotado por un cáncer de próstata. Y a Félix Gaillard, ahogado en el mar. "Una de las más bellas inteligencias, fría, mecánica. Se casó tarde con una joven mujer con la que tuvo tres hijos que amaba. Muchos amigos la visitaron, la consolaron. Después, el silencio. El silencio del tiempo que pasa. No más periodistas. No más angustias de volverse loca. El silencio. Los amigos tienen su propia vida, sus propias penas. ¿En dónde estarán en diez años? Ya nada se moverá en la campiña muerta. Los recuerdos se quedan en la hierba. Pienso en el dolor de los vivos que aman y que continúan viviendo en un universo descolorido", le escribió a su amante cuando le anunció la triste noticia. Se ahogó igual que se ahogó la hija de Hugo, pensó Anne al leer la carta.

Al poeta también le inquietaba la muerte. La mujer recuerda cómo le impresionó una pieza de colección que vio en su visita a la casa de Hauteville, en Guernesey, una isla de apenas 65 kilómetros cuadrados: en la Oak Gallery se exhibe un rostro en mármol dividido en dos mitades; una muestra a un hombre con piel, cabello, barba y bigote. La otra enseña, descarnada, la calavera del mismo sujeto. Vida y muerte conviviendo en aparente tranquilidad.

La tarde en que *madame* Pingeot escuchó a Cecchino preguntarle al médico: "¿Qué pasa si dejo de tomar estas pastillas?", supo que el final había llegado. Él siempre rechazó la posibilidad de vivir sin sus capacidades intelectuales plenas. Se negaba a perder la dignidad.

—¿No te da miedo la muerte? —le preguntó muchos años atrás, cuando recién le habían diagnosticado el cáncer.

—No me da miedo morir, pero amo demasiado la vida —respondió.

Y era cierto, ese apetito por estar vivo, por exprimir cada momento, por disfrutar día tras día, era una de las cosas que Anne más admiraba de Mitterrand.

—Después de la muerte, pienso que no hay nada. Soy como mi maestro Montaigne, un agnóstico —agregó.

Sin embargo, poco antes de dejar la presidencia, le comentó, mientras comían el restaurante Le Duc, uno de sus favoritos: "Si Dios me presta vida, amaría, después de tanto

223

tiempo de esclavitud, al menos dos años para escribir y observar el cielo".

Anne, fiel católica, sonrió: François quería alejarse de la religión, pero Dios salía continuamente en sus pláticas. Ese día, hace poco más de un año, besó la mano de su amante, se levantó de la cama y fue hacia la ventana. París seguía afuera, imponente, tranquila. Atardeciendo sin prisas. Ante sus ojos que comenzaban a inaugurar el duelo, una ligera pero tenaz nevada pintó los adoquines de blanco.

Diario perdido (París, fragmento, 15 de abril de 1883)

Hace tres meses, el primero de enero, le escribí a mi Toto: "*Cher adoré*, no sé en dónde estaré el año próximo en esta época, pero estoy feliz y orgullosa de firmarte mi certificado de vida con dos únicas palabras: Te amo". Si redacté lo anterior es porque, lo confieso, me siento realmente mal, muy enferma y demasiado cansada; he perdido el aliento y, al respirar, un extraño silbido sale de mi pecho. Entre los estertores y la tos, no puedo estar tranquila. ¡Y el frío! Duermo tapada por demasiados cobertores. ¿Será que está llegando mi hora? El buen Dios boceteó acertadamente la vejez puesto que entre más años cumples y peor te sientes, más aceptas la llegada del final, más lo deseas, incluso. Y eso me sucede; ya ni siquiera puedo salir a mis caminatas cotidianas del brazo de mi amado. ¡Mi enorme y triste Toto! De sus cinco hijos, le sobrevive Adèle, pero recluida en una institución mental en Saint-Mandé desde hace quién sabe cuánto. Si no fuera por sus nietos, a quienes también siento míos, Georges y Jeanne, tal vez Victor ya se hubiera apagado. ¡Cuánta frescura aportan a nuestra vida!

Qué lejos han quedado los tiempos en que mi belleza conmovía a los artistas y a casi cualquier hombre que me viera, ya fuera en los grandes bulevares o en los teatros citadinos. James Pradier, el conocido escultor, me convirtió en su modelo y amante; juntos trajimos al mundo a Claire. ¡Ay, la pobrecita hija mía! Después encontré mi verdadero destino al hacerme musa de Hugo. No me arrepiento de haber permanecido tantos años a su lado, muchas veces escondida, en segundo plano, casi borrada. Pero ha valido la pena cada minuto. ¡Cuántas cartas de amor le he escrito, cuántos poemas me ha dedicado! ¡Cuántas horas pasé, y paso todavía, transcribiendo sus manuscritos!

Para celebrar el reciente 16 de febrero, la primera noche de amor, "el día en que nací a la felicidad en tus brazos", me obsequió una fotografía suya, autografiada: "Cincuenta años es el más bello matrimonio". Confieso que cuando Adèle murió, llegué a pensar que Victor pediría mi mano pues ¿qué le impedía, en su condición de viudo, haberse casado conmigo? Pero no, ni siquiera lo consideró y a mí, a esas alturas de nuestra relación, tampoco me importó demasiado, es más, le habría dicho que no. Si nos hubiésemos convertido en marido y mujer algún día, creo que nuestra relación no sobreviviría.

Hoy me siento agotada, abrumada… Cualquiera diría que me he puesto el abrigo de la vejez. ¿Cuál es el objetivo de una vida cuando tiene mucho más pasado que futuro? Ayer, sí, ayer día de mi cumpleaños, Toto me regaló una carta en la que asegura que le pidió a Dios llevárselo al mismo tiempo que a mí. "Entrar a la eternidad a tu lado, ésa es mi esperanza. Te amo, te adoro, eres mi vida. Mi bien querida, restablécete y quiéreme". Él sabe cuánto lo amo, pero ¿restablecerme?, de mí no depende. Ya no puedo seguir luchando pues las repetidas crisis de gota y mis violentos dolores de estómago me atormentan. ¡Ni grandes dosis de láudano me alivian! Además, tomo vino de quinquina para reavivar mis fuerzas y estimular mi apetito, pero parece no remediar nada. A pesar de mi atroz calvario, continúo sirviéndole: organizo cenas con personajes importantes, administro la casa, me despierto de madrugada para llevar sus tisanas a la cama, ordeno su contabilidad y reviso la correspondencia cotidiana, con la enorme frustración de aguantar sus galanterías epistolares con varias mujeres, sin atreverme a protestar.

Copiar sus textos con mis dedos deformes se ha vuelto un suplicio. Toto sigue siendo mi Cristo, mi fe, mi Dios que adoro arrodillada, para el que viví y por el que quiero morir.

Ô, mon Dieu! Estoy al límite de mi fe y mi esperanza. Mi vieja carcasa ya no tiene fuerzas y se resiste a seguir adelante, aunque no quiero quejarme frente a mi gran hombre, pues necesita paz para escribir, así que debo aceptar mi decrepitud en silencio, apretando los dientes con tal de no gemir. No debo incomodar a mi bien amado. He actuado como su ángel guardián durante cinco décadas, pero el verdadero lugar de los ángeles está en el cielo. Antes de partir para siempre, quisiera regresar a Guernesey a disfrutar mi isla una última vez; pero si no tengo fuerzas ni para sostener la pluma, menos para realizar ese periplo.

Con mis manos manchadas y añosas, en los momentos que siento decaer, acaricio el escapulario que todavía conservo. El que hice doblando cuidadosamente un manuscrito de mi divino bien amado, y guardándolo dentro un pedazo de tela que cosí. ¡Lo traigo colgado en mi pecho desde hace muchos años! Desde que me lo puse, supe lo dulce que era portar, tan cerca de mi piel, un papel tocado por mi amante, escrito por él, sentido por él, pensado por él, amado por él.

He tenido una vida bendecida al lado de *mon grand petit homme*. Mi delicioso Victor ha sabido ser generoso conmigo:

siempre me ha mantenido a su lado, me ha llenado de momentos de ternura, ha compartido conmigo sus páginas y, en la cama, su fuego; su ardor de hombre que desea. "He tenido en mis brazos tu desnudez de mármol y, en mi corazón, tu luz de aurora", me escribió hace unos años. ¡Ay, perder la juventud es un proceso que requiere tanta valentía! Lo confieso: con mi sensualidad radiante ahora apagada, con mi belleza luminosa ahora marchita, con este cansancio que me impide, a veces, levantarme de la cama, ¿cómo retenerlo, cómo pretender que siga amándome? Qué complicado asunto este de la resignación, pero ¿qué opción me queda?

Debo dejar los pensamientos funestos de lado. Por lo pronto, descansaré un rato y mañana, si recupero algo de fortaleza, seguiré escribiendo. Estoy tan fatigada que me parece que ni el reposo eterno me dará la quietud suficiente.

"Mi alma a tu corazón se entregó", le dije hace muchos años a mi adorado Toto. No me arrepiento de haberme entregado a este grandioso dramaturgo, novelista, poeta, pintor, hombre político, héroe nacional, defensor de la República y amante apasionado. Y si el precio fuese que la historia me borre más todavía, soy y seré la única responsable.

Cuando pienso en mi pobre cuna desierta por la muerte de mi madre y de mi padre, y en el que será mi ataúd sin las lágrimas piadosas de mi hija, me parece que una maldición terrible pesa sobre mí.

Encontrarse. Reencontrarse. Juntos. Ganar. Amar. Juntos. Dar. Compartir... (1996)

Danielle y Mazarine. Mazarine y Danielle.

La nacida en 1974 se convirtió en escritora, profesora universitaria y doctora en filosofía. Madre de familia e invitada frecuente a programas de radio y televisión. En la depositaria de la herencia intelectual de su padre. En la administradora de su fundación; defensora y heredera moral de su obra y legado.

La nacida en 1924 fue una aguerrida luchadora por los derechos humanos y peleó, sobre todo, por los olvidados del Tercer Mundo. Durante su vida, antes y después de haber sido la esposa legítima y la viuda oficial, creó asociaciones a las que finalmente unió bajo el nombre France Liberté-Fondation Danielle Mitterrand. Recibió varios doctorados *honoris causa* y hasta el premio Light Truth Award, de manos del Dalái Lama.

Una sabía de la existencia de la otra. Se conocieron unos días antes del fallecimiento de Mitterrand. Zaza leía en el salón del apartamento cuando un asistente le avisó que su padre necesitaba verla. Ella hubiese podido decir que no, no ahora, estoy ocupada; verlo en su cama, disminuido, sufriente, era un tormento. Acostumbrada a su sabiduría y a su invulnerabilidad, percibirlo débil la sacaba de su eje. Pero no pudo negarse. Cuando abrió la puerta, la vio. Al lado de su padre. Sorprendida, Zaza se detuvo. Después dio un paso lento. Otro. "Te presento a Danielle", le dijo Mitterrand, desde su voz frágil. "Danielle, es Mazarine". Tan simple. Su hija se quedó callada; no tenía nada que decir. La esposa la saludó con sencillez. Le dio un par de besos. Él las contempló desde su almohada, como si la escena no fuera suficientemente incómoda. "El arte de mi padre de jamás dar explicaciones…", le reclamó a su madre.

Poco tiempo después del entierro, aquella que tenía cincuenta años cuando la hija ilegítima nació, convocó a Mazarine a su casa de la *rue* de Bièvre; quería entregarle algunas pertenencias, tal como lo había dispuesto el desaparecido. Era una tarde cualquiera, un viernes del mes de abril. ¿Año? 1996.

"No hay una palabra para definir a la mujer de tu padre que no es tu madre, pero con la que construyó una historia de familia". Eso lo sabía Mazarine, por lo tanto, al entrar y tenderle la mano, le preguntó:

—¿Puedo llamarla *belle mère*? No sé de qué otra manera dirigirme a usted.

La anfitriona accedió con un discreto movimiento de cabeza, aunque el calificativo de "madrastra" no le encantaba. Se observaban. Se calibraban. La viuda del expresidente sabía que la joven no cargaba culpa alguna, aun así, quiso conservar esa frialdad que la caracterizaba. En realidad, era una timidez escondida. ¡Cuántos rasgos de su marido en un mismo rostro! Mazarine recorría el apartamento con la mirada, buscando signos de que ahí había habitado, en alguna lejana ocasión, su padre muerto. De que él había pisado el mismo parqué de madera, el mismo tapete por el que ahora caminaban hacia la cocina. Ahí se prepararon un té y, después, se sentaron en la sala. El lugar lucía algo oscuro y vacío. De la calle no llegaban ruidos de automóviles; la *rue* de Bièvre es estrecha y muy tranquila, como si estuviera cerrada a la circulación.

—Él dejó esto para ti —aclaró Danielle después de un minuto de silencio comprometido—: dos de sus plumas Waterman; todavía tienen un poco de tinta azul, deberías limpiarlas. Este bastón de madera, ¡fíjate en la belleza del tallado! —le pasó el objeto—. También su bufanda verde de *cashemere*, de Saint Laurent. Lo principal ya está en estas cajas: varios tomos de su colección de libros. Sé que te gusta leer y apreciarás, más que nadie, a los autores favoritos de *monsieur le*… de tu padre.

—Gracias —atinó a decir, ensimismada, abriendo la primera caja. Después, lentamente sacó algunos ejemplares, acariciándolos: Barbey d'Aurevilly, Giono, Montherlant, Cocteau y Aragon. El libro egipcio de los muertos. Una biografía sobre Lou Andreas-Salomé, una de las primeras mujeres psicoanalistas, a quien Mitterrand admiraba y se lo dejaba en claro a su hija cada vez que podía. Quería estimularla.

—Esto es para tu mamá —mejor no interpretar el gesto de disgusto ¿o falsa indiferencia? en su rostro al pronunciar la palabra "mamá"—; no sé por qué terminó en mi casa: el reloj que le regaló Helmut Kohl, el vitral que ella misma hizo hace años y este escarabajo de lapislázuli; lo tenía sobre su escritorio en el Elíseo. ¿Se los entregas de mi parte, si eres tan amable?

—Claro, gracias. ¡Cómo le gustaba lo que tenía que ver con Egipto! Mitología, historia, numerología —respondió, mientras se pasaba el escarabajo de una mano a la otra, ambas, sudorosas. No podía ocultar sus nervios, su incomodidad—. En la prensa, nadie menciona su amor por la historia. Se dicen tantas cosas de papá, que a veces ya no sé qué tan ciertas son. ¿Sabe que me hacía aprenderme de memoria, y recitarlos en el coche, los nombres de todos los reyes de Francia?

—¿Quieres que te dé un consejo no pedido? Evita leer las revistas o ver las noticias cuando hablen de él. Siempre afirmó que hay mucho menos indulgencia para los hombres de izquierda que para los de derecha, y es cierto. El tiempo sabrá ponerlo en el lugar que merece. Créeme. No hagas caso de lo que afirmen. Guarda los recuerdos íntimos de hija y padre; escríbelos para no olvidarlos. Tal vez un día hasta publiques una bella novela.

—No es mala idea. ¿Usted siempre fue de izquierdas?

—Desde que tengo memoria… y más cuando me di cuenta de que "ser de izquierdas" significaba algo: "una aceptación generosa de las responsabilidades, una aprehensión de las lecciones de la tierra, de repartir con justicia los medios para vivir y del amor de los pueblos entre los pueblos".

—¿Estas cajas también son para mí? ¡Uy, llegué en bicicleta! Pensé que usted me daría uno o dos detalles.

—Es su colección completa de Anatole France. Finalmente, tú eres su heredera intelectual. Entre sus tres hijos, fuiste la elegida. Pero no te preocupes, le puedo pedir a Pierre que te lleve a casa y mañana, a la hora que desees, regresas por tu *vélo*. Así, él te ayuda a cargar. En mi calidad de viuda de presidente, tengo asignado a nuestro viejo chofer y el pobre se aburre como ostra. ¿Quieres otro té o… acaso prefieres una copa de *champagne*? *Bonne idée*! —se respondió sola—. Abramos una botella y brindemos por François. Por su recuerdo. Siempre tengo *champagne* helado para las ocasiones especiales, y ésta es una ocasión especial —admitió, usando un timbre de voz que pretendía ser menos distante. Menos indiferente.

Con sendas copas de Veuve Clicquot Ponsardin y frente a un plato de nueces de la India marca Meké, que el subcomandante Marcos le acababa de enviar directamente de Chiapas, siguieron conversando. Una plática hecha de silencios. De espacios a llenar. De preguntas no planteadas. De curiosidades reprimidas. "Callarse forma parte de la esencia de los hijos ocultos", así que Mazarine estaba acostumbrada. Con la segunda copa, Danielle se atrevió a romper las formas protocolarias que ambas habían asumido durante los primeros veinte minutos de su reunión.

—Dime, ¿qué es lo que más extrañas de tu padre? —preguntó la mujer, observando con atención a la más famosa de las hijas ilegítimas de Francia.

—No lo sé —titubeó.

—No seas tímida. A estas alturas, ya nada importa —asentó, para darle confianza.

—Todo. Extraño todo. ¡Lo adoraba! Conmigo era dulce, muy juguetón. Bondadoso. Siempre estaba ahí… aunque es cierto que a veces no podía. Un día, cuando yo tenía seis o siete años, tuve un accidente montando a caballo y de inmediato me llevaron al hospital d'Arpajon. No fue nada grave, pero sé lo mucho que padeció no poder visitarme. Era estricto y amoroso al mismo tiempo. Cómplice. Mi mejor amigo.

—¿Estricto?

—En pequeñas tonterías como las calificaciones. Papá y mamá se ponían de acuerdo para no darme más del dinero necesario. Eran enemigos del desperdicio; cuando sobraba algún platillo, comíamos sobras el resto de la semana. *"Un sou est un sou"*, decía mi madre. Prohibido comer entre comidas: ¡Es pésimo para la salud! —declaró, tratando de imitar el tono de Mitterrand—. En la casa de Gordes cooperábamos todos, cada quien tenía asignadas sus tareas domésticas; mi mamá no aceptaba ayuda de fuera. ¡Si supieran eso quienes critican mi existencia! Que le costé muy caro a los contribuyentes, acusan. He pasado a ser "la niña consentida del Elíseo".

—Ya te lo dije: no hagas caso, *chérie* —su voz, con el alcohol, se suavizó. Sus maneras eran menos tensas—. Te garantizo que fue un hombre honesto. Nadie ha podido comprobar ese "enriquecimiento" del que a veces lo acusan. Y quien pida pruebas, basta con revisar el patrimonio que nos dejó; nada del otro mundo. Es más, si algún día tuviéramos una necesidad extraordinaria, me vería obligada a hipotecar esta casa.

Se hizo un incómodo silencio que Zaza rompió de pronto:

—No puedo olvidar sus últimos días, en la terraza del hotel de Asuán, recostado sobre su *chaise-longue*, despidiéndose del paisaje que tantas veces había disfrutado. Del río Nilo. Papá lucía tan frágil, tan disminuido… Esa mirada siempre brillante estaba casi apagada. Mamá a su lado, agotada, con enormes lentes oscuros para ocultar las ojeras… ¿Sabe? Lo primero que cambió de mi padre al envejecer fue su letra. En las cartas y notas que me enviaba, me fui dando cuenta de que el final estaba cerca. Comenzó a hacer garabatos casi ininteligibles… —Danielle se levantó para acercarle una caja de pañuelos, pero Mazarine ya se había limpiado las breves lágrimas con la manga de su blusa azul—. *Merci, ma belle mère.*

—Si te sirve de algo, yo sé que estaba muy orgulloso de ti y que hubiera querido gritar tu existencia al mundo entero, pero le hubiese costado muy caro. Cuando obtuviste la Normal, por ejemplo, a quien podía le contaba que "una joven muy cercana" a él acababa de conseguir su título de normalista. Pensaba que yo no me daría cuenta, pero siempre lo supe todo; me enteré de tu nacimiento a las pocas horas del parto.

—Tal vez lo más difícil es la culpa que siento cuando me da por quejarme. Yo sé que hay personas cuya infancia fue infame: migrantes que huyen de sus miserables países, huérfanos, niños enfermos, maltratados, abandonados o en desgracia. Pero ¿eso me quita el derecho de reclamar? Ser un secreto viviente es complicado: debía permanecer muda. Y viví muy sola; no es fácil tener amigos cuando crees que quien se acerca a ti lo hace con una curiosidad malsana.

—Pues podrás lamentarte todo lo que quieras, pero presiento que ya es muy tarde —opinó Danielle, quitándose los zapatos y subiendo los pies al sillón—. Quienes fuimos parte de su vida, asumimos un precio. Y lo hemos hecho en silencio —comenzó a masajear sus tobillos, un poco hinchados.

—Uy, si supiera: la autocensura es un deporte de alto nivel en el que soy experta. Soy un bote de basura lleno de secretos. Mi madre se sacrificó por amor, ¿pero yo debería serle fiel a ese sacrificio? Por cierto, *belle mère*, ¿puedo encender un cigarro?, me urge fumar.

—No, no puedes fumar aquí, *chérie*, me molesta el humo y el olor que queda. Deberías alejarte de ese vicio. Y no es para tanto; no te llames basurero, es un poco extremo, ¿no crees? —afirmó la viuda—. Hazme caso y escribe. Te va a aliviar. Yo misma estoy redactando mis memorias. Seguro me tardaré en publicarlas, pero algún día verán la luz.

—Lo extraño tanto. Amaba pasar el tiempo con él. A veces jugábamos a escenificar a los personajes de *Dallas* o de *Dinastía*. ¿Usted veía esos programas de televisión? Papá era JR y hasta se ponía un sombrero de *cowboy*. Yo era Sue Ellen.

—No puedo imaginarlo —asintió Danielle con cierta incomodidad. Le resultaba difícil darse cuenta de que Mitterrand fue un papá mil veces más presente con la hija ilegítima, que con sus propios vástagos.

—Hasta me ayudaba a diseñar los vestidos de mis muñecas y leía mis poemas. Los alababa, pero ahora que lo pienso, eran cursis y malísimos. Cuando íbamos a la casa de Gordes, lo primero que hacíamos era correr a abrazar a nuestros tres árboles. Por las noches, me cantaba *À la claire fontaine*. Enseguida, yo besaba la punta de su nariz y el lóbulo de las orejas. Ésa era nuestra costumbre nocturna.

El pesado silencio de Danielle era más que expresivo, así que Mazarine se dio cuenta de que sus recuerdos más preciados debía guardárselos. Nadie mejor que ella para atesorarlos. No había que compartirlos. Entonces, prefirió preguntar:

—Usted conoció a mucha gente importante en los viajes de Estado. Cuénteme algo. No sé… ¿quién le impresionó más?

—¿Más? Uy, tanta gente. Me angustió ver, por ejemplo, el estado de pánico en el que vivía Nancy Reagan, siempre temiendo un atentado. También la cautivadora personalidad de Fidel Castro. Pero lo que más me impresionó fue lo que tu padre dijo de él, con el paso del tiempo. Se decepcionó al darse cuenta de que su "verdad personal" podría ser más fuerte que la voluntad de su pueblo —cerró los ojos como para convocar un rostro preciso—. Existió una mujer que hizo que me enamorara de México, *madame* Neoma Castañeda; en ese entonces era la esposa del canciller. Una erudita con tanto amor por las riquezas de su país, que me contagió. No sabes cómo me explicaba el mundo de los indígenas, su cultura, su arte de vivir, sus templos monumentales. Ella, aunque era judía rusa, amaba a México más que muchos mexicanos —le dio un enorme trago a su *champagne*, para continuar—: En realidad, más que una gran personalidad, lo que me cautivó fueron precisamente los pueblos abandonados, ignorados, atrasados. Sobre todo, los de Latinoamérica. Los "ya basta" de los zapatistas, los "nunca más" de otros países de habla hispana. En México, y cualquier otra parte, el pueblo explotado, oprimido o exterminado, es el mismo.

—No cabe duda de que México la subyugó…

—Lo tengo muy fresco, apenas regresé hace un mes. Decidí huir de los chismes, del clima nocivo después de la muerte de tu padre, en una aldea llamada La Realidad. El subcomandante Marcos me hizo sentir en casa.

—Insisto: debería publicar sus recuerdos.

—Y tú los tuyos.

—Tal vez, antes de escribir, primero tengo que decidir quién soy: si una bastarda o la pequeña princesa de la República.

—*Bon, arrête*! No te pongas tan sentimental. Anda, creo que es hora de terminar esta plática —sentenció la anfitriona, levantándose. En ese momento le pidió a Pierre que alistara el automóvil y que ayudara a Mazarine a bajar las cajas. Unas cajas que la joven de veintidós años tardaría ocho meses en abrir para acomodar, después, cada tomo en orden alfabético, como su padre los tenía.

Ya en el viejo coche de Danielle, Zaza no atinaba a decidir qué opinaba sobre la esposa de su padre. Sabía que era una mujer valiosa y valiente pero, en corto, se había mantenido lejana. ¿Conservaba la distancia pues Mazarine representaba ese amor vedado que tanto trató de ignorar? Años después, cuando leyó su autobiografía, *El libro de mi memoria*, la entendió mejor, pero no pasó por alto que en ningún lado la mencionó ni a ella ni a su madre, como si jamás hubiesen existido.

Al ver la intensidad del tráfico, la hija de Mitterrand se puso a hojear el libro sobre Egipto. Algún día su padre le contó de la importancia de los números en esa antigua civilización. El mil, por ejemplo, está representado por una planta de loto, le dijo, haciéndole el dibujo en uno de sus cuadernos escolares. Los números funcionan como símbolos, claves, enigmas.

¿Numerología? No sé qué es ni creo en ella. Si no creo en Dios, menos en que los números nos determinen, pero hay algo extraño en el diecinueve: es la edad que une a las mujeres de esta historia. Son las casualidades y la magia de la ficción en franca convivencia.

Danielle conoció a Mitterrand y se casó con él a los diecinueve años. Le costó trabajo enamorarse de ese hombre. A su hermana Christine le confesó: "Yo amo a los jovencitos y François ya es un adulto; me lleva siete años". Además, le pareció intimidante y rechazó su arrogancia. Eso sí, le impresionó su determinación y su fortaleza de carácter.

Anne comenzó a ser amante de Mitterrand a los diecinueve años, después de resistirse el tiempo que su educación católica y conservadora le dictó. En realidad, tendría que haberse instalado en un no rotundo, pero el amor, como casi siempre, pudo más que la culpa. La pasión sabe encontrar el camino; cueste lo que cueste. Y a quien más le costó esta "no decisión", de hecho, fue a Mazarine, pues ella no eligió a sus padres. No pidió nacer cargando una confidencia. Un secreto con el poder de tumbar a un presidente.

Mazarine salió a la luz… ¡a los diecinueve años!; es decir, comenzó a vivir de otra manera a partir de que los *paparazzi* del *Paris Match* le revelaron a Francia (y al mundo) de su existencia como hija ilegítima del presidente. "Le robaron su imagen al mismo tiempo que se la ofrecían a los demás. Usted fue expuesta, juzgada".

Juliette Drouet se embarazó por única vez, y fue madre soltera, a sus diecinueve.

Diecinueve años pasaron Victor Hugo y su amante en el exilio. Y si nos aventuramos un poco más: Jean Valjean, el protagonista de *Los miserables*, estuvo en prisión diecinueve años.

Léopoldine Hugo y Claire Pradier murieron a los diecinueve años. La primera en un accidente; la segunda, por una enfermedad. La tisis apagó su vida cuando apenas comenzaba. ¿Cómo explicar los fallecimientos de mujeres tan jóvenes?

A Mazarine lo que le costó trabajo siempre, y tal vez por eso hoy en día se dedica a escribir, para intentar "curarse" mediante la palabra impresa, es saberse un "buen soldado", una persona destinada a tener "la boca cosida", tal como lo demuestran los títulos de sus libros. Escribir para salirse de uno mismo, verse como personaje, tomar distancia y, entonces, tratar de entender. "Contar una historia para comprenderla mejor", nos dice. ¿Por qué la obligación de permanecer invisible? Elige con cuidado sus voces narrativas, el punto de vista. Cuenta, con un agudo humor negro, que la mandaban a la escuela aunque tuviese 38 grados de fiebre, pues su madre no podía dejar de asistir al Museo d'Orsay ni su padre podía plantar a Bill Clinton para quedarse en casa a ponerle trapos fríos sobre la frente.

Al regresar a casa cada día, por ahí de las siete y media u ocho de la noche, Mitterrand dejaba el sombrero sobre la silla de la entrada. El mismo sombrero con el que Zaza lo había visto en la televisión unos momentos antes, presidiendo algún acto de gobierno. Un mismo sombrero para dos hombres: el papá y el mandatario. "Usted debía esperar el final del día para que la carroza se transformara en calabaza. Usted prefería la calabaza puesto que estaba excluida de la carroza". El dolor de una niña que no acaba de comprender. Que cuando llega papá corre a recibirlo, para abrazarlo, entusiasmada, pero tiene prohibido saltar a sus brazos en un lugar público.

Recuerda que fue a su toma de posesión junto a su madre, pero no como invitadas especiales, sino disimuladas entre el público asistente a esa imponente ceremonia en el Arco del Triunfo.

Cecchino era un padre cariñoso, presente. Sin embargo, encarnó el secreto en su pequeña hija. Una niña que tenía dos medios hermanos de la edad de su mamá y un papá de la edad de su abuelo. Una familia horizontal y no vertical, extraña, y un padre que pertenecía a dos mundos. "¿Cuántas vidas tuvo papá? ¿Cuál era el hilo conductor? ¿Cómo conservó su unidad?", se preguntó Mazarine una y otra vez. ¿Habrá dado con la respuesta?

Encontrarse. Reencontrarse. Juntos. Ganar. Amar. Juntos. Dar. Compartir... Eso hicieron sus padres, sin importar el deber ser. Con toda la pasión que siempre se profesaron. Desde el amor, desde el deseo. Desde las pieles que se saben imprescindibles. Desde los orgasmos compartidos sobre y bajo las sábanas de lino. Sin importar lo que pensara el mundo cuando finalmente la arrebatada historia de amor saliera a la luz. Sin importar lo que su hija padeciera.

"Nunca me hizo falta amor pero, entonces, ¿por qué me escondían?", es la pregunta que promete ser eterna. Porque las consecuencias de los amores de verdad jamás arrojan respuestas.

Necesito tu aire para respirar
(15 de abril de 2010)

Un hombre y una mujer recorren la orilla izquierda del río Sena. Son los primeros días de abril y, como cada primavera, los *platanes*, muy bien podados, comienzan a recuperar su follaje. Tras haber tomado un café en el barrio latino, frente a la fuente Saint-Michel, decidieron caminar hacia el este de la ciudad para llegar al extremo de la isla de Saint-Louis y, después, desandar sus pasos por el margen derecho.

Ella está a punto de cumplir sesenta y siete años. Él es su mejor amigo, a quien le cuenta todo. O casi todo. Ella se llama Anne Pingeot. Él, Alexis Clavel, de silueta francesa y alma rusa que se expresa con un particular brillo de esos ojos verdes, intensos.

Mientras dan un paso tras otro, conversan. Hace veinticinco años François Mitterrand le dejó la presidencia de su país a *monsieur* Jacques Chirac, quien murió seis meses atrás. Ahora Nicolas Sarkozy, desde su 1.66 metros de altura, ocupa la principal oficina del Elíseo. Y hace doce años la experta en escultura francesa del siglo XIX se retiró con una comida de despedida en el restaurante del Museo d'Orsay, a la que asistieron casi doscientos invitados. Los de honor: su mejor amigo, Alexis, su hija, Mazarine, y los Badinter, Élisabeth y Robert, entre algunos otros. Durante el brindis, dos funcionarios importantes expresaron su reconocimiento: la conservadora enriqueció el museo con muchas obras nuevas y, al mismo tiempo, sacó del olvido a artistas como Dalou, Pompom, Carpeaux o Falguière.

Ambos caminantes atraviesan la avenida para entrar a la librería Shakespeare; el hombre está buscando un ejemplar de

Oscar Wilde y quiere leerlo en la lengua en la que fue escrito. Libro en mano, regresan a la calle desde donde admiran, en todo su señorío, a la catedral de Notre-Dame, aquella que Victor Hugo inmortalizó en una novela y de la que —aún no lo saben— en nueve años exactos saldrán gigantescas llamas que derrumbarán su aguja y el tejado.

—¿Cómo van tus tiendas de antigüedades? —le pregunta ella, cuando cruzan de nuevo para pasear por la acera que da directamente al Sena. Es más tranquila.

—Estoy a punto de venderlas; hay un comprador interesado y, lo más importante, con suficientes euros en el bolsillo. Las adoro, pero ya me cansé. Es hora de seguir tu ejemplo y retirarme.

—¡Uy! Presiento que te deprimirás. ¿A qué te vas a dedicar todo el día? Retirarte significa resignarte. Acuérdate, querido: el que deja de pedalear, se cae. Yo sigo pedaleando, aunque ya no me paguen por ello.

—Tengo muchos planes. Para comenzar, quiero aprender español y viajar a México. Pero no como lo he hecho antes, de pisa y corre, tres días en Puerto Morelos, cuatro en la Ciudad de México, dos en Tepoztlán, sino quedarme grandes temporadas y realmente conocer el país y a su gente. Ir a Acapulco, ese mítico puerto. También me gustaría tocar el piano; sabes cómo adoro la música. En fin, ideas me sobran; me entusiasma dejar la esclavitud de ser empresario. Todos creen que manejar un negocio es fácil… ¡si supieran! —después de un minuto de silencio, ataca—: ¿Y tú, extrañas tu trabajo?

En ese momento un *bateau-mouche* repleto de turistas deja una estela en el río. Varios adolescentes, vestidos con camisetas idénticas, saludan desde la embarcación. Sólo Anne agita la mano, mientras le contesta:

—Los dos primeros años, sí. Ahora, en lo absoluto. Disfruto a mis nietos, paso largas temporadas en la villa de Gordes, leo mucho, voy a conciertos, a la ópera y al cine. ¡Vaya!

Siempre estoy ocupada. Además, algunos museos de vez en cuando me siguen consultando·o pidiendo artículos.

—¿Y no te hace falta el poder?

La mujer ríe. Con gusto. Con ganas.

—¿El poder, cuál poder? Siempre viví en las sombras. Incluso al apartamento en donde murió François, el de la avenida Frédéric-Le-Play, yo entraba por la puerta de servicio. *Merde*! Sacaba a pasear a Báltico al Champ-de-Mars, muy tarde en la noche, cuando los jardines estaban vacíos. Tuve que guardar las formas hasta el último minuto. ¿De verdad crees que algún día disfruté la autoridad que gozaba mi Cecchino? Todo lo contrario: la padecí. En realidad, el poder para mí es el saber, y el saber hay que compartirlo. A eso me dediqué siempre.

—Pues sí, lo sé; pero también sé que me encanta provocarte.

De pronto, Anne se detiene. Si pudiéramos observarla muy de cerca, diríamos que palideció.

—En esta calle vivieron Danielle y sus hijos la mayor parte de su vida.

—¿Es la famosa *rue* de Bièvre? Nunca había pasado por aquí.

—¿Me acompañas…? —dice como si fuera una orden más que una pregunta y, sin esperar respuesta, da vuelta a la derecha hasta llegar al número 22. Recargada sobre el muro del edificio de enfrente, observa la puerta negra terminada en un arco. Se da cuenta de que jamás había pasado frente a esta casa. Los pocos recuerdos que tiene de su fachada vienen de las fotografías del presidente y su esposa, escoltados por miembros del gabinete. Algunas en blanco y negro; la mayoría, a color.

Al verla tan ensimismada y, sobre todo, pensando que en cualquier momento la verdadera viuda del presidente puede entrar o salir por esa puerta, Alexis la invita a descansar un rato en el pequeño parque aledaño. Ella accede sin saber que ese lugar fue bautizado con el nombre de Danielle Mitterrand hace siete años, como parte de la celebración del Día Internacional de la Mujer: una visible placa, en la entrada, lo informa.

Pasan junto al césped que desprende un aroma entre tierra húmeda y heno. Sentados en la banca de madera, cuya pintura verde comienza a descarapelarse, su amigo le pregunta, para sacarla de la extraña melancolía en la que se acaba de instalar:

—¿Acaso te arrepientes?

—¿Juliette se habrá arrepentido? —inquiere, cubriéndose el cabello con la mascada que antes traía anudada al cuello.

—Nunca se contesta a una pregunta con otra. Además, en todo caso, quien conoce ambas respuestas eres tú. Por cierto, me impresiona que sigas pensando en la eterna amante de Victor Hugo; esa mujer te ha obsesionado desde que tengo memoria.

—Me arrepiento de algunas cosas.

—¿Por ejemplo?

—Siempre odié haber sido relegada. Me arrepiento de no haber hecho nada para solucionarlo. ¡Tantas veces me sentí esclava de esa relación!

Alexis le toma la mano derecha. Después de acariciarla, la cobija entre las suyas.

—Me arrepiento, también, de jamás haberle pedido que dejara de usar su anillo de casado. Me arrepiento de haber permitido que sus relaciones con otras mujeres, demasiadas mujeres, me afectaran. ¿Sabes que hasta el final mantuvo un amorío con una abogada cincuenta años menor, a quien conoció cuando ella apenas asistía a la facultad de leyes? La citaba en el Elíseo, hacía que subiera a su oficina por el ascensor oculto, el de la escalera Murat, y la metía a escondidas a su oficina. En fin, mejor no acordarme. Por cierto, Hugo, no recuerdo en cuál de las tantas casas en las que vivió, también tenía una escalera oculta que llegaba directamente a su estudio.

Anne no conoce los detalles de la última relación amorosa de su eterno amante: los hubiera odiado, aunque siempre sospechó que la bufanda Dior color *bordeaux* que él aseguró haber perdido, se la regaló a la joven. ¡Y una pluma Dupont! O que el libro que mandó envolver y ponerle un gran moño, con las cartas de Clemenceau a su última amante, cuarenta y dos años menor, era para… ni siquiera supo su nombre. No se enteró de los demás regalos, detalles, misivas. De las cinco llamadas telefónicas cada día. De la tarde en la que, desnudos en su habitación del Elíseo, "casualmente" le platicó sobre la última relación de Victor Hugo con una joven llamada Blanche, de veintitrés años, ni de la frase del famoso poeta francés, que le recitó desde su almohada: "*Tant que l'homme peut, tant que la femme veut*". Del Concorde que fletó en su último viaje oficial a Berlín y Moscú, para darle gusto. El gobernante aprovechó para invitar a su chofer, el siempre leal Pierre Tourlier, a quien todos veían con reservas por su diamante en la oreja y el cabello tan largo; no sabían, sin embargo, que era un gran conductor y que sólo pedía vacaciones una vez al año, para competir en la carrera París-Dakar. También a la esposa del conserje de la casa familiar en la *rue* de Bièvre, pues en algún momento le había confesado que el sueño de su vida era volar en avión. Durante el encuentro de mandatarios, un emocionado Bill Clinton se le acercó para que le autografiara el menú de la cena de Estado.

La mujer sin nombre le contará a una periodista de *Le Monde* su relación amorosa con el gobernante fallecido. Solenn de Royer la publicará en 2021 en un libro llamado *El último secreto*. ¿Anne se atreverá a leerlo? ¿Querrá enterarse?

—Seguro fue una calentura de…

—¡Duró ocho años! Ocho. No, no fue una simple obsesión de un hombre mayor buscando piel joven. Aliento fresco. No.

—La verdad, no soy el más adecuado para juzgarlo.

—Tienes razón: a veces olvido que eres un perfecto don-juan. ¿No presumes de haber tenido en tu cama a más de doscientas mujeres?

—Y el padre de tu hija, todo un Casanova —responde, obviando la cantidad. ¿Doscientas, doscientas cincuenta…? Qué más da.

—Sí. Para mí era difícil entender la forma de tratar a sus conquistas esporádicas pues conmigo siempre fue tierno, presente. Respetuoso. Un increíble romántico. Capaz de darme cantidades demenciales de amor. A las otras las veía una, dos… máximo tres veces y después, sin previo aviso ni explicación alguna, simplemente desaparecía. Con el tiempo tuve que aceptar que, dentro de su infidelidad, siempre me fue fiel, por más extraño que suene. Tal vez por eso prefiero no saber detalles de su última amante.

—Así somos algunos hombres. Desalmados, dirían. Devoradores de mujeres bellas, interesantes, enigmáticas, como tú —abre la boca y acerca sus colmillos al cuello delgado; parecería que en cualquier instante fuese a morderla.

Anne se aleja y le avienta las manos, como si estuviera enojada pero, enseguida, apoya su cabeza en el hombro de su amigo. Un ruido los hace volver la vista hacia arriba, ambos al mismo tiempo: un par de estorninos pintos se hacen la corte. Él brinca tras ella, de rama en rama. Más que un canto melódico, el macho emite una ruidosa llamada, como un grito áspero, de cópula.

—El muy bribón decía que las mujeres fieles somos las más peligrosas —observa a la pareja de alados, su manera de cortejarse—. Creo que si Mazarine no hubiera existido, sí me habría arrepentido de no haber terminado con él, de no haber podido partir.

—Yo jamás logré ser papá, *merde*! Al principio no quise, pues significaba un compromiso de por vida. Después, estaba demasiado viejo para cuidar bebés y educar niños.

—Es idiota decirlo, pero no sabes de lo que te has perdido. ¡Todavía puedes!, ¿o me equivoco?

—¿Todavía puedo coger? Pues casi no, a menos que el Viagra me haga el enorme favor de levantar lo caído. Ya nada en mi cuerpo amaciza —responde, riendo. Ella se une a las carcajadas.

Alexis cumplió sesenta y siete este enero; Anne está a punto de alcanzarlo. Y se les nota. Su piel ha perdido lozanía y ha ganado arrugas. El cabello de ella, que se niega a cubrir con tintes, presume su color blanco. El de él, en cambio, todavía conserva su castaño claro. Aunque no se quejan, las visitas al doctor han aumentado: dolor en las rodillas, dificultades para digerir, ardor en el esófago y, a veces, falta de aliento al ejercitarse.

—Si no te ofendes, te voy a regalar una crema de cuerpo que venden en cualquier farmacia, y contiene glicerina, vaselina y parafina. No es cara y resulta buenísima.

—¿Acaso me veo tan fregada?

—*Bon*, tus manos están deshidratadas, algo secas.

—¡Si supieras! Estoy seca de todos lados —afirma, burlándose de ella misma y, de igual forma, aceptando una realidad contra la que no se puede luchar—. Pero la mejor solución para recuperar mi juventud sería sentirme otra vez enamorada. Eso sí le regresaría el brillo a mi piel y a mis ojos.

—¿No me digas que desde Mitterrand ya nada de nada? Eras joven cuando murió, ¿no?

—Apenas llegaba a los cincuenta y cinco. Y no, no ha faltado quien se acerque, aunque lo dudes, pero no es fácil: después de un hombre tan extraordinario, me la he vivido haciendo comparaciones, y no es justo ni para ellos ni para mí. Ninguno ha merecido, según yo, una segunda oportunidad y ahora…

—Lo que te urge —la interrumpe, volviendo a tomar su mano, a la que besa pausadamente— es enamorarte de un viejo amigo que sabe casi todo de ti y a quien siempre le has encantado.

—*Mon très cher* Alexis, ¿no es demasiado tarde ya? Somos un par de senectos. Además, tú las prefieres más jóvenes.

—Siempre me ha gustado Anne, mi queridísima Anne, sin importar la edad que tenía ni la que tiene ahora. Pero un político seductor me la ganó cuando estaba yo más más más enamorado.

La mujer baja la mirada, como si analizara la nervadura perfecta de una hoja que acaba de caer de un árbol y aterrizó muy cerca de su zapato.

—¿Sabes? —continúa Alexis—: Hace miles de años, una tarde en que salimos al cine y después cenamos sopa de cebolla en una *brasserie* a la que solíamos ir, ¿recuerdas?, en una esquina de la *rue* de Buci y…

—¿Au Chai de l'Abbaye?

—¡Sí, así se llama! Qué buena memoria.

—El restaurante todavía existe y está idéntico, parece que el tiempo no lo hubiera atacado como a nosotros.

—Pues esa noche en que me contaste de tu relación con un hombre bastante mayor que tú, con esposa e hijos, fue la noche en que yo había decidido confesarme enamorado de ti como un estúpido: ciego y entusiasta. Hasta elegí una película romántica para ir preparando el terreno. Cuando te escuchaba suspirar en el cine, pensé que tendría éxito. Pero no, suspirabas por él y no por tu compañero de estudios que tenías al lado.

—¡Ay, Alexis! ¡Cuánto lo siento! Nunca me lo imaginé. De verdad —exclama, para después darle un cariñoso beso en la mejilla. Enseguida, recoge la hoja y se la muestra, decidida a cambiar el tema—: Es perfecta. No entiendo por qué se cayó cuando está tan verde y comienza la primavera.

—Tal vez el árbol ya no la necesitaba y decidió deshacerse de ella.

—No digas eso, amor de mis amores. Te quiero muchísimo, pero a estas alturas no puedo más que verte como amigo. Eres mi hermano. Siempre presente, necesario, del que quiero saberlo todo: tu estado de ánimo, tus amores, tus viajes, tus éxitos o fracasos, pero me es imposible imaginarme como tu pareja. *Monsieur le président* me dejó impedida para volver a amar; paralizada. Me hace tanta falta su presencia. Si él supiera **cuánto necesito su aire para respirar**…

Anne no le dice —¿para qué hacerlo?— que ella también estuvo enamorada de Alexis. Que, cuando lo conoció, casi adolescentes, se soñaba a su lado por el resto de la vida. Pero lo veía tan lejano, tan dedicado a seducir a cuanta mujer se cruzara por su camino, que se conformó con cultivar una profunda y larga amistad. Si se hubieran confesado sus enamoramientos a tiempo, si no hubiesen guardado esa emoción del deseo, por timidez, por miedo a ser rechazados, tal vez Anne jamás se hubiera fijado en Mitterrand y la historia se habría desarrollado de manera muy diferente.

—Olvida mi confesión, entonces —pide el amigo mientras se levanta y le extiende la mano—. Dejemos este parque que ostenta un nombre tan odioso y vayamos al viejo restaurante ése, Au Chai de lo que sea, a emborracharnos. *On-y-va*?

Desde sus insondables ojos verdes, casi azules, enmarcados en un rostro siempre bronceado, Alexis Clavel le sonríe. La ternura de esa sonrisa la abraza. Casi logra consolarla. Y en ese momento, Anne se da cuenta de que tampoco podrá prescindir de este hombre siempre presente, cercano. Incondicional. Tangible… aunque su François, su adorado Cecchino, es y será irremplazable.

Anne: epílogo

Si supieras cuánta falta me haces, no habrías partido

El duelo me ha desgarrado, me ha quebrado en mil pedazos

Ni quiera sé cómo explicar el vacío en el que me ha
                                                [sumido tu

A U S E N C I A

Ha pasado tanto tiempo y, sin embargo, siento que apenas
                                                [te fuiste
        ayer

Estuve a tu lado Junto a Ella y tus herederos. Nuestra hija se
aferraba a mi brazo Lloraba de negro Duelo-duelo atezado-

Se ha convertido en una buena escritora
¡y en mamá de tres!

... pero ya no podrás leer sus novelas
Ni contarle un cuento a nuestros nietos

Tu funeral
Lo recuerdo como si hubiese sido ayer

Estuvimos Las dos Ella ellos —sus (tus) hijos— Los demás
Los Otros Todos 61 jefes de Estado y de Gobierno

Representantes de 111 países
frente al sencillo féretro escondido bajo la bandera tricolor
que miles de franceses observaron

Conmovidos

(estremecidos, turbados)

azul Francia – blanco – rojo.

Fotos fotos fotos fotos fotos Demasiadas fotos Flashes
Prensa portadas de diarios y revistas

Verdaderamente, demasiadas fotos Yeltsin Castro Al Gore
el Príncipe Carlos y el de Mónaco Arafat el rey Juan Carlos
John Mayor

Evidentemente, Chirac. *Évidemment!*

A tu viejo amigo, Helmut Kohl, se le escaparon unas
lágrimas Me veía a lo lejos Me preguntaba algo con la
mirada

Bach y un réquiem entonado por Barbara Hendricks

Pantallas gigantes

Lustiger pronunció una homilía en Notre-Dame Nuestra-
Señora ¿Recuerdas la primera vez que entramos juntos a esa
Catedral? Sí, la hicimos Nuestra

¿Una misa para ti? Sonrío. Algo hay de ironía…

Catorce años gobernando bajo un régimen de izquierda

¿Te acuerdas del aroma de la luz sobre la playa de Hossegor? del murmullo de las olas abrazando la arena ¿De nuestras miradas para siempre entretejidas?

de la intensidad de los orgasmos que me provocabas Uno y otro y uno y otro y Otro más

que Me Provocabas

Sigo escuchando los (susurros en la sombra) De tu voz

¿Hasta cuándo?

¿Sabes, cariño? Hay amores que jamás Jamás jamás deberían encerrarse entre las pálidas páginas de una Novela

Los amores de Verdad, tendrían que ser ignorados

Olvidados…

Océano Atlántico / Ciudad de México / París / Le Var / Tepoztlán / Acapulco / Vail / Valle de Bravo, 2021-2023.

Índice

Aclaración

Los títulos de los capítulos son frases que le escribió François Mitterrand a Anne Pingeot en sus cartas o Victor Hugo a Juliette Drouet en su correspondencia. Los entrecomillados, aun si a veces fueron ligeramente modificados en aras de que la trama fluyera, pertenecen a las cartas, diarios o memorias de los personajes.

Bibliografía

Adler, Laure. *François Mitterrand, le roman de sa vie*, Flammarion, 2015.

Besnier, Patrick. *L'ABCdaire de Victor Hugo*, Flammarion, 2002.

De Royer, Solenn. *Le dernier secret*. Grasset, 2021.

Drouet, Juliette. *Mon grand petit homme*, L'imaginaire Gallimard, 1951.

_____. *Souvenirs 1843-1854*, ed. Des femmes/Antoinette Fouque, 2006.

_____. *Cinquante lettres de Juliette Drouet á Victor Hugo*, La Maison de Poésie, París, 1997.

Fragments d'une passion amoureuse, documental de televisión Hugues Nanci y Pierre Ferrier. Notre Histoire, 2022. Consultado en YouTube en el transcurso de 2022; disponible en: https://youtu.be/mKkb2Bl_q8M

Gallo, Max. *Victor Hugo*, XO Éditions, 2007.

Giesbert, Franz-Olivier. *François Mitterrand, une vie*, Éditions du Seuil, 1996.

Giroud, Françoise. *Le Bon Plaisir*, 1982.

Huas, Jeanine. *Juliette Drouet, le bel amour de Victor Hugo*, Gaston Lachurié, éditeur, París, 1985.

Hugo, Victor. *Correspondance familiale et écrits intimes*, Robert Laffont, 1802-1828.

_____. *Los Miserables*, editorial Austral, 1990.

_____. *El exilio* (traducción, introducción y notas de Mauricio López Noriega), UNAM, 2013.

Juliette Drouet et Victor Hugo. Mon âme à ton cœur s'est donnée. Maison de Victor Hugo. Catálogo de la exposición en el

Museo-Casa de Victor Hugo, París, diciembre de 2006 a marzo de 2007.Lafargue, Pascale. *Juliette Drouet, une destinée…*, Éditions Lannore, 2004.

Le Bailly, David. *La captive de Mitterrand*, Éditions Stock, 2014.

Mitterrand, Danielle. *Le livre de ma mémoire*, Jean-Claude Gawsewitch Éditeur, 2007.

Mitterrand, François. *Journal pour Anne, 1964-1970*, Gallimard, 2016.

_____. *Lettres à Anne, 1962-1995*, Folio Gallimard, 2016.

Novarino, Albine. *Victor Hugo / Juliette Drouet. Dans l'ombre du génie*, Acropole, 2001.

Pingeot, Anne. *Il savait que je gardais tout* (entretiens avec Jean-Noël Jeanneney), Gallimard/France Culture, 2018.

Pingeot, Mazarine. *Bouche cousue*, Pocket, Éditions Julliard, 2005.

_____. *Bon petit soldat*, Pocket, Éditions Julliard, 2012.

Pouchain, G. y Sabourin, R. *Juliette Drouet ou "la dépaysée"*, Fayard, 1992.

Reyes Heroles, Federico (coordinador). *Regreso a* Los Miserables. *Entre la redención y el delirio*, Miguel Ángel Porrúa, 2008.

Trano, Stéphane. *Mitterrand, un affaire d'amitié* (prefacio de Mazarine Pingeot), L'Archipel, 2006.

Troyat, Henri. *Juliette Drouet*, Flammarion, Saint-Amand-Montrond, 1997.

Tudoret, Patrick. *Juliette. Victor Hugo, mon fol amour*, Tallandier, 2020.

Victor Hugo. Dentro de la colección *Los Gigantes*, Editorial Prensa Española, 1971.

Winock, Michel. *Le Monde selon Victor Hugo*, Tallendier, 2020.

Agradecimientos

A Alexis Clavel, porque sin él, este libro no existiría.

A Isabella (mi mejor lectora) y Franz-ito, porque no puedo concebir la vida sin ustedes a mi lado. Bueno, sí puedo, pero no sería tan intensa, tan profunda ni tan divertida.

A la memoria de mi editor de toda la vida, Ramón Córdoba, y de mi mejor amigo por siempre, Armando Vega-Gil. ¡Carajo!, ¿para qué se fueron a "andar muriendo" si la vida es tan chingona?

A mis compañeras del taller de Monte Tauro: Sandra Frid, Sandra Frid (sí, dos veces), Adriana Abdó, Bertha Balestra, Erma Cárdenas, Ana Díaz, Rebeca Orozco, Javier Sunderland, María Teresa Gérard y Blanca Ansolcaga.

A Mayra González y Fernanda Álvarez; editoras mágicas. Amigas generosas.

A Tamara Trottner, Camila Villegas, Jessica Raijman y Arantxa Tellería, consejeras y compañeras de retiro.

A Alejandro Martí y a su querida Mati, por el apoyo de siempre. A Olivia Aldrete y su espectacular vista al Tepozteco. Gracias por compartir el lugar en el que vives y te inspiras. A María Teresa Gérard, por poner a mi disposición la tranquilidad de su casa de Tepoztlán. A Roberta Matouk y Joe Canasi, por facilitarme su refugio de Avándaro que tanto disfruto.

A Beatriz Martín Moreno Carrancedo, sobrina y amiga, por recorrer París buscando los libros que necesitaba. A Ana Paula Rivas, por casi lo mismo, pero por recorrer su librero y darme cada lectura que pudiera servirme.

A Cuka Ochoa, Enrique Rivas Zivy y Andrés Gluzgold, nomás porque sí.

Voces en la sombra de Beatriz Rivas
se terminó de imprimir en octubre de 2023
en los talleres de
Impresora Tauro, S.A. de C.V.
Av. Año de Juárez 343, col. Granjas San Antonio,
Ciudad de México